Edith Kneifl (Hg.)

Tatort Marktamt

13 Kriminalgeschichten aus Wien

Falter Verlag

Die Handlung der folgenden Kurzgeschichten ist frei erfunden. Manche der Krimis sind von wahren Begebenheiten beeinflusst, trotzdem ist jede Ähnlichkeit mit lebenden oder verstorbenen Personen rein zufällig.

ISBN 978-3-85439-696-3

1011 Wien, Marc-Aurel-Straße 9
T: +43/1/536 60-0, F: +43/1/536 60-935
E: bv@falter.at, service@falter.at
W: faltershop.at

Herausgeberin: Edith Kneifl

Autorinnen und Autoren: Reinhardt Badegruber, Raoul Biltgen, Andreas Gruber, Eva Holzmair, Beatrix Kramlovsky, Christian Klinger, Edith Kneifl, Lisa Lercher, Gerhard Loibelsberger, Sabina Naber, Andreas P. Pittler, Theresa Prammer, Stefan Slupetzky

Lektorat: Helmut Gutbrunner

Umschlagdesign: Dirk Merbach

Grafik und Layout: Marion Großschädl

Illustration Vorsatz: Ku_suriuri/shutterstock.com

Druck: Finidr, s.r.o., 73701 Český Těšín

FSC www.fsc.org MIX Papier aus verantwortungsvollen Quellen FSC® C014138

Wir haben bei diesem Buch im Sinne der Umwelt auf die Verpackung mit Plastikfolie verzichtet.

Inhalt

Vorwort

»Marktamt! Wir kontrollieren für dein Genuss jo a Marktamt, für die Betrüger ist jetzt Schluss«, heißt es in einem Song der Rockband Wiener Wahnsinn.

Nach den Musikern nehmen sich nun Kriminalschriftsteller*innen das Wiener Marktamt vor und machen es zum Schauplatz spannender Kriminalfälle.

Kaum eine andere Abteilung des Magistrats eignet sich so gut für Kriminalgeschichten wie die MA 59. Schon die Berufstitel und Bezeichnungen der Aufgaben – Inspektoren, Kontrolle, Beobachtung, Aufsicht, Überwachung – lassen eine gewisse Nähe der Beamten des Marktamtes zur Exekutive vermuten, was für uns Krimiautor*innen natürlich äußerst inspirierend war.

Selbstverständlich konnten es einige Kolleg*innen nicht lassen, die genuinen Rollen der Lebensmittelinspektoren ins Rutschen zu bringen, sodass manche der Beamten zum Opfer oder gar zum Täter werden. Einige Marktamtler*innen dürfen jedoch auch ihrer eigentlichen Tätigkeit nachgehen und ordentlich ermitteln. Dass dabei die Aufstiegschancen intakt sind, zeigen etwa eine Inspektorin, die als Wohnsitz auf eine luxuriöse Jugendstilvilla verweisen kann, oder ein Fleischbeschauer, der im 18. Jahrhundert sogar mit einem Grafentitel bedacht wurde. Der Fantasie sind eben keine Grenzen gesetzt.

Seit dem Mittelalter verteilten sich die Aufgaben der Marktpolizei auf eine Reihe von städtischen Organen wie

Marktrichter, Fleisch-, Fisch-, Mehl- und Brotbeschauer. Erst 1851 wurde der Magistrat oberste Marktbehörde. Die Marktpolizei war zuständig für die Einhebung der Marktgebühren und agierte als Sanitäts-, Veterinär- und Lebensmittelpolizei. Später kamen noch zahlreiche andere Aufgaben wie etwa die Preisbestimmung für Lebensmittel hinzu. Eine Erzählung, basierend auf einem Mordfall, der sich im Juli 1918 zugetragen hat, schildert recht anschaulich die Aktivitäten der damaligen Magistratsabteilung.

Kurz nach der nationalsozialistischen Machtübernahme 1938 fungierte das Marktamt auch als „Arisierungs"-Behörde, wobei neben den Märkten auch Straßenstände „entjudet" wurden.

Zu Beginn der Zweiten Republik spielte die MA 59 eine wichtige Rolle im Kampf gegen den Schwarzhandel. In der jüngeren Geschichte trug sie sowohl beim Weinskandal 1985 als auch nach der Atomkatastrophe von Tschernobyl 1986 wesentlich zum Schutz der Bevölkerung bei.

Heute sorgen die Inspektor*innen des Wiener Marktamtes für sichere Lebensmittel in der Stadt. Zusätzlich achten sie auf die Einhaltung der gesetzlichen Vorschriften im Bereich des Konsumentenschutzes. Aber nicht nur Lebensmittelmärkte, Flohmärkte, Antiquitätenmärkte, Christbaum- und Neujahrsmärkte, mit etwa tausend Marktplätzen in Wien, sondern auch Christkindl- und Ostermärkte sowie Kirtage werden von der MA 59 abgehalten bzw. bewilligt und überwacht.

Die Aufgabenbereiche des Marktamtes sind dermaßen vielfältig, dass allein eine Aufzählung mehrere Seiten in Anspruch nehmen würde. Daher beschränke ich mich auf einige wenige Themen, die meinen Kolleg*innen besonders am Herzen lagen. So etwa die „Teigtascherlrazzia“. Sie erinnern sich vielleicht, dass einst bei verstärkten Kontrollen des Marktamtes in asiatischen Betrieben mehr als 3,9 Tonnen Lebensmittel beschlagnahmt wurden. Auch die kostenlosen Pilzbegutachtungen, bei denen im Jahre 2019 übrigens einundneunzig Pilzfunde als giftig eingestuft wurden, fanden großen Anklang. Die Kontrolle von privaten Wohnungsvermietungen für touristische Zwecke, zum Beispiel Airbnb, sowie die Hygienekontrollen auf internationalen Donau-Kreuzfahrtschiffen weckten ebenfalls unser Interesse.

Dreizehn namhafte Wiener Kriminalschriftsteller*innen recherchierten nicht nur auf Märkten, in Beisln oder hippen Lokalen, sondern „schnüffelten“ sogar am Marktamt in der Spittelau und in der Dependance am Naschmarkt herum. Mein Dank gilt Herrn Marktamtsdirektor Andreas Kutheil, Mediensprecher Alexander Hengl und den Mitarbeiter*innen der MA 59 für ihre Auskunftsbereitschaft und ihre Geduld.

Genießen Sie diese bösen, humorvollen und spannenden Kriminalgeschichten rund um das Wiener Marktamt!

Viel Vergnügen wünscht Ihnen

die Herausgeberin Edith Kneifl

Wien, im Juli 2021

Stefan Slupetzky

Auf Herz und Nieren

Wie die Milli Zacherl vom Vegetarismus abfiel

Man kennt solche Geschichten zur Genüge: Die sympathische Protagonistin trifft auf einen Mann und findet ihn zunächst entsetzlich unsympathisch, ändert aber im Verlauf der Handlung ihre Meinung, um – begleitet von diversen Turbulenzen und dramatischen Momenten – auf den amourösen Schlusspunkt zuzusteuern, den das Publikum natürlich längst vorhergesehen hat: Die sympathische Protagonistin und der anfängliche Unsympathler treten vor den Traualtar.

Als durchschnittlicher Kinofreund könnte man meinen, dass in Hollywood fast jede Ehe so zustande kommt.

Die folgende Geschichte spielt aber im schönen Lichtental am Alserbach, und deshalb endet sie mit keiner Hochzeit, sondern fängt mit einer Scheidung an. Ganz anders als in Hollywood lässt sich das Glück in Wien nämlich nicht festhalten: Es ist ein Vogerl, und Vogerln sind natürlich flatterhaft; sie fliegen weiter, so schnell kann man gar nicht schauen.

Die dreißigjährige Ludmilla *Milli* Zacherl, geborene Powolny, zieht den Rollladen des Bunten Ochsen hoch, tritt durch die schwere Holztür in den Schatten des Lokals und eilt hinter die Budel. Ohne auch nur ihre Tasche abzulegen, zapft sie sich ein kaltes Seidel aus dem Hahn, setzt an und trinkt. Sie leert das Glas mit einem Zug und lehnt sich seufzend an die Theke.

Milli kommt gerade vom Bezirksgericht, wo sie sich endlich – nach drei langen Jahren! – ihres Gatten Franz entledigt hat. Ein Jawort ist ja rasch gegeben, weil zwei Liebende sich meistens einig sind, aber ein Neinwort landet vor Gericht, wenn der nicht mehr geliebte Ehegatte sich dagegen sträubt, es zu erwidern. Und der Franz hat Millis Neinwort keineswegs erwidert. Hat sich quergelegt. Hat bis zum Schluss gebockt wie ein verwöhnter Rotzlöffel, dem man den Schnuller wegnimmt. Bis zum Schluss, bis heute Vormittag.

Denn heute hat die Richterin endlich verstanden, was der Franz tatsächlich wollte. Dass es ihm nicht um die Milli, sondern eigentlich nur um den Bunten Ochsen ging, beziehungsweise um das Biedermeierhaus, das ihn beherbergt. Dieses einstöckige Häuschen hat die Milli vor vier Jahren geerbt, und zwar von ihrer Tante Henriette. Und auch schon vor der Tante Henriette, die alle Jetterl gerufen haben, ist das Ochsenhäusel fast zweihundert Jahre im Powolny'schen Familienbesitz gewesen. Angeblich hat sich Franz Schubert hier den einen oder anderen Rausch gegönnt, genauso wie sein Namensvetter Zacherl, nachdem er von der Erbschaft Millis Wind bekommen hat und stante pede aus Amerika zurückgekommen ist.

Es war nämlich der Franz, der ursprünglich die Milli sitzen lassen hat: Zwei Jahre nach der Hochzeit, also vor sechs Jahren, hat er, wie er es wortwörtlich ausgedrückt hat, »auf den ganzen kleinkarierten Dreck geschissen«, hat dem »bürgerlichen Scheißleben« Adieu gesagt und ist mit einer seiner »Tänzerinnen«, die nichts anderes als Gürtel- oder Praterhuren waren, nach Las Vegas aufgebrochen, um »das große Geld« zu machen. Nicht, dass er ein echter Zuhälter gewesen ist, der Franz, aber das Rotlicht und das Kleinganoventum waren schon sein Biotop, und hin und wieder so ein bisserl zuhalten hat da wohl auch dazugehört. Die Milli hat ihn nie danach gefragt, sie wollte gar nichts davon wissen. In Las Vegas jedenfalls hatte der Franz angeblich einen Bruder, der angeblich vor ein paar Jahren dorthin ausgewandert war und dort angeblich Millionen machte. Angeblich im Showbusiness. Das war natürlich typisch für den Franz, den Angeber: Bei ihm war alles nur angeblich.

Während er also ins Land der unbegrenzten Möglichkeiten abgezogen ist, hat sie als Küchenhilfe im *Fiakerbründl* weiter ihrem bürgerlichen Scheißleben gefrönt.

Dann aber diese unverhoffte Erbschaft von der Tante Jetterl: das Ochsenhäusel. Und damit die Möglichkeit, sich einen, nein, zwei langgehegte Träume zu erfüllen: eine schöne große Wohnung, noch dazu im Eigentum, mit einem malerischen Innenhof und hölzernen Pawlatschen, und ein eigenes Lokal. Wobei die ersten Monate als Wirtin durchaus kein Spaziergang waren. Der Bunte Ochse war mit seinem letzten Pächter zu einem verdreckten, schmuddeligen Loch verkommen, einem Säuferparadies, in dem statt Milch und Honig drittklassiger Fusel und verdorbener Sauerampfer flossen. Das Lokal wieder zu resozialisieren war ein immenser Kraftakt, der ein gutes halbes Jahr gedauert hat. Und immer noch kommen die Gäste lieber auf ein Seidel oder Achtel in den Bunten Ochsen als auf einen Veggie-Burger, einen Lauch-Karotten-Auflauf oder ein Tofuschnitzel mit Eierschwammerlsauce. Das Lichtentaler Herz schlägt halt nur insofern fürs Vegetarische, als man einen erlesenen Veltliner und ein musterhaft gezapftes Ottakringer quasi auch zur fleischlosen Ernährung zählen kann.

Vor drei Jahren ist dann der Franz auf einmal durch die Tür stolziert, und er hat ausgeschaut wie ein zerrupftes Hendel. Offensichtlich waren die Geldquellen von Las Vegas doch nicht so für ihn gesprudelt, wie er das erwartet hatte. Trotzdem stand er in der Pose eines sieggekrönten Feldherrn da, wie weiland Jan Sobieski, nachdem er den Türken vor den Toren Wiens den Marsch geblasen hatte.

»Endlich haben wir, was wir immer wollten!«, hat der Franz die Milli angestrahlt.

»Ach, und das wäre?«

»Na, das Haus! Natürlich ist es eine Bruchbude, aber das Grundstück ist Millionen wert. Was man da alles hinbauen könnte! Zwanzig Luxuswohnungen in bester Lage, mindestens! Und weißt du, was? Ich hab auch schon einen Investor an der Angel! Einen Rubelrussen, einen Oberoligarchen!«

Ohne lang zu fragen, hat der Franz eine Bouteille aus der Kühlwanne gezupft und sich ein Viertel eingeschenkt.

»Geh scheißen, Franzl«, hat die Milli ruhig zurückgegeben. Weil der Franz das aber keineswegs zu tun gedachte, sondern weiter über den Verkauf des Ochsenhäusels schwadronierte, hat die Milli noch am selben Tag den Scheidungsanwalt aufgesucht.

Drei Jahre, und bis heute hat der Franz nicht aufgegeben. Immer wieder ist er hergekommen, um sich aufzuplustern und die Milli anzulabern und sich an der Budel bei den hauseigenen Weinen zu bedienen.

Aber heute ist das ein für alle Mal vorbei. Die Ehe ist geschieden, und der Franz kann sich die Hoffnung auf Millis Erbschaft in die Haare schmieren. So ähnlich hat die Richterin es formuliert. Die Milli schenkt sich noch ein Seidel ein. Es ist ein Tag zum Feiern, nicht zuletzt, weil sie etwas Grundlegendes gelernt hat: Männer sind wie Wärmeflaschen. Angenehm für ein paar Stunden, aber sind sie einmal ausgekühlt, bleibt nichts als eine Flasche übrig.

Silberhell klingelt das Glöckchen an der Eingangstür.

»Wir haben noch zu!« Die Milli ruft es, ohne hinzusehen.

»Das hoffe ich«, kommt es zurück. »Ich will ja Ihre Gäste nicht belästigen.« Eine sonore Stimme, und der junge Mann, dem sie gehört, lässt Milli ihre Wärmeflaschentheorie sofort vergessen. Muskulös und hochgewachsen steht er da mit seinen schwarzen Haaren, und im Zentrum seines breiten Kinns – die Milli schnappt nach Luft – befindet sich ein Grübchen. So ein Grübchen in der Mitte eines Männerkinns ist schon immer ihre größte Schwachstelle gewesen. Auch der Franz hat so ein Grübchen auf dem Kinn: Im Rückblick hat es ja auch keinen anderen Grund gegeben, diesen Arsch zu heiraten.

Jetzt aber dieses neue Grübchen. Und die tiefe Stimme, und dieser geheimnisvolle Satz: *Ich will ja Ihre Gäste nicht belästigen ...*

»Belästigen?« Die Milli räuspert sich. »Wie kommen Sie darauf?«

»Weil ich mich hier bei Ihnen umschauen muss, gnädige Frau.« Der Grübchenmann nestelt ein Portemonnaie aus seiner Jackentasche, um es aufzuklappen und der Milli ein Stück Blech mit einem aufgemalten Stadtwappen zu präsentieren. »Ich heiße Friedrich Piwonka und bin vom Marktamt der Stadt Wien.«

Im Grund ist ja das Marktamt eine segensreiche Einrichtung. Seit fast zweihundert Jahren schaut es auf Marktständen und in den Supermärkten, in den Wirtshäusern, Cafés und Würstelständen Wiens nicht nur auf die gebotene Hygiene und die sachgemäße Lagerung von Lebensmitteln, sondern auch auf den korrekten Stand der baulichen und technischen Gegebenheiten. Segensreich ist das natürlich für die Wiener Feinschmecker und Schlemmer, deren innere Organe dank der Arbeit der marktamtlichen Kontrollorgane nur sehr selten Schaden an den ungezählten Pilzen, Parasiten und Bakterien nehmen, die dem Homo gastronomicus so nachhaltig den Appetit verderben können.

Aber alles Segensreiche hat auch eine Schattenseite, denn mit Sägen kann man nicht nur musizieren, sondern auch Bäume fällen, und was sagt dann der Baum dazu? Was sagt der Schwarzfahrer zum Fahrscheinkontrolleur, der Schnellfahrer zum Polizisten? Auch das Marktamt kann sich keiner ungeteilten Zustimmung erfreuen, die plötzlichen Besuche seiner Inspektoren zaubern keinem Würstelmann und keiner Gastwirtin ein Lächeln ins Gesicht.

Nicht einmal, wenn der Inspektor ein Grübchen hat.

Die Milli wird im Lauf der nächsten halben Stunde ein emotionales Wechselbad erleben. Einerseits die kleine Delle unter Friedrich Piwonkas Dreitagebart, verlockend wie ein Nest für einen Vogel oder eine warme Höhle für einen Neandertaler, andererseits das nüchterne Gebaren Piwonkas, das die Bedrohung noch verschlimmert, die seine Funktion von vornherein mit sich bringt. Nichts ist vor ihm sicher. Das betont er auch. »Die Gaststube, die Küche, die Toiletten und die Speisekammer«, sagt er trocken, »alles wird auf Herz und Nieren überprüft.«

»So etwas werden Sie hier nicht finden«, antwortet die Milli.

Piwonka horcht auf. »Was werd ich hier nicht finden?«

»Herz und Nieren. Ich koche vegetarisch.«

Keine Regung. Nicht einmal der Ansatz eines Schmunzelns. Piwonka zieht ein Notizbuch aus der Tasche und sieht sich im Gastraum um. Er hebt den Blick zur Decke, wiegt den Kopf und schreibt etwas in das Notizbuch, dann stampft er ein paar Mal auf dem alten Eichenboden auf.

»Nicht gut«, sagt er. »Nicht gut.«

Lampen, Tische, Stühle: Alles wird von ihm begutachtet. Die Schank, die Zapfhähne, die Spülmaschine und die Gläser, die Verschlüsse der bereits geöffneten Veltliner-, Chardonnay- und Rieslingflaschen: Alles nimmt er haargenau in Augenschein.

»Nicht gut«, sagt Piwonka.

»Wollen Sie vielleicht ein Achterl? Oder ein Seidel?«, fragt die Milli.

»Das wird Sie nicht retten.« Piwonka geht an der Bar vorbei und wendet sich der Küche zu.

»Der Mülleimer hat keinen Deckel«, sagt er, »nicht gut. Und die Küchenmesser.«

»Was ist mit den Messern?«, fragt die Milli.

»Holzgriffe.«

»Ja, und?«

»Verordnung vom letzten Juni. Keine Holzgriffe. Da nisten sich Bakterien ein.«

»Das ist mir neu. Ihr Vorgänger, der Herr Schramberger, hat so etwas nie erwähnt, wenn er den Ochsen inspiziert hat.«

»Deshalb ist er auch mein Vorgänger. Der Herr Schramberger arbeitet nicht mehr bei uns.« Zum ersten Mal bleckt Piwonka die Zähne: Es soll wohl ein Lächeln sein.

Die falschen Messer also, und der falsche Mistkübel. Dazu die falsche Abdeckplatte für den Herd, der falsche Dunstabzug, die falschen Gitterroste für das Backrohr. Selbstverständlich auch die falschen Fliesen an den Wänden.

»Gar nicht gut«, sagt Piwonka und wiegt den Kopf. Dann macht er sich zu den Toiletten auf.

Der Milli ist inzwischen schon ein bisserl schwindlig. Deshalb kehrt sie wortlos an die Bar zurück, wo sie sich noch ein Bier genehmigt. Dass ein Mann das hübsche Grübchen in der Mitte seines Kinns so rasch entzaubern kann, hat sie noch nie erlebt: Nicht einmal eine halbe Stunde lang hat Piwonka dafür gebraucht, das ist absoluter Weltrekord. Der Scheißkerl ruiniert mich, denkt die Milli. Neue Fliesen und ein neuer Dunstabzug, wie soll ich das bezahlen?

»Das wird nicht billig«, nimmt ihr Piwonka, der eben aus der Speisekammer kommt, die Worte aus dem Kopf. »Die falschen Klobrillen, das falsche Waschbecken, und ganz besonders Ihre Kühltruhe ...«

»Was ist damit?«

»Nach unserer neuesten Verordnung brauchen Sie zwei.«

»Sie machen Witze, oder? Glauben Sie, der Ochse ist ein koscheres Lokal?«

»Ob koscher oder nicht: Die MA 59 macht da keinen Unterschied, gnädige Frau.«

Die Milli findet, dass es an der Zeit für einen Grappa ist. Sie angelt sich die Flasche und ein Stamperl vom Regal.

»Das Hauptproblem«, spricht Piwonka jetzt weiter, »ist aber ein anderes. Dagegen sind die vielen anderen Mängel und die Geldstrafe, die ich von Amts wegen verhängen muss, nur eine Bagatelle.«

»Eine Bagatelle«, nickt die Milli. »Waschbecken und Klobrillen, Dunstabzug und Fliesen, eine zweite Kühltruhe und eine Geldstrafe.« Sie leert das Stamperl und löscht die heiß in ihrer Kehle auflodernden Grappaflammen mit einem Schluck Bier. »Wer weiß, wofür es gut ist?«, murmelt sie. »Zumindest weiß ich jetzt, dass Gott nicht existiert. Er hätte einem Mann wie Ihnen niemals so ein Kinn geschenkt.«

»Was ist mit meinem Kinn?« Piwonka starrt sie an. »Falls das beleidigend gemeint ist ...«

»Keine Sorge«, winkt die Milli ab und schenkt sich noch einmal das Stamperl voll. »Was ist denn jetzt das Hauptproblem?«

»Die Raumhöhe«, gibt Piwonka zurück. »Bis Juni waren drei Meter vorgeschrieben, aber nach der neuesten Verordnung sind es drei Meter zehn. Und ihre Räumlichkeiten haben laut meiner Messung nur drei Meter fünf.« Wie zum Beweis zieht er ein Maßband aus der Brusttasche und hält es in die Höhe wie die Freiheitsstatue ihre Fackel.

»Heißt das ...?«, ächzt die Milli.

»Ja. Dass Sie drei Möglichkeiten haben: Zusperren und die Räume anders nutzen, zusperren und ein neues Haus bauen oder zusperren und die Bruchbude verkaufen.«

Für ein paar Sekunden ist es still im Bunten Ochsen. Umso lauter aber schrillen die Alarmglocken in Millis Schädel. Etwas stimmt hier nicht, das spürt sie. Aber was? Die Glocken schrillen, sie warnen vor Gefahr, doch sie verraten nicht, vor welcher. Möglich, überlegt die Milli, dass mir noch ein Grappa auf die Sprünge helfen könnte ...

Vielleicht gibt es ihn ja doch, den lieben Gott. Wer sonst könnte ihr just in diesem Augenblick die Worte eingeflüstert haben, die sich gleich als Fallgrube für Piwonka erweisen werden?

»Wer soll diese Bruchbude schon kaufen?«, fragt die Milli.

»Sagen Sie das nicht, gnädige Frau! Das Grundstück ist Millionen wert. Was man da alles hinbauen könnte! Wenn Sie wollen, lass ich meine Kontakte spielen: Ich kenne da einen Investor, einen Rubelrussen ...«

»Einen Oberoligarchen!« Wie von selbst löst sich der Knoten in ihrem vom Schnaps befeuerten Gehirn. Natürlich! *Bruchbude* und *Rubelrusse:* Das sind doch exakt die Worte, die der Franz verwendet hat, als er sie vor drei Jahren zum Verkauf des Ochsenhäusels überreden wollte! Nur ein Zufall? Zufälle schauen anders aus.

»Ja, einen Oberoligarchen«, nickt Piwonka zustimmend. »Das wollt ich auch gerade sagen.«

»Geben Sie mir bitte ein Momenterl, Herr Piwonka. Und laufen Sie mir nicht davon. Ich muss nur kurz ... die mangelhaften Klobrillen inspizieren.« Schon wendet sie sich ab und bricht in Richtung der Toiletten auf.

Die Milli ist ja – abgesehen von ihrer ungesunden Leidenschaft für maskuline Grübchen – eine vorsichtige Frau. Sogar im Zustand mittelschwerer Alkoholisierung. Deshalb zieht sie lieber Notbremsen als voreilige Schlüsse. So auch hier: Nachdem sie sich im Damenklo verschanzt hat, sucht sie etwas auf dem Display ihres Smartphones, tippt dann eine Nummer in die Tastatur und wartet.

»Emma neunundfünfzig, Marktamt«, meldet sich ein Männerbass am anderen Ende.

»Grüß Sie«, raunt die Milli in den Hörer, »könnt ich bitte mit dem Herrn Schramberger sprechen?«

»Leider nein, der ist auf Inspektion.«

»Ach so ... Ist dann womöglich der Herr Piwonka im Haus?«

»Wie heißt der? Piwonka? So leid's mir tut, gnä' Frau, aber mit einem Piwonka kann ich nicht dienen. Einen Piwonka gibt's bei uns nicht.«

»Ach wirklich ...?«

»Kann ich Ihnen anders weiterhelfen?«

»Ja ... Vielleicht. Ich bin gerade auf der Suche nach geeigneten Betriebsräumen für ein Lokal und wüsste gern, ob es da eine festgelegte Mindesthöhe gibt.«

»Natürlich gibt es die, gnä' Frau. Sowohl im Gastraum als auch in der Küche sind drei Meter vorgeschrieben.«

»Danke«, seufzt die Milli auf, »Sie sind mein Retter. Darf ich fragen, wie Sie heißen?«

»Wokurka.«

»Herr Wokurka, Sie haben nicht zufällig ein Grübchen auf dem Kinn?«

»Äh ... Nein, aber warum ...?«

»Macht nichts. Wirklich nicht, Herr Wokurka. Ich glaub, von Grübchenmännern bin ich endgültig geheilt.«

In Hollywood beginnt die Liebe mit Antipathie, im Lichtental beginnt der Hass mit Wohlwollen. Auf dem Weg zurück zur Budel macht die Milli einen kleinen Schlenker in die Küche, um sich eines der von Piwonka beanstandeten Messer einzustecken. Trotz des Holzgriffs ist es ohne Zweifel keimfrei, weil sie es noch nie benützt hat: Für Karotten, Erdäpfel und Lauch ist so ein Filetiermesser ja nicht die erste Wahl.

»Und? Haben Sie sich die Sache überlegt, Frau Zacherl?«, fragt Piwonka, sobald sie wieder an die Schank tritt. »Soll ich den Investor kontaktieren?«

»Powolny«, antwortet die Milli. »Seit zwei Stunden heiße ich wieder Powolny, nicht mehr Zacherl.«

Piwonka horcht auf. Seine Gesichtszüge verfinstern sich, als würden sie in einen Schatten fahren. »Was soll das heißen?«

»Dass Sie sich umsonst hierher bemüht haben, Herr Piwonka. Oder sollt ich stattdessen Zacherl zu Ihnen sagen?«

»Wie ... Wie kommen Sie darauf?« Der Schatten hat jetzt eine grüne Farbe angenommen.

»Weil Sie Ihrem Bruder wie aus dem Gesicht geschnitten sind – das Kinn zumindest. Und weil Sie die gleiche Art zu reden haben. Und weil Sie charakterlich dieselbe Drecksau sind wie er. Es ist wohl nichts geworden mit dem Showbusiness und mit den Millionen in Las Vegas, oder? Aber hier ist auch nichts mehr zu holen für Sie. Das Ochsenhäusel können Sie sich in die Haare schmieren!«

»Der Franz, dieser debile Trottel!« Piwonka beziehungsweise Zacherl brüllt auf. »Er hat mir noch heut Früh gesagt, die Scheidung wird sich ewig hinziehen! Und bis dahin ...« Er verstummt und starrt die Milli an. Er scheint die Chancen abzuwägen, die ihm bleiben: Rückzug oder Angriff? Flucht aus dem Lokal oder nach vorne? Vielleicht denkt er sogar kurz daran, die Milli jetzt, wo sie ja frei ist, selbst um ihre Hand zu bitten. Eine reiche junge Frau, die noch dazu was gleichschaut. Blöd nur, dass sie ihn nicht sehr zu mögen scheint. Und deshalb schlägt er sich diesen Gedanken wieder aus dem Kopf – nicht nur gedanklich, sondern körperlich, mit anderen Worten: Er reißt beide Fäuste hoch, wie um auf den Gedanken eindreschen zu wollen.

Vor Piwonka beziehungsweise Zacherl steht aber kein Gedanke – jedenfalls kein für die Milli sichtbarer Gedanke –, sondern nur sie selbst. Und sie ist nicht gewillt, nach einem Großangriff auf ihre Nerven jetzt auch noch mit Fäusten auf sich eindreschen zu lassen.

Bier und Grappa mögen zwar ihr Reaktionsvermögen schwächen, doch ihre Entschlossenheit macht alles wieder wett. Schon liegt das Filetiermesser in ihrer Hand, schon rammt sie es dem überraschten Piwonka beziehungsweise Zacherl in die Brust, so schnell kann dieser gar nicht schauen. Für eine Vegetarierin gelingt ihr freilich ein Jahrhundertstich: Exakt zwischen die dritte und die vierte Rippe, haarscharf links neben dem Brustbein, kurz gesagt genau ins Herz.

Der falsche Marktamtskontrolleur geht ächzend in die Knie. Es sieht so aus, als wolle er den Holzboden noch einmal ganz genau unter die Lupe nehmen. Dann kippt er nach vorn und schlägt mit seinem Grübchen auf die Bretter. Piwonka beziehungsweise Zacherl zuckt ein letztes Mal und stirbt, auch wenn er sich bei Millis Messer sicher keine Keime eingefangen hat.

Die Milli trinkt noch einen Grappa, diesmal direkt aus der Flasche. Das mag unhygienisch sein, doch für das Einschenken fehlt ihr die ruhige Hand. Dafür, die Telefonnummer der Polizei zu wählen, auch. Sie muss sich sammeln, muss zur Ruhe kommen und sich konzentrieren. Vor ihren Füßen hat sich schon ein kleiner dunkelroter Teich gebildet. Schrubben? Abschleifen? Wie kriege ich das wieder aus dem Holz?, sinniert die Milli. Aber noch bevor sich ihre ungeordneten Gedanken klären, ertönt wieder das Glöckchen an der Eingangstür. Ein Mann stürmt ins Lokal, ein Mann, den sie sofort und auch im Gegenlicht erkennt.

Der Franz.

Ihr frischgebackener Exmann blinzelt angestrengt ins Halbdunkel des Bunten Ochsen. »Milli?«, stößt er atemlos hervor, »wo bist du?«

»An der Budel«, antwortet die Milli.

»Und bist du allein?« Der Franz reibt sich die Augen.

»Ja, in jeder Hinsicht. Wer sollt sonst noch da sein?«

»Niemand, also ... Keine Ahnung.« Zögernd tastet sich der Franz die Bar entlang. Zwei Schritte trennen ihn noch von dem dunkelroten Teich und dem dahinter liegenden toten Gebirge, das einmal sein Bruder war. »Du hast heut nicht vielleicht Besuch gehabt?«

»Besuch?«

Ein Schritt nur noch. Die Milli zittert. Hektisch wägt sie ihre Möglichkeiten ab, was aber rasch geht, weil es ohnehin nicht viele sind. Zwei, um genau zu sein. Eine davon ergreift sie jetzt, nämlich die Grappaflasche, und nimmt einen langen Schluck, während das Unvermeidliche geschieht: Der Franz gerät mit einer seiner Schuhspitzen in eines der Hosenbeine des Verstorbenen. Er rudert mit den Armen, gleitet auf dem blutgetränkten Boden aus und klatscht der Länge nach auf das Parkett. Dort bleibt er Aug in Aug mit seinem Bruder liegen, fast als habe jemand einen kleinen Spiegel zwischen ihnen aufgestellt. Die Ähnlichkeit der beiden Kinngrübchen ist nicht zu übersehen.

Natürlich brüllt der Franz. Und nicht nur wegen seines Sturzes, sondern auch, weil seine Augen sich inzwischen an das Dämmerlicht gewöhnt haben. Er brüllt wie ein wütender Stier, der gerade zum Ochsen wird. Und als er mit dem Brüllen fertig ist und still wird, furchterregend still, und seinem Bruder an die Brust greift, um das Filetiermesser herauszuziehen, und als er langsam aufsteht, mit dem Messer in der Hand, da weiß die Milli, dass kein Weg mehr an der zweiten Möglichkeit vorbeiführen wird. Sie hebt die Grappaflasche und drischt sie dem Franz so heftig auf die Stirn, dass sie zerbricht. Nämlich die Stirn, und nicht die Flasche. Bis in ihren rechten Bizeps kann die Milli spüren, dass ihre Scheidung jetzt nicht nur behördlich anerkannt, sondern tatsächlich auch vollzogen ist.

Im Bunten Ochsen herrscht wie immer Hochbetrieb. Die Milli steht hinter der Budel und hat alle Hände voll zu tun. Seit zwei Jahren zählt ihr Wirtshaus in der Marktgasse zu den beliebtesten Lokalen in Wien, sogar aus Transdanubien und Hietzing kommt man extra angereist, um hier zu speisen.

Als Spezialität des Bunten Ochsen gelten Innereien in jeder Form: glacierte Leber, Milzschnitten- und Leberspätzlesuppe, Beuschel, Bries und Kutteln, Hirn mit Ei und Lungenstrudel. Absoluter Spitzenreiter ist das Rahmherz mit den sogenannten weißen Nierndeln, das die Milli in der Speisekarte lapidar als *Herz und Nieren* bezeichnet.

Fragt sich nur, woher ihr Sinneswandel kommt. Warum sie jetzt das Vegetarische dem Karnivoren unterordnet und die fleischlichen den pflanzlichen Genüssen vorzieht?

Jedes Mal, wenn man die Milli darauf anspricht, lächelt sie. Es passe eben besser zum Lokal, sagt sie dann meistens. Aber manchmal, wenn sie schon ein bisserl was getrunken hat, erzählt sie, dass ihr vor zwei Jahren ein Irrtum unterlaufen sei, ein Fehler bei einer Bestellung. Plötzlich habe man ihr eine Ladung Fleisch ins Haus geliefert, hundertsiebzig Kilo frisch vom Ochsen, und damit es nicht verrottet, habe sie es eingefroren und stückweise verkocht. Auf Anraten des Marktamts habe sie sich damals sogar eine zweite Tiefkühltruhe angeschafft. Nachdem das zarte Ochsenfleisch den Gästen dann aber so gut geschmeckt habe, sei ihre Liebe zum Vegetarismus endgültig erloschen.

Deshalb wird im Bunten Ochsen seither wieder ganz traditionell gekocht.

Eva Holzmair

Ali Chen Afumba

»Wenn nur das Marktamt net kontrolliert hätt ...«

»Nicht jetzt«, faucht Ali ins Mobiltelefon und wischt den Anruf weg.

»Wer war das?«

»Annem.«

Obwohl Philip kein Wort Türkisch kann, ist ihm *annem* ein Begriff. Nicht nur ihm. Dem gesamten Marktamt ist *annem* einer, denn Alis Mutter bedeutet Stress. Für Ali. Und wenn Ali gestresst ist, dann Gnade Gott oder Allah, Kali oder Konfuzius, jedem, den Ali prüft. Wer von diesen Allmächtigen in Alis Familie gerade das Sagen hat, ist schwer auszumachen. Bei Alis Familienverhältnissen von kompliziert zu sprechen wäre eine Untertreibung.

»Gemma«, sagt Ali schroff. Sie verstaut die Messgeräte und schultert ihren Rucksack. Philip hat es längst aufgegeben, Ali in diesem Zustand daran zu erinnern, dass sie Partner sind, also beruflich, er hätte auch nichts gegen privat, aber Ali hat seine Einladungen auf einen Absacker stets abgelehnt. Ein hoffnungsloser Fall. Obwohl ... in dieses dunkle Wuschelhaar, das Ali ihrem sambischen Erzeuger verdankt, würde er sich schon gerne vergraben.

»Bist angwachsen oder was?«

»I komm schon.«

Sie wird sich bald beruhigen, es sei denn, das Smartphone hebt erneut an, Rihannas »Disturbia« zu intonieren. Ein weiterer mütterlicher Anruf würde Ali unter Dauerstrom setzen. Zum Glück haben sie vereinbart, dass er fährt. Stressabbau in den Öffis geht ja noch, darin ist Ali Meisterin und degradiert jeden grantigen Wiener zum Lehrbuben, aber heute, wo sie eines der wenigen Dienstautos ergattert haben, soll sie ihre Finger vom Lenkrad lassen. Aus der Ferne betätigt er den Öffner, denn Ali ist schon beim Wagen. Er rennt hin, reißt die Tür auf, wirft die Mappe nach hinten, plumpst in den Fahrersitz, gurtet sich an und startet. Nur wenige Sekunden hat das gedauert. Trotzdem schnaubt Ali verächtlich. Damit sie endlich runterkommt, fragt Philip, welchen Malusbetrieb er zuerst ansteuern soll.

»Mustafa Gül, Brünner Straße«.

Bei dem war doch immer alles in Ordnung. Und jetzt soll er laut Alis letztem Bericht kindergefährdende Plastikbagger geführt haben. Wahrscheinlich gehört er zu Alis Clan. An sich werden Betriebe, deren Besitzer oder Personal Prüfern privat bekannt sind, nicht von diesen kontrolliert. Angesichts Alis weitverzweigter Verwandtschaft wurde jedoch beschlossen, in ihrem Fall nach den Buchstaben des Gesetzes vorzugehen, die besagen, dass bei Ex-Schwagern, Ex-Schwägerinnen und sonstigen entfernteren Ex kein Naheverhältnis mehr besteht. Seither ist Ali bestrebt, diese abhanden gekommene Nähe vermittels kleinerer und größerer Schikanen hervorzukehren. Philip kann sich gut vorstellen, wie Ali mit aller Kraft so lange an der Baggerschaufel gezogen hat, bis sie abgerissen ist, um sie dann triumphierend durch das Schluckkanalröhrchen zu ziehen und dem verdutzten Gül zu zeigen, dass dieses Teilchen von einem Kind verschluckt werden könnte. »Bist du mit diesem Gül verwandt?«, fragt Philip und reiht sich in den Morgenverkehr auf der Nordbrücke ein. Dem gepressten Ton nach zu schließen, mit dem Ali »Onkel« hervorstößt, wird sie gleich auch ihn anfauchen. Trotzdem bohrt Philip nach:

»Dein richtiger Onkel oder nur einer von denen, die du so nennst, weil sie um vierzehn Ecken mit dir verwandt sind?«

»Ein Cousin von Mamas erstem Mann.«

»Herr Afumba war der zweite?«

»Ja, aber nur kurz. Afumba heißt auf Lozi so viel wie der, der plant. Zu viele Pläne, zu wenige Taten. Er ist trotzdem nett. Ich treff mich gern mit ihm.«

Philip merkt, wie allein die Erwähnung von Mister Afumba Ali beruhigt. Bei ihm ist sie offenkundig entspannter als bei anderen Familienmitgliedern. Deshalb bleibt er beim Thema.

»Lozi kannst du auch?«

Ali lacht. Philip mag diesen tiefen, leicht gurgelnden Ton. Weiß Ali, wie anziehend dieses raue Lachen auf ihn wirkt? Er wird den Verdacht nicht los, dass sie es zuweilen absichtlich einsetzt. Um ihn zu verwirren. Andere wohl auch. Trotzdem. Ihr Lachen ist ein gutes Zeichen. Vielleicht sagt sie doch einmal Ja zu einer Einladung.

»Lozi! Kein Wort. Merk dir eins, wirklich gut sprech ich nur Deutsch, Wienerisch inklusive. Türkisch, geht so. Englisch, na ja. Chinesisch, vergiss es, grad einmal ein paar Begrüßungs- und Abschiedsworte, obwohl Li Chen am längsten die Vaterrolle gespielt hat. Er war okay.«

»Der dritte Mann?«

Philip stellt die Frage vorsichtig, während er auf die Abbiegespur zur Brünner Straße wechselt. Schließlich will er dem recht sympathischen Herrn Gül und sich selbst den Tag nicht vermiesen.

»Ja. Nach Chen hat meine Mutter das Brimborium mit dem Standesamt sein lassen. Zu umständlich.«

»Verstehe!«

»Nix verstehst du!«

Was hat er nun schon wieder falsch gemacht? Er bremst abrupt, weil er fast die Einfahrt zum Firmenparkplatz übersehen hätte. Jetzt ist auch Philip auf hundertachtzig.

»Ich darf doch wohl noch ›verstehe‹ sagen!«

»Darfst du nicht! Weil du nämlich keine Ahnung hast.«

»Natürlich hab ich eine. Bei den gefühlt tausend Anrufen deiner Mutter hab ich schon einiges mitgekriegt.«

»Unfreiwillig«, fügt er hinzu und parkt ein. »Weil du so gut Türkisch kannst«, schießt Ali zurück.

»Falls es dir noch nicht aufgefallen sein sollte: Du redest Türkisch *und* Deutsch mit deiner Mutter.«

Während er den Gurt löst, brummt er: »Und das oft gleichzeitig.« Gerade als er aussteigen will, ertönt ein scharfes:

»Hier geblieben!«

»Ali, mir reicht's. Ich geh jetzt da hinein und überprüf, ob Gül die verdammten Bagger tatsächlich aus dem Verkehr gezogen hat. Du kannst dich inzwischen beruhigen und dann nachkommen.«

»Davor müssen wir das aber noch ausreden.«

»Was ›das‹?«

»Warum du nicht ›verstehe‹ sagen kannst.«

Philip greift auf den Rücksitz nach der Mappe mit Alis Bericht, den er gleich abarbeiten wird.

»Red das mit deiner Mutter aus, nicht mit mir. *Annem*, nicht Philip. Verstanden?«

»Das heißt *annen*. Mit n hinten.«

»Du sagst doch dauernd *annem*.«

»Weil *annem* meine Mutter ist. Du kannst aber nicht meine Mutter sagen, wenn du die meine und nicht die deine meinst.«

Bum bum be-dum bum bum be-dum bum. Rihannas »Disturbia«! Ali flucht in mehreren Sprachen, zumindest schließt Philip das aus dem ihm vertrauten Shit! »Drück sie weg«, sein Rat. »Damit sie in fünf Minuten wieder anruft«, schnaubt Ali und zeigt ihm den Stinkefinger. Grinsend winkt er ab und geht zu dem kleinen Supermarkt.

Am Hintereingang verabschiedet sich Philip von Mustafa Gül.

»... und lassen Sie sich nicht mehr so ein Dreckspielzeug anhängen.«

»Ich mich immer halten an Vorschriften.«

»Ist schon gut, Herr Gül, nun ist ja alles bestens.«

»Kunden auch zufrieden.«

»Das glaub ich gerne, auf Wiedersehen!«

»Allaha ısmarladık!«

Nicht einmal darauf reagiert Ali. Sie war ihm wenige Minuten später gefolgt, hat aber ganz gegen ihre sonstige Art

Philip bloß stumm begleitet und auch mit Herrn Gül kein Wort gewechselt, obwohl dieser sie mehrmals direkt ansprach. Nach einem kurzen Blick auf Ali schüttelt er jetzt den Kopf und geht zurück ins Geschäft.

Der heutige Tag kann ja noch heiter werden. Nur net anstreifen, beschließt Philip und marschiert zum Auto, Ali hinterdrein. Er überlegt, wie er die Route fortsetzen soll, damit sie die beiden anderen Malusbetriebe abhaken können. Am besten zuerst die Bäckerei in der Gumpendorfer Straße, die mit den gebrochenen Fliesen, und zum Schluss das Lebensmittelgeschäft hinterm Westbahnhof. Von dort kann er auf Schleichwegen dem Verkehr am Gürtel ausweichen und so rechtzeitig wieder im Marktamt sein, um die liegengebliebenen Kontrollberichte abzuschließen. Er merkt, dass Ali in seinen Überlegungen nicht vorkommt. Recht geschieht ihr! Wer nicht redet, hat auch nichts zu sagen.

Philip startet den Wagen, während Ali den Sicherheitsgurt mit Nachdruck einklickt. Still sitzen sie nebeneinander, so still, dass Philip das an sich kaum hörbare Motorgeräusch laut vorkommt. Eine fauchende Ali ist ihm lieber. Und eine lachende sowieso. Er denkt daran, wie Ali das erste Mal zum Dienst erschienen ist. Ein zartes, dunkles Persönchen kam den Gang entlang, der Chef an ihrer Seite. Neben dem Riesenkerl wirkte sie noch kleiner, doch keineswegs schüchtern. »Ich heiße Aliye Chen Afumba, aber bitte nennt mich einfach Ali. So bin ich es gewohnt.« Und dann ihr Lachen, als ein Kollege fragte, ob Ali nicht ein Männername sei. Gerade als Philips Erinnerungen zum ersten gemeinsamen Einsatz schwenken, sagt Ali plötzlich:

»Wie würdest du eine Leiche verschwinden lassen?«

Ha, ha. Philip gibt Gas, um noch während der Gelbphase einbiegen zu können. Alis Humor ist etwas schräg. Leiche verschwinden lassen. Na gut, spielt er eben mit:

»Frisch oder schon vergammelt?«

»Folienverpackt und tiefgefroren.«

»Zerteilt?«

»Nein, im Ganzen.«

»Zerteilt wäre leichter.«

»Ja.«

»Schwer?«

»So um die siebzig Kilo.«

»Am besten zu einer vorhandenen Leich' legen. Blöd, dass wir dem Himmelreich den Gewerbeschein entzogen haben. Der hätte das sicher gemacht. Du weißt schon, der Bestatter, der gleichzeitig ein Reisebüro betrieb. Begrüßung mit Sonnenhut für die Malediven, mit schwarzem Kapperl fürs Begräbnis.«

Ali reagiert mit einem Zischlaut, so als würde sie Luft zwischen den Zähnen einatmen, während Philip im zweiten Gang hinter einem Lkw die Hörlgasse bergauf kriecht.

»Hör mir auf mit dem Himmelreich! Ich kann den Namen schon nicht mehr hören. Hast keine bessere Idee?«

Philip ist sich nicht sicher, dass er das Spiel noch fortsetzen möchte.

»Ich hab dich was gefragt.«

»Was?«

»Ob du keine bessere Idee hast.«

So lustig ist das nicht mehr.

»In die Donau werfen?«

»Ich hab in Physik nicht gut aufgepasst, aber ich glaube, eine tiefgefrorene Leiche würde oben schwimmen und nicht untergehen. Das fällt auf.«

»Vergraben?«

»Dazu müssten wir irgendwohin fahren, wo keine Leute sind. Ohne Auto ein Problem.«

»Wir haben also kein Auto?«

»Jetzt schon, aber später nicht.«

»Wieso?«

Sie klopft aufs Armaturenbrett.

»Unser Auto ist geliehen. Das müssen wir am Nachmittag zurückgeben und danach haben wir keines, kein geeignetes. Mein Fiat 500 ist zu klein.«

Philip spürt, wie ihm zusehends mulmiger wird, vielleicht, weil soeben die grauen Mauern der Justizanstalt Josefstadt vor ihm auftauchen.

»Dann bleibt nur die Müllverbrennungsanlage. Gleich beim Marktamt. Die taut auf und verbrennt in einem Arbeitsgang.«

»Kommen wir da rein?«

»Theoretisch ja, der offizielle Fluchtweg des Marktamts führt dort vorbei, aber praktisch und mit Leiche, keine Ahnung.«

Aus den Augenwinkeln sieht Philip, wie Ali zum Smartphone greift. Er wartet auf einen Satz, der das Ende des Spiels markiert oder zumindest einen Themenwechsel, doch Ali schweigt. Es ist ein nachdenkliches Schweigen, kein zorniges. Im Kontaktspeicher sucht sie nach jemandem. Jäh steigt Philip aufs Bremspedal. Gerade rechtzeitig. So ein Idiot! Soll hinter und nicht vor ihm die Spur wechseln! Gerade als er die Mariahilfer Straße quert, beginnt Ali ein Gespräch auf Türkisch. Es ist nicht mit ihrer Mutter. Trotzdem kommt sie öfter vor. *Annem* kann er heraushören. Auch den Namen Hakan. Sonst versteht er bloß Bahnhof.

Philip ist erleichtert. Seit dem Telefonat und einem Rückruf ist Ali viel lockerer. Die Überprüfung der Bäckerei war problemlos, Ali kooperativ und freundlich. Auch jetzt in diesem Krämerladen war sie entspannt, hat sogar mit der jammernden Besitzerin – »dauernd diese Kontrollen« – einige Worte gewechselt – »besser wir vom Marktamt als die Fremdenpolizei« – und dabei auf die Tür gedeutet, durch die bei ihrer Ankunft ein Bursche davongerannt ist. Nun fläzt sie sich in den Beifahrersitz und textet eine Nachricht. Noch während ihre Finger in atemberaubendem Tempo übers Smartphone flitzen, meint sie:

»Kannst du mir einen Gefallen tun?«

»Kommt drauf an.«

Sie schickt die Nachricht ab und schaut zu Philip. So groß ihre Augen und so dunkel die Iris. Auch Alis Stimme klingt dunkel, als sie sagt:

»Wir müssen nur die siebzig Kilo, folienverpackt und tiefgefroren, von meiner Mutter abholen und zur Müllverbrennungsanlage bringen.«

Philip schluckt.

»Wenn du nicht willst, dass ich sofort die Polizei verständige, sagst du nichts mehr und fährst brav mit mir zurück zum Marktamt.«

»So einer bist du also, so ein, so ein ...«

»Was?«

»So ein typischer Wiener, der gleich vernadert, ohne viel nachzudenken.«

»Ich komme aus Niederösterreich.«

»Die sind noch schlimmer.«

Was glaubt sie denn, wer sie ist? Dunkler Blick. Von wegen! Nicht mit ihm. Philip startet das Auto und fährt zur nächsten Quergasse. Er will links abbiegen, doch Ali giftet:

»Zu meiner Mutter geht's nach rechts.«

Nach einer Vollbremsung brüllt Philip:

»Wir fahren zum Marktamt, nicht zu deiner Mutter. Verstanden!«

Ebenso laut schreit Ali zurück:

»Wir müssen aber zu ihr. Denn wir sind an allem schuld.«

»Wir?«

»Das Marktamt! Weil es so viel kontrolliert! Unangekündigt ...«

»... sonst hätte es doch keinen Sinn ...«

»... und beim Himmelreich zum falschen Zeitpunkt.«

»Bei dem wäre kein Zeitpunkt der richtige gewesen. Er hätte in jedem Fall die Bewilligung verloren.«

»Ja, schon, aber so ist noch anderes schiefgelaufen. Während und wegen der Kontrolle.«

»Wieso? Was war da? Ich war ja nicht dabei.«

»Ich auch nicht, aber ich muss mich jetzt mit den Folgen herumschlagen. Und zu denen gehört eine Leiche ohne Grab.«

Mehrstimmiges Hupen übertönt Alis letzten Satz. Rasch fährt Philip wieder an, biegt rechts ab und sucht nach einer

Parklücke. Das darf doch nicht wahr sein! Jetzt, wo er dringend eine bräuchte, ist alles zugeparkt. Da sagt Ali sanft:

»Bitte fahr zu meiner Mutter. Sie leitet die Großküche der Meder-Werke. Nicht weit von hier.«

»Die in der Penzinger Straße?«

»Genau die.«

»Dort gab's noch nie Beanstandungen.«

»Und so soll es bleiben. Ich erzähl dir auf dem Weg dorthin den ganzen Pallawatsch, du holst dafür mit mir die Leiche ab, und wir fahren sie zur Müllverbrennungsanlage. Dort wartet schon Hakan ...«

»Hakan?«

»Einer von Mamas Freunden. Er erledigt dann alles. Wir müssen uns um nichts sonst kümmern, nur um die Fahrt.«

»Warum holt dieser Hakan das Paket nicht selber ab?«

»So eng ist seine Beziehung zu Mama wieder nicht, dass er das auch noch für sie tun würde.«

»Und deine Mutter, warum führt sie nicht die Leiche hin?«

»Weil sie findet, dass wir, das heißt wir in Vertretung des Marktamts, zur Bereinigung dieser Angelegenheit beitragen müssen.«

Wider Willen muss Philip lachen. Etwas derart Absurdes ist ihm noch nie untergekommen. Das Marktamt soll Schuld an einem tiefgefrorenen Toten haben. Ist es überhaupt ein Mann? Ali bejaht und fängt zu erzählen an, während Philip stadtauswärts Richtung Penzing fährt.

Alles begann mit der Überprüfung von Herrn Himmelreichs Bestattungsunternehmen, das gleichzeitig ein Reisebüro war. Diese Kombination machte durchaus Sinn. Sein eigentliches Geschäftsmodell, von dem Philip nun zum ersten Mal hört, war simpel und für alle Seiten von Vorteil. Nicht jeder der in Österreich lebenden Menschen mit Migrationshintergrund möchte auch hier begraben werden. Eine offizielle Überführung kommt teuer. Für manche Hinterbliebene zu teuer. Doch die Option, in Eigenregie eine Leiche in Teppichen eingewickelt über mehrere Grenzen zu befördern, ist wenig empfehlenswert, nicht nur wegen des Zustands des Transportguts bei der Ankunft. Hier kam Himmelreichs Billigvariante ins Spiel. In speziell präparierten Reisebussen fuhren die Toten gemeinsam mit den Touristen zu ihren Destinationen. Es dauerte nur etwas länger als ein offizieller Transport, doch diese Verzögerung wurde durch das gesparte Geld mehr als wettgemacht.

»Und dann sind wir aufgekreuzt, also nicht du oder ich, sondern der Ebelsberger von der Gewerbekontrolle. Während er sich die Kühlanlage, Transportsärge und so weiter zeigen ließ, haben Himmelreichs Mitarbeiter eine Leiche, die schon abholbereit im Hof wartete, in einem ihrer Privatautos versteckt und auch noch zwei andere Leichen, die nicht ganz vorschriftsmäßig gelagert waren.«

»Alle in dem einen Auto?«

»Nein, schon in mehreren. Jedenfalls hat die Kontrolle ziemlich lange gedauert ...«

»So gehört sich's.«

»... und Verwirrung gestiftet. Als Ebelsberger dann endlich weg war und die Fahrer mit ihren Bussen für die Balkan- und Türkeirundreisen vorfahren konnten, wurden die Toten verfrachtet, doch irgendwas muss schiefgelaufen sein. Jedenfalls stank es nach Tagen aus einem Kofferraum. Und niemand wusste, wohin die dort entdeckte Leiche gehörte.«

»Sie ist auch niemandem abgegangen?«

»Niemandem. Hektische Telefonate nach Skopje, Pristina und Edirne haben ergeben, dass sämtliche Toten angekommen und zwei davon bereits unter der Erde waren.«

»Und warum hat Himmelreich nicht selbst fürs Verschwinden dieser Leiche gesorgt?«

»Sein Gewerbeschein war bereits weg, und unsere Schwerpunktaktion bei den Bestattern lief gerade auf Hochtouren. Wem hätte er sie denn anhängen sollen?«

»Einer wie er hat doch sicher Kontakte.«

»Klar, nur du vergisst die Stinkwut, die Himmelreich auf uns hatte. Und deshalb hat er den Toten vor Mamas Küche abgelegt mit einen Zettel dazu: *Ein Geschenk für deine Scheiß-Marktamtstochter! Ferdi.*«

»Deine Mutter kennt Ferdinand Himmelreich?«

»Einer ihrer Versuche mit waschechten Wienern. Deshalb weiß sie ja auch, was dort tatsächlich gelaufen ist, hat es mir aber nie gesagt. Erst jetzt rückt sie damit raus. Und das im Stundentakt, sodass ich nur noch eines will, diese verdammte Leiche verschwinden lassen, um wieder Ruhe zu haben.«

Ali schlägt mit der Faust aufs Armaturenbrett, so heftig, dass sogar das Lenkrad unter Philips Händen zittert. Ruhe haben! Bei Alis Mutter in Verbindung mit Alis Temperament nichts als ein frommer Wunsch. Und er, der stets gelassen agierende Philip, mittendrin. Eigentlich müsste er melden, dass in einer Werksküche eine Leiche lagert. Das verstößt gegen sämtliche Vorschriften.

»Der Tote ist tiefgefroren, sagst du?«

»Ja, Mama hat ihn gemeinsam mit einem Küchengehilfen, der hoffentlich den Mund halten wird, in eine ungebrauchte Kühltruhe gesteckt.«

Gut, die Leiche liegt wenigstens nicht unter Lebensmitteln. Das würde er nicht durchgehen lassen, das würde er melden. Sicher. Nein, doch nicht, denn wie könnte er erklären, dass er davon weiß, ohne sich selbst und vor allem Ali hineinzuziehen. Anonyme Anzeige? Bei einer Großküche, die immer ein Vorzeigebetrieb war, würde das nach Vernaderung durch einen geschassten Mitarbeiter klingen. Nein, so läuft das nicht. Einer vom Marktamt steht zu dem, was er sieht und hört. Aber da ist Ali. Und dort vorne sind die Meder-Werke.

»Wo soll ich parken?«

»Nimm den Lieferanteneingang, rechts um die Ecke.«

Philip rollt durch einen als »Zufahrt nur für Berechtigte« bezeichneten Torbogen.

»Fahr zur grauen Halle dort hinten. Mama kommt gleich raus.«

Im Rückspiegel sieht Philip eine Gestalt über den Hof laufen. Das wird wohl Alis Mutter sein. Er parkt vor der alten Lagerhalle, deren Verputz schon etwas bröckelt. Steht etwa hier die Kühltruhe? Zwischen den von der Firma Meder gefertigten Maschinenbauteilen? Ali springt aus dem Wagen. Auch Philip steigt aus, wendet sich der herbeieilenden Frau zu und traut seinen Augen nicht. Diese Mutter hat er sich anders vorgestellt. Ganz anders.

In der letzten halben Stunde hat Philip wie in Trance gehandelt. Zuerst der Anblick von Alis eigenwillig androgyner und dabei attraktiver Mutter, einer Art Dragqueen, nur nicht ganz so aufgetakelt und geschminkt, dafür mit echtem Busen. Philip musste sich zwingen, sie nicht ständig anzustarren. Dann noch das verlassene Gebäude, in dem nur Gerümpel stand, darunter eine große Gefriertruhe im Lichtkegel eines verdreckten Fensters. Über ein Verlängerungskabel, das sich zwischen staubigen Kisten und Gerätschaften schlängelte, war die Truhe an eine Steckdose angeschlossen. Als Alis Mutter den Deckel aufklappte und ihn aufforderte, mit ihr gemeinsam den vereisten Toten rauszuholen, kostete es ihn Überwindung hinzugreifen, obwohl der Verstorbene mit Plastik umwickelt und mit Spagat verschnürt war. Zu allem Überdruss war er am Boden festgefroren. Er und Alis Mutter mussten in die Truhe klettern, um besser anpacken zu können, während Ali Schmiere stand.

»Sollte wer kommen, dann schlag ich einfach den Deckel zu. Keine Sorge. Ich hol euch schon raus. Wenn's sein muss, auch steifgefroren.«

Philip hat schon mehr gelacht. Mit vereinten Kräften, wobei er immer wieder vom Anblick der muskulösen Arme von Alis Mutter abgelenkt wurde, ist es ihnen gelungen, den Mann loszueisen, aus der Truhe zu heben und zum Auto zu schleppen. Ali, wie immer für alle Fälle vorbereitet, holte aus ihrem Rucksack eine Plastikfolie und legte damit den Rücksitz und den Zwischenraum zu den Vordersitzen aus. »Nur zur Sicherheit, sollte er safteln«, meinte sie. Sofort warf Alis Mutter ein, dass er höchstens auftauen und deshalb nässen könnte. Die beiden stritten eine Weile, als wäre nicht der Tote das größte Problem, und wechselten dabei die Sprachen im Sekundentakt. Erst als ein Mitarbeiter über den Hof schlenderte und Alis Mutter zurief, wen sie sich denn zum Tratschen eingeladen habe, schlug Ali die hintere Wagentür zu und schrie zurück:

»Wir sind schon wieder weg.«

Der Mann grinste breit:

»Ali, war doch nur Spaß. Früher hast deine Mama oft besucht.«

»Das ist lang her. Jetzt bin ich im Dienst, nicht in der Schule.«

Der Mann grinste noch breiter:

»Da geht's nimmer so leicht, das Stangeln.«

Die beiden plänkelten noch eine Zeit lang, während Philip einen Schweißausbruch nach dem anderen hatte und krampfhaft am Paket vorbeischaute, das zwischen Vorder- und Rücksitzen eingeklemmt lag. Das Fußende des Toten ragte fast bis zum Seitenfenster hoch. Endlich verabschiedete sich Ali und sie konnten das Betriebsgelände verlassen, ohne dass der Meder-Mitarbeiter etwas bemerkt hätte. Freundlich gewunken hat er ihnen sogar, wie auch Alis Mutter. »Sie kann sich nicht entscheiden, ob sie eine Frau oder ein Mann sein will«, sagte Ali.

Ist doch egal, denkt Philip. Im Augenblick geht es der Frau jedenfalls besser als ihm. Sie ist zurück in ihrer Küche und kann den Toten vergessen. Philip hingegen muss mit der Leiche durch Wien fahren. So an die Verkehrsregeln gehalten hat er sich noch nie im Leben. Nur nicht auffallen! Aber unter fünfzig km/h fährt kein normaler Mensch in dieser Stadt! Mit Bedacht steigt Philip aufs Gaspedal. Knapp überm Tempolimit. Schon besser. Ali schweigt und tippt in ihr Smartphone. Ihm ist es recht. Er will nichts anderes, als die Fracht da hinten loswerden. Endlich sieht er den Kaminturm der von Friedensreich Hundertwasser behübschten Verbrennungsanlage auftauchen.

»Wo wartet denn dieser Hakan auf uns?«

»Bei seinem Müllwagen, aber nicht direkt bei der Verbrennungsanlage. Zu viele Augen.«

»Klar. Wo dann?«

»Gleich daneben. Am Lagerplatz der MA 28. Du weißt schon, der von der Straßenverwaltung auf der Heiligenstädter Lände.«

»Ja, ja. Und dort ist niemand, der uns sieht?«

»Ich hoffe.«

»Ich auch.«

Philip spürt, wie ihm der Schweiß über den Rücken rinnt. Sogar vom Lenkrad rutscht Philip ab, weil die Hände ganz feucht sind. Jetzt versaut *er* das Auto, nicht der Tote. Plötzlich ruft Ali:

»Dort!«

Ein gedrungener Mann im orangen Overall winkt vom Straßenrand und deutet auf die Einfahrt zum Lagerplatz, auf dem Philip einen Müllwagen entdeckt. Erleichtert rollt er auf ihn zu, während Hakan hinterherjoggt. Kaum hält Philip an, reißt Hakan auch schon die Hintertür auf:

»Wir müssen schnell machen. Jetzt grad niemand da. Ich Kopf, du Füß.«

Schon zerrt er den Toten heraus. Philip kann gerade noch dessen Beine fassen und mit Hakan zum Müllwagen hasten. Sie hieven das Paket hoch und werfen es in den riesigen Container. Hakan klettert hinauf und stochert mit einer Stange im Abfall herum.

»Mann muss weiter unten sein.«

Philip ist alles recht. Hauptsache, er sieht keine *anne* mit was auch immer für einer Endung, keinen Hakan und vor allem keine Leiche mehr. Endlich ist der Mistfahrer zufrieden, will absteigen, doch da kommt Ali mit der Plastikfolie angerannt.

»Die auch!«

Hakan stöhnt:

»Tamam.«

»Teşekkürler!«

Er wirft die Folie dem Toten nach, verstaut die Stange, springt ab und zeigt mit dem Daumen nach oben. Dann rennt er zur Fahrerkabine, steigt ein, reversiert und rumpelt los. Bei dem Tempo macht Philip nicht mit. Jetzt schon gar nicht. Er schleicht zurück zum Auto. Er ist so was von müde! Völlig fertig lässt er sich auf den Sitz fallen. Sofort fährt er wieder hoch und tastet ihn nach nassen Stellen ab. Alles trocken. Er blickt nach hinten und atmet auf. Auch der Rücksitz und der Boden sind sauber. Nichts erinnert mehr an den Sondertransport, bloß Philips Erschöpfung, als hätte er gerade eine schwere Krankheit überstanden. Unterdessen ist auch Ali eingestiegen. Sie starrt durch die Windschutzscheibe auf das trostlose Industriegelände unter der Gürtelbrücke. Unvermittelt flüstert sie: »Danke.« Philip antwortet nicht. Stattdessen startet er und fährt die paar hundert Meter zum vertrauten Marktamtsgebäude, wo er den Wagen abstellt. Aus dem Kofferraum holt er Alis Rucksack und die Mappe.

»Wirst den Mund halten?«

Alis Stimme klingt wie die eines Kindes, das Angst vorm Verpetztwerden hat. Philip nickt und reicht ihr den Rucksack. Zögernd schultert sie ihn und blickt zu Philip hoch. Sie schaut ihn lange an, erst dann sagt sie:

»Hast heute noch was zu tun? Ich mein, ich, also, ich kenn da ein nettes Lokal unter den Stadtbahnbögen. Darf ich dich einladen?«

Gerhard Loibelsberger

Die Bier-Fini

Eine Erzählung basierend auf einem Mordfall im Juli des Jahres 1918

Voll Zorn betrat Joseph Maria Nechyba das Marktamt am Naschmarkt. Wie ein Panzerkreuzer schob er sich durch das Menschenmeer vor zu dem breiten Tisch, hinter dem die Marktamtsbeamten Auskünfte erteilten und Beschwerden entgegennahmen. In Zeiten des allgemeinen Lebensmittelmangels überwogen Letztere. Der Oberinspector steuerte auf einen sanguinisch aussehenden Marktamtsmitarbeiter zu und brummte, als er vor ihm stand:

»Stankowitz ...«

Der wurde beim Anblick des Oberinspectors blass, fertigte die Frau, die gerade eine Beschwerde bei ihm vorbrachte, mit einigen unfreundlichen Worten ab und wandte sich Nechyba zu:

»Was gibt's? Was hab ich verbrochen?«

»Reden S' net so deppert daher, Stankowitz. Was Sie verbrochen haben interessiert mich nicht. Was Sie nicht gmacht haben, das interessiert mich.«

»Und das wäre?«

»Sie haben Ihre Aufsichtspflicht aufs Sträflichste vernachlässigt. Die Fratschlerinnen[1] und die Schieber am

[1] Marktstandlerinnen

Markt machen, was sie wollen. Die tanzen euch Marktamtlern auf der Nasn umadum.«

Stankowitz machte eine müde Handbewegung.

»Ich bitt Sie! Sehen S' net, was da los ist? Da geht's zu wie in einem Irrenhaus.«

Nechyba knallte einen fetten grünen Buschen, aus dem vier gelbe Rüben herauslugten, auf den Tisch und fauchte:

»Da! Da schaun S'! Das hat mir eine Fratschlerin gerade als ein Kilo Rüben verkauft. Haben S' a Messer und a Waage da?«

Stankowitz winkte Nechyba zu, ihm in die hinteren Räume des Marktamtes zu folgen. Dort stand eine Waage, auf die der Oberinspektor das Büschel warf.

»Da schaun S'! Das is net einmal ein Kilo. Da fehlen sechs Deka. Und jetzt geben S' mir ein Messer! Jetzt schneid ma das Grünzeug ab.«

Stankowitz schnitt den Blätterbuschen ab und legte die vier Rüben nun alleine auf die Waage. Sie wogen zweiundvierzig Deka.

»Und das haben S' als einen Kilo Rüben gekauft?«

»Sie sagen es.«

»Bei wem?«

»Bei einer Fratschlerin, die ich von früher net kenn ...«

»Stand 452 bis 454?«

»A junge, fesche Person.«

»Das is die Bier-Fini. Kommen S', statt ma ihr einen Besuch ab.«

»Fini, was machst denn für Sachen?«, grantelte Stankowitz die Fratschlerin an. Er schnappte sich einige Büschel gelbe Rüben, zückte sein Taschenmesser und begann das Grün abzuschneiden.

»Bist narrisch, Theo? Was tuast denn da?«

»Ich schneid das Grün von deinen Rüben ab. Dann wirst sie neu wiegen und ohne dem Viehfutter drauf verkaufen.«

»Aber da verdien i ja nix mehr!«

»Du verkaufst die Rüben sowieso zum amtlich zugelassenen Höchstpreis.«

»Wennst net sofort aufhörst, meine Ware zu beschädigen, ruf i die He[2].«

Nechyba, der mit stoischer Ruhe der Auseinandersetzung zugeschaut und zugehört hatte, räusperte sich und zückte seine k. k. Polizeiagenten-Kokarde.

»Die is eh schon da.«

»Na hallo! Was san Sie für einer?«

»Der Hallo is schon gstorben. Der liegt neben dem Heast am Zentralfriedhof. Und um Ihre Frage zu beantworten: Ich bin der, der große Lust hat, Sie wegen Preistreiberei und gewerbsmäßigen Betrugs anzuzeigen.«

Die Gesichtszüge der Bier-Fini, die gerade noch wutverzerrt waren, wurden weich. Mit einem picksüßen Lächeln näherte sie sich Nechyba und schnurrte:

»Aber das würden Sie doch nie tun, Herr Inspector ...«

»Oberinspector ...«

[2] Polizei

»O la la! Oberinspector ...«, raunte die Fini und drückte ihren Busen an Nechybas Bauch. Der machte einen Schritt zurück und brummte:

»Bleiben S' mir vom Leib.«

»Bitte um Entschuldigung, Herr Oberinspector. Ich wollt ja nur lieb sein.«

»Lieb können S' zu ihrem Gatten sein.«

Finis Miene verdüsterte sich und sie begann zu jammern:

»Mein Gatte? Mein Gatte .... der is in Kriegsgefangenschaft ... in russischer ... und i steh allanich mit dem Gschrappn da ...«

Dabei machte sie mit dem Kopf einen Schlenker hin zu einem etwa zwölfjährigen Buben, der blass in einer Ecke stand und regungslos die Szene beobachtete.

»Scheißkrieg!«, erklang eine Frauenstimme aus der Menschenmenge, die sich mittlerweile um den Marktstand gebildet hatte. Und eine andere keifte:

»Geh! Die Fini braucht gar net auf oam tuan. Die hat eh einen Gschamsterer, der ihr das Bett wärmt.«

Just in diesem Moment beobachtete Nechyba einen Schatten, der sich hinten im Marktstand befand und eiligst das Weite suchte.

Am nächsten Tag nach Dienstschluss machte der Oberinspector, so wie fast an jedem Abend, einen Spaziergang über den Naschmarkt. Langsam schob er sich durch die Menschenmassen, die so wie er auf der Suche nach leistbarem

Gemüse oder Obst waren. Dazwischen wurden immer wieder Kisten von Pferdefuhrwerken abgeladen. Die Kutscher fluchten, die hungrigen Menschen drängten und die Pferde ließen dicke Pferdeäpfel auf das Pflaster fallen. Faktum war, dass es nie genug Ware gab und dass es deshalb immer wieder zu hässlichen, tumultartigen Szenen kam, bei denen die uniformierte Polizei und die Ordnungskräfte des Marktamtes einschreiten mussten. Als Nechyba am Stand der Bier-Fini vorbeiging, bekam er Lust auf ein kühles Bier. Also steuerte er auf die Fratschlerin zu. Sie sah ihn und setzte augenblicklich ihr picksüßes Lächeln auf.

»Ah der Herr Oberinspector! Was darf's denn sein?«

Flüsternd fügte sie hinzu:

»I hätt heut frische Marillen für Sie ...«

Nechyba bekam einen Riesenappetit auf Marillenknödel. Also nickte er und folgte der Fratschlerin in den Stand hinein.

»Die Marillen biet i net draußen bei den anderen Sachen an. Die hab i da herinnen. Nur für spezielle Kundschaft. Wieviel darf's denn sein?«

»Naja ... so zwei Kilo ...«

Die Standlerin nahm ein großes Stanitzel und füllte es mit Marillen. Nechyba zahlte einen geschmalzenen Preis und stellte, da er noch immer Durst hatte, folgende Frage:

»Sie ham doch den Spitznamen Bier-Fini, net wahr? I hätt so a Lust auf a Bier ...«

»Na dann gehen S' da gleich zum Nachbarstand durch. Dort ist mei Bua und der gibt Ihnen ausm Eisschrank a Bier.«

Nechyba begab sich Josefine Juhls Anweisungen folgend in den Nachbarstand, ließ sich von Finis Sohn eine Flasche

Bier aus dem Eisschrank geben und öffnete sie mit einem »Plopp«. Plötzlich sah er ihn wieder: den Schatten, der sich eiligst päulisierte[3].

»Theo? Warum sekkierst du mich?«

»Ich sekkier dich net. Ich möcht nur, dass du dich an die behördlich festgelegten Höchstpreise hältst.«

»Geh Theo! An die halt sich doch keiner.«

»Red keinen Stuss. Alle halten sich dran.«

»Aber nur bei der Ware, die s' öffentlich vorm Standl anbieten. Nicht bei den Sachen, die sie hinten im Standl lagern und unter der Hand verschachern. Glaubst, dass wenn i frische Marillen krieg – eh nur ein paar Kilo –, dass i die vorn zu den von euch Marktamtlern festgelegten Preisen verkauf? I bin do net deppert! Die verkauf i an ausgewählte Kundschaft im Hinterstüberl. Zu Preisen, die i festleg.«

»Hör auf! Das will i gar net wissen. I red jetzt nur von den gelben Rüben, wo du das ganze Blattlwerk mitgewogen und zum von uns festgesetzten Preis für Rüben mitverkauft hast. Das ist Betrug. Das geht so nicht.«

Josefine Juhl ging um Stankowitz' Schreibtisch herum, setzte sich auf die Schreibtischkante und lehnte sich zu dem auf einem Sessel sitzenden Beamten hinunter. Da es Juli und ganz schön heiß war, trug sie ihre Bluse weit aufgeknöpft. Sich zu Stankowitz vorbeugend gurrte sie: »Was geht so nicht?«

[3] davonmachte

Als die Bier-Fini eine Viertelstunde später das Marktamt durch die Hintertür verließ, richtete sie mit einigen Handgriffen ihr zerrauftes Haar und ihre Bluse. Danach hob sie den Rock und zog sich ungeniert Strümpfe und Strumpfbänder, die arg verrutscht waren, hinauf. Dies geschah zum Gaudium einiger Rotzbuben, die sie beobachteten und anerkennend zu pfeifen begannen. Auch ein Kerl, der im Schatten des Marktamtes lehnte, sah ihr mit versteinerter Miene zu.

»Beidl .... gschissener ....«, zischte es in sein Ohr. Der kühle, scharfe Stahl einer Messerklinge drang in Stankowitz' Haut. Der Kerl in seinem Rücken setzte ihm das Messer brutal an den Hals und drängte ihn gegen die kühlen Kacheln der Wand.

»I stech di ab, du Sau.«

Der Atem des Kerls roch übel.

»Bitte ... bitte ... Nehmen S' mein Portemonnaie, aber tun S' ma nix ...«

»Des nehm i ma sowieso.«

Mit Gewalt wurde Stankowitz' Gesicht zu Boden gedrückt, wo es nach Urin und Reinigungsmitteln roch. Warm sickerte Blut den Hals hinunter. Vermengt mit Angstschweiß. Stankowitz begann zu wimmern und zu würgen.

»Ja! Speib di an .... kumm ... speib di an, du Oaschwarzn.«

»Bitte ... bitte ...«

»Nix bitte. Nix danke. Abdanken wirst.«

»Wa ... wa ... warum?«

»Weilst die Fini budert hast ... du Beidl ... du ...«

»Wenigstens gibt's noch a Bier ...«, brummte Nechyba, als ihm von Pospischil, seinem Adlatus, das vormittägliche Krügel serviert wurde. Das war aber auch schon der einzige Lichtblick an diesem Tag. Gabelfrühstück gab's nicht, da Nechybas Greißlerin nichts hatte, was ihn hätte erfreuen können. Nein, heute hatte er partout keine Lust auf staubtrockenes Kriegsbrot gehabt. Eine Zumutung war dieses sogenannte Brot. Es bestand aus wenig Getreide- und viel Maismehl sowie aus gemahlenen Bohnen und diversen Gräsern. Wenn es wenigstens Butter gegeben hätte! Damit wäre das Kriegsbrot einigermaßen genießbar gewesen. Aber statt Butter gab's nur die Kriegsmargarine und die war noch grauslicher als das, was zurzeit Brot genannt wurde.

»Aber a Bier gibt's wenigstens noch ...«

Mit diesem Seufzer wanderten seine Gedanken zur Bier-Fini. Das war schon ein verdammt fesches Weib. Wenn er jünger und nicht verheiratet wäre, na da würde schon was gehen ... Er nahm einen Schluck Bier und sinnierte weiter. Sie war eine der jungen Fratschlerinnen, die vor zwei Jahren einen der neuen, gemauerten Stände ergattert hatte. Und nicht nur einen, sondern gleich drei nebeneinander. Dazu auch noch die Konzession, in einem der Stände mit Flaschenbier Handel zu treiben. Wahrscheinlich hatte sie sich ganz eng an einen oder mehrere Marktamtler angeschmiegt, so wie vorgestern an ihn. Nechyba fiel ein, dass sie den Stankowitz geduzt hatte. Theo hat's zu ihm gesagt.

Damit war alles klar. Als er so seinen Gedanken nachhing, klopfte es an der Tür seines Dienstzimmers.

»Wer stört?«

Die Tür wurde einen Spaltbreit geöffnet und ein Dienstmann lugte zaghaft herein.

»Tschuldigung Euer Gnaden, ich hab a Nachricht für einen Oberinspector Nechyba ...«

»Dann treten S' ein.«

»Sind Sie der Oberinspector Nechyba?«

»Na, i bin der Graf Bumsti.«

»A ... a ... aber ...«

»Kommen S', geben S' das Brieferl her. I bin der Nechyba. Wer denn sonst?«

»Dank schön, Euer Gnaden, Habediehre!«

Nechyba war irritiert. Wer schickte ihm mittels eines Dienstmannes einen Brief? Langsam drehte er das Kuvert um und war noch mehr irritiert. Als Absender stand da: Theobald Stankowitz, Lebensmittelinspector. Seufzend riss er das Kuvert auf, und was er las, verbesserte nicht unbedingt seine vormittägliche Laune. Er starrte einige Zeit in die Luft. Dann überflog er nochmals das Schreiben:

Sehr geehrter Herr Oberinspector,

ich bitte Sie händeringend um Hilfe. Wäre gestern fast ermordet worden. Könnten Sie mir den Gefallen erweisen und dringend bei mir im Marktamt vorbeischauen?

Ihr verzweifelter

Theobald Stankowitz

Nechybas Magen knurrte wie ein wildes Tier. Von Hunger gepeinigt, aber auch von Neugier getrieben hatte er beschlossen, am Naschmarkt im Wirtshaus »Zur Eisernen Zeit« sein Mittagsmahl einzunehmen. Er bestellte ein Krügel Bier und bat um die Speisekarte. Als er sie las, staunte er: Hier waren ein Schweinsgulasch, gekochtes Rindfleisch mit Spinat, gefüllte Paprika, Schweinsbraten mit Kraut und Knödel sowie Fleischlaberln mit Erdäpfelpüree angeführt. Nechyba lief das Wasser im Mund zusammen, und als der Ober das Bier servierte, bestellte er voll Vorfreude faschierte Laberln.

»Hamma net ...«

»Na gut, dann nehm ich den Schweinsbraten.«

»Hamma a net.«

Nechyba schüttelte unwillige den Kopf und brummte: »Gibt's das Schweinsgulasch?«

»Is aus.«

»Ja was gibt's denn überhaupt?«

»Gefüllte Paprika.«

»Womit sind die gefüllt?

»Mit Rollgerstl und getrockneten Schwammerln.«

»Nicht mit Faschiertem?«

»Faschiertes hamma net. Hab i ja schon gsagt.«

»Was gibt's sonst noch?«

»Einen Spinatschmarrn.«

»Einen was?«

»Das is wie a salziger Kaiserschmarrn. Nur mit wenig Eiern, viel Mehl und viel Spinat.«

»Das klingt ja furchtbar. Bringen S' mir halt in Gottes Namen die gefüllten Paprika!«

Das ist Kriegsküche, dachte Nechyba voll Ingrimm. Ohne Fleisch, ohne Fett, nur mit Gemüse. Aber immerhin hörte nach dem Verzehr der gefüllten Paprika das Knurren seines Magens auf. Der Oberinspector lehnte sich einigermaßen gesättigt zurück und schloss die Augen. Mit Wehmut dachte er an die wundervollen gefüllten Paprika, die seine Frau Aurelia vor dem Krieg zubereitet hatte. Die Fülle war eine köstliche Mischung aus Faschiertem, ein wenig Reis und allerlei Gewürzen gewesen. Mein Gott, hatte das köstlich geschmeckt!

»Wünschen der Herr noch was?«

Nechyba schrak aus seinen Erinnerungen auf, verneinte, zahlte und ging. Er betrat das Marktamt wie vor einigen Tagen durch den Vordereingang. Auch heute war der Raum gesteckt voll. Neuerlich schob er sich energisch durch die Menschen hindurch, bis er vor Stankowitz stand. Der war heute leichenblass. Eine leuchtend rote Schnittwunde zog sich quer über seinen Hals.

»Herr Oberinspector, ich begrüße Sie! Danke für Ihr rasches Erscheinen. Ein Augenblickerl noch. Wir gehen gleich in mein Zimmer.«

»Wo ist Ihnen das passiert?«

»Am Pissoir. Hier am Markt, in der öffentlichen Toilette. Wenn nicht zufällig ein Kollege von mir reingekommen wär, wär i jetzt hin.«

»Und? Haben S' eine Idee, wer das gewesen sein könnte?«

Stankowitz zögerte.

»Nein .... anderseits ja ... vielleicht .... der hat mich von hinten angfallen ... ich hab ihn gar net richtig gsehn ...«

»Also, wer glauben S' war's?«

»Na ja ...«

»Ein Wucherer? Ein Schieber? Ein Schwarzmarkthändler?«

»Nein, nein! Auf gar keinen Fall. Mit der Ausübung meiner Inspektorentätigkeit hat das nix zu tun.«

»Sondern?«

»Na ja, das war mehr was Privates.«

»Inwiefern?«

»Das ist mir jetzt peinlich ...«

»Was ist Ihnen peinlich? Dass Sie fast umgebracht worden wären?«

»Nein ... der Grund für den Überfall ist ein delikater.«

»Und der wäre?«

»I hab was mit einer Fratschlerin ...«

»Und der Gschamsterer von der hat Sie überfallen?«

»Ja, so ähnlich.«

»Darf ich raten, wer die Glückliche ist?«

»Bitte ...«

»Die Bier-Fini.«

»Wie sind S' denn da draufgekommen?«

»Hean S'! Wie Sie das Grün von den Rüben abgschnitten haben, hat sie Sie auf eine plump-vertrauliche Weise Theo genannt. Glauben S', das is ma net aufgfallen? Außerdem ist die Bier-Fini ein ... wie soll ich sagen ... sehr offenherziges, um nicht zu sagen, anlassiges Weibsbild. Die hat sich ja auch an mich rangschmissen.«

Stankowitz saß wie ein Häuflein Elend dem Oberinspector gegenüber.

»Also Stankowitz, wenn ich Ihnen helfen soll, dann erzählen S' mir jetzt alles von Anfang an ...«

»Angfangen hat das vor zwei Jahren im Oktober. Als die neuen Marktstandln fertig waren und es darum ging, wer von den bisherigen Fratschlerinnen und Standlern ein neues Standl bekommt. Da ist sie eines Tages vor mir gstanden. Ein strahlend schönes Weib. Ganz anders als die grauslichen Weiber, Trampeln und Marktschlampen, mit denen ich sonst Tag für Tag zu tun hab. Sie lächelte mich an und sagte, dass sie gerne mindestens zwei von den neuen Ständen hätte. Ich war sprachlos. Auch deswegen, weil ich wusste, dass unser Marktamtsleiter das nie und nimmer bewilligen würde. Ich machte ihr klar, dass das auf gar keinen Fall möglich sei, doch dann ... na ja ...«

Stankowitz seufzte und Nechyba brummte:

»Dann ist sie anlassig worden und Sie sind ihr an die Wäsche gegangen.«

»Sie kennen die Fini net. Die tragt ka Unterwäsche ... wurscht. Jedenfalls war ich im siebten Himmel und ich hab ihr beim Ausfüllen der Anträge geholfen. Auch weil ich mir gedacht hab: Das genehmigt mein Vorgesetzter sowieso net. Aber da hab ich mich getäuscht. Am nächsten Tag ist unser Amtsleiter in meinem Zimmer gestanden, hat mir die Papiere in die Hand gedrückt und gsagt, dass die Anträge der Frau

Josefine Juhl genehmigt seien und dass sie die Stände 452 bis 454 bekomme. Außerdem sei genehmigt worden, dass sie nicht nur Gemüse und Obst, sondern auch Flaschenbier verkaufen dürfe.«

»Na, da haben S' aber schön gschaut ...«

»Zuerst sind mir fast die Tränen gekommen. Ich war verletzt und stinksauer auf die Fini. Aber net lang. Weil der Fini kann man net bös sein ...«

»Eh kloa. Bei einer, die ka Unterwäsch tragt ...«

»Sind S' bitte net zynisch, Herr Oberinspector. Sie können sich das gar net vorstellen, wie das war. Wenn ich zur Fini ihren Standeln kommen bin, hat sie mich immer angestrahlt, sich an mich geschmiegt, und dann samma oft miteinander in eine dunkle Ecke verschwunden. Es war wie in einem Traum. Jedes Mal ...«

Stankowitz lächelte traurig und Nechyba verspürte so etwas wie Mitgefühl. »Das ist eineinhalb Jahre so gegangen, bis der Franz aufgetaucht ist.«

»Wer?«

»Der Franz. Der Bruder ihres Mannes. Der hat den Reizen seiner Schwägerin natürlich auch net widerstehen können. Das war für mich soweit eh verständlich. Aber da der Franz rasend eifersüchtig war, war's ab dem Zeitpunkt mit mir und der Fini vorbei. Bis gestern. Da hab ich ihr eine Verwaltungsstrafe zustellen lassen. Wegen der gelben Rüben, Sie wissen schon.«

»Deswegen hat Sie der Franz Juhl am Pissoir überfallen und fast umgebracht?«

»Nein, net deswegen. Sondern weil ich der Fini die Strafe erlassen hab ...«

»Was? Sie haben wieder mit ihr ...?«

»Ja. Was hätt i denn tun sollen? Sie ist zu mir in mein Büro gekommen, hat sich auf meinen Schreibtisch gesetzt und sich dann mit halboffener Bluse zu mir vorgebeugt. So hat halt eins das andere ergeben ...«

»Und wie hat der Franz Juhl davon erfahren?«

»Der klebt immer an der Fini dran. Wie ein Schatten. Seit er desertiert ist, streicht er am Markt herum. Außerdem ist er in Finis Wohnung untergeschlupft.«

»Was? Der Kerl is a Deserteur?«

Stankowitz nickte.

»Na dann werd ich dafür sorgen, dass sich die Militärpolizei seiner annimmt. Ich schau jetzt zur Bier-Fini ihren Standln. Dort müsst ich ihn ja finden.«

Beim Verlassen des Marktamtes traf Nechyba fast der Schlag. Brütende Hitze lag über dem Markt, auf dem sich nach wie vor unzählige Leuten an ihm vorbeischoben. Alle bewegten sich langsam und träge. Bei einem der gemauerten Stände erblickte er ein im Schatten hängendes Thermometer. Die Quecksilbersäule zeigte sechsundzwanzig Grad Celsius an. Im Schatten! Nechyba holte ein Taschentuch heraus und wischte sich den Schweiß von Gesicht und Nacken. Seine Freude auf ein kühles Bier, das er gleich bei der Fini erstehen würde, war enorm. Wie immer wurde er von der feschen Fratschlerin aufs Freundlichste begrüßt:

»Habediehre, Herr Oberinspector! Na, worauf hätt ma denn Lust?«

Dies formulierte sie so anzüglich, dass Nechyba nicht anders konnte, als auf ihre geöffnete Bluse und auf die darunter wogende Pracht zu starren. Er schüttelte den Kopf und brummte:

»Na, worauf werd i schon Lust haben? Auf ein kaltes Bier natürlich!«

»Kommen S' mit!«

Nechyba folgte ihr zum Eiskasten, der sich weiter hinten im Stand befand. Plötzlich hatte er die Vision, wie sie es mit dem Stankowitz hier hinten getrieben hatte. Da die Fratschlerin gerade den Eisschrank öffnete, sorgte eine kühle Brise dafür, dass er wieder einen klaren Kopf bekam. Nechyba nahm die Flasche, öffnete sie ploppend und setzte an. Wohltemperiertes Bier rann seine Kehle hinunter. Wunderbar.

»Sie können sich ruhig da vorn auf das Schammerl[4] setzen. Bei mir brauchen S' das Bier net im Stehen trinken.«

Das gewinnende Lächeln der Fratschlerin, die drückende Hitze sowie eine gewisse Müdigkeit ließen Nechyba das Angebot annehmen. Schluck für Schluck genoss er das Bier. Eine bleierne Schläfrigkeit überkam ihn. Er begann gerade von Finis wogendem Busen zu träumen, als aus den hinteren Räumlichkeiten eine männliche Stimme erklang:

»Fini, i nehm mir a Flaschn Bier ...«

»Das wirst du net tun. Du hast keinen luckerten Heller und i muss jedes Bier, das du saufst, selber brennen[5].«

Nechyba hörte das Klirren der Bierflaschen, als die Tür des Eiskastens geöffnet wurde.

4 Hocker
5 bezahlen

»Franz! Gib das Bier zurück!«

»Lass mi in Ruh, Fini ...«

»Wennst das Bier net sofort zruckgibst, ruf ich die Militärpolizei ...«

Mit einem Schlag war Nechyba wach. Mühsam stand er auf und sah etwas benommen, wie die Fini zum Telephonapparat eilte. Hinter ihr ein Kerl mit einem Messer. Als sie zum Telephonhörer griff, stach er voll Wut auf sie ein. Nechyba stürzte sich auf ihn und schlug mit der Faust zu. Franz Juhl wankte, ließ das Messer fallen und rannte davon. Der Oberinspector kniete neben der Fratschlerin nieder und richtete vorsichtig ihren Oberkörper auf. Er sah zwei Einstiche in der Herzgegend. Leichenblass sah ihm Finis Sohn dabei zu. Plötzlich verzerrte sich sein Gesicht und er schrie voll Panik:

»Die Mami ist gestochen! Die Mami ist gestochen!«

Josefine Juhl verstarb am 17. Juli 1918 während des Transports ins Allgemeine Krankenhaus. Der Täter, Franz Juhl, stellte sich am 18. Juli der Militärpolizei.

Reinhardt Badegruber

Teigtascherltrauma

Als die austro-chinesische Küchenmafia versuchte, Gruppeninspektor Karls Maul zu stopfen

Ein Arschloch von der Tageszeitung hatte geschrieben, der Gruppeninspektor Frank Karl heiße nur deshalb »Frank Karl«, weil sich jeder Wiener darauf einen Reim machen könne: »Bist du jung und frank und frei, komm zur Wiener Polizei«. Fast alle Krimineserinnen[1] in der Wiener Rossau[2] hatten das verdammte *Aktuelle Wiener Blatt* gelesen und ihn daraufhin wissend angelächelt. Das war kein flirtiges Lippenspiel, sondern ein giftiges Grinsen. Es unterstellte: *Wie kann man als Gruppeninspektor der Wiener Kriminalpolizei bloß so deppert sein und Frank Karl heißen?* Wie gehe das? Das passe doch nicht in unsere Stadt. Aber was hätte er sagen sollen? Dass *Frank Karl* kein von ihm selbst gewählter Künstlername, kein *Nom de Guerre,* sondern ein eingeschleppter Fluch war. Sein Vater, ein leibhafter Piefke[3], hatte dieses onomastische Desaster über den Inn nach Österreich geschmuggelt.

[1] Kriminalbeamtinnen

[2] Rossauer Lände: Sitz des Landeskriminalamtes

[3] Spottname für Deutsche. Die Figur des »Piefke« wurde 1841 vom »Vater des Berliner Humors«, Georg Adolph Theodor Glasbrenner, als Inkarnation preußischen Spießertums erfunden. Der Ausdruck ist ab 1848 in Wien gebräuchlich.

»Auch Deutsche können nichts dafür, dass sie sind, wie sie sind«, mahnte der Herr Oberst während einer Morgensitzung. Er sah dabei sein *Ottakringer*[4] *Urviech*, Frank Karl, scharf an. »Keiner kann sich seine Eltern aussuchen. Ich appelliere an Ihr Wiener Herz: Mehr Toleranz, Kollegen! Ich sage immer: Mehr Toleranz! Das kann nie schaden.«
»Was jeder Österreicher kennt, ist Josephis Toleranzpatent[5]«, spottete Frank Karl. Da blieb dem Oberst die Spucke weg. Er kannte zwar den Josef, den »eisernen Pepi«. Dem Kaiser war auf dem Josefsplatz[6] ein bronzenes Reiterdenkmal gewidmet worden. Aber dass dieser Peperl ein patenter Kerl in »Sachen Toleranz« gewesen wäre, konnte der Oberst nicht nachvollziehen. Deshalb bekam er einen Gachen[7]. Zornesröte schlug ihm ins Gesicht. *Diese arrogante, intellektuelle Sau musste einen immer vorführen. Dabei verkannte dieser Möchte-gern-Dozent, dass es im Leben um reale Macht ging. Und die lag bei ihm, dem Oberst.* »Warn wir wieder einmal gscheit. Musste man wieder einmal beweisen, dass man erfolgreich ein Universitätsstudium abgebrochen hat«, ätzte der Oberst. »Jedenfalls verbiete ich dem ach so gebildeten Herrn Gruppeninspektor, Piefke *Marmeladinger*[8] zu nennen.«

[4] Ottakring: 16. Wiener Gemeindebezirk

[5] Toleranzedikte Kaiser Josephs II., die diskriminierten, religiösen Minderheiten eine freiere Ausübung ihrer Religion ermöglichen sollten

[6] Joseph II., von 1765 bis 1790 Kaiser des Heiligen Römischen Reiches Deutscher Nation

[7] Zorn. Der »Gache« kommt vom althochdeutschen »gaho«, was »jäh« bedeutet.

[8] Deutsche Soldaten mussten im Ersten Weltkrieg auf Butter und Schmalz verzichten und mit Marmelade vorliebnehmen.

»Der Papa ist nicht da?«, fragte Frank Karl den Juniorchef in Rezas Teppichgeschäft bei der Sezession.[9]

»Der Papa ist zuhause, er wird langsam alt.«

Ein Schatten zog über das Gesicht des Kieberers. Ja, es stimmte. Der Seniorchef war alt. Eigentlich war er schon immer alt gewesen, auch damals schon, in den Siebzigerjahren des vergangenen Jahrhunderts, als er, der heutige Gruppeninspektor, noch Schüler war und mit dem Reza gegen die SAVAK, die Prügelpolizei des Schahs, demonstrierte. Vor der Staatsoper am Ring hatten sie geschrien. »Solidarisieren, mitmarschieren!« Der alte Reza regte ihn zu sportlichen Höchstleistungen an. Er lief voran, die Polizisten mit ihren Gummiwürsten und den Schutzschildern hinterher. Die Spinatwachter[10] keuchten, aber er, der spätere Gruppeninspektor, und der alte Reza waren sportlich, blieben an der Ecke stehen und zeigten den Gschlatzten[11] die Zunge. Sie steckten ihre Daumen in die Ohren und fuchtelten dabei wild mit den Händen auf und ab. Gleichzeitig schrien sie: »Meeeh, meh, meh!« Das machte die Polizisten fuchsteufelswild. Sie stapften mit stumpfen Pinzgauer[12]-Schritten heran. Bevor es brenzlig werden konnte, zog ihn der alte Reza in ein Souterrain. Da staunte der Frank Karl nicht schlecht. An der Wand hing das Porträt des verhassten Folterknechts auf dem Pfauenthron, Reza Schah Pahlavis.

9 Ausstellungsgebäude der Wiener Secession, wurde 1897/98 von Joseph Maria Olbrich errichtet

10 Anspielung auf die spinatgrünen Aufschläge der k. k. Zöllner. Grün war später die Farbe der Polizeiuniform.

11 Grüner, schleimiger Speichelauswurf

12 Pinzgauer: mittelschweres, kräftiges Gebirgskaltblutpferd

Sie befanden sich in einem Teppichgeschäft. »Keine Angst«, beruhigte ihn der alte Reza, »das ist keine Falle. Der Laden gehört mir.« »Und was ist mit dem da?«, fragte Frank Karl und deutete auf das Foto mit dem Folterkaiser. »Alles bloß Tarnung«, lachte der alte Reza. »Ich zeig dir was.« Im vorderen Zimmer herrschte ein Tausend-und-eine-Nacht-Ambiente. Interessant war aber das Hinterzimmer. Dort lag ein etwas niedriger Stoß zeitgenössischer Teppiche. Die waren billiger als die Prachtstücke beim Entree, dafür aber besonders weich. Im Hirn des Frank Karl klickte es: Hier buderte[13] also der Perser die Genossinnen.

Aber von alldem hatte die junge Teppichhändlergeneration keine Ahnung. Der Nachwuchs war sehr höflich, servierte Tee, war zugeknöpft, bewegte sich ruckartig wie in einem Stummfilm. Er versuchte das Grinsen des alten Reza nachzuahmen. Die Frau des Juniorchefs servierte jetzt auf einem Tablett persische Süßigkeiten ... Plötzlich flog die Tür auf und ein Knäuel von Männern hechtete über die Teppiche. Und schon lag der junge Reza auf dem Boden. Und schon drehten zwei Tussis der Perserin die Hände auf den Rücken. »Marktamt! Razzia!«, schrie eine weibliche Stimme. »Perverse Drecksau!«, schrie Frank Karl einen Beamten an. Er mochte es nicht, wenn nach Waffen suchende Männerfinger an seinen Eiern herumkrabbelten. Als der Kieberer den Bundesadler des »Herrn Kollegen« aus dem Hosensack fischte, war ihm das peinlich. »Sorry«, entschuldigte er sich, »aber du siehst eh, hier gibt es einen Tumult, Wider-

[13] Koitieren. »Budern« kommt von »buttern«, den Butterstößel auf und ab bewegen

stand gegen die Staatsgewalt und so ... aber es hat uns keiner erzählt, dass die Obergescheiten dich als Vorauskommando hergeschickt haben.« Spätestens jetzt hätte Frank Karl erklären müssen: »Ich bin rein zufällig hier, und die Perser da sind meine Freunde.« *Ich fühlte mich überrumpelt,* versuchte sich später der Kieberer einzureden. In Wirklichkeit war er einfach zu bequem und zu feige.

Die Profis vom Marktamt waren beim Einsackeln schneller als Einbrecher. In wenigen Minuten hatten sie Laptops, Drucker, Geschäftsbücher, Registrierkasse und Aktenordner in Plastikbottichen verstaut. Als uniformierte Polizistinnen die Juniorchefin an Frank Karl vorbeischleppten, stach ihr Hass ihm tief in die Augen. »Du Schwein!«, zischte sie und spuckte ihm ins Gesicht.

Plötzlich legte sich ein Arm um seine Schulter und drückte ihn auf einen Stapel Teppiche. Ein Busen federte an seinem Rücken. Er hob den Blick. Es war eine seiner Ex, die Irmi.

»Äh!«, blökte er. »Schon lange nicht gesehen.«

Sie sagte ebenfalls »Äh!« und rechnete nach: »Es werden so um die fünfzehn Jahre sein.«

»Eine lange Zeit«, krächzte Frank Karl dämlich. Dann schwiegen sie eine Weile.

In die Stille hinein fragte der Gruppeninspektor: »Und was machst du da?«

»Marktamt!«, erklärte sie.

»Marktamt?«

»Ja, der Teppichhandel unterliegt der Gewerbeordnung, deshalb sind wir dafür zuständig.«

»Ah!«, tat Frank Karl wissend. In seiner bisherigen Vorstellung waren die Leute vom Marktamt bloß Gemüsestandlkontrolleure, Kochtopfspione und Speisepilzinspektoren gewesen.

Auf der Fahrt zu ihrer Wohnung konnte er sich nicht recht konzentrieren. Er schaute immer wieder auf ihre Schenkel, während er den Gang wechselte. Er überlegte sogar, ob sich beim Schalten seine Hand nicht verirren sollte. Zweimal griff er daneben. Da krachte das Getriebe. Sie aber tat so, als habe sie nichts bemerkt. Während er Mühe hatte, seinen zwanzig Jahre alten Mercedes zu bändigen, hielt sie ihm einen Vortrag: »Dir ist sicher schon aufgefallen, dass in vielen Teppichgeschäften kaum Kunden anzutreffen sind. Die meisten Wiener denken natürlich: *Kein Wunder, bei den geschmalzenen Preisen. Aber andererseits, sagen sie sich, brauchen die bloß einen einzigen Teppich im Monat zu verkaufen, und schon waren sie schwer im Plus.* In Wirklichkeit betreiben diese Luxusausstatter aber ein ganz anderes Geschäft.«

»Du meinst, sie sind sprichwörtliche Teppichschmuggler und verscherbeln ihre Bettvorleger in dunklen Hinterzimmern ... und der Fiskus schaut durch die Finger.«

Jetzt musste sie herzhaft lachen: »Wie naiv du doch bist! Die Herrschaften betreiben Geldwäsche.«

»Geldwäsche?«

»Ja!«, kicherte sie. »Intern nennen wir das Verfahren *Teppichreinigung.* Die verkaufen ihre Teppiche vorsätzlich an anonyme russische Touristen, stellen eine entsprechende Rechnung aus, mit Mehrwertsteuer, Firmenstempel und allem Pipapo. So, und jetzt kommt's: Diese Teppiche haben in Wirklichkeit nie das Geschäft verlassen, sondern man hat bloß das Geld kassiert. Das ist jetzt offiziell in der Buchhaltung. Später werden die Kelims schwarz und billig an Diplomaten verkauft.«

Ihre Wohnung hatte sich kaum verändert. Die Möbel und die Nippes waren die gleichen wie damals. Nicht, dass sie schmuddelig und abgelebt gewirkt hätten, sie hatte die *Gegenstände von damals* einfach durch neue Modelle ein und derselben Marke ersetzt. In der Wohnung herrschte ein Updating.

Frank Karl hatte genug gesehen. Er drehte sich um. Es war, als hätte sie darauf gewartet. Sie öffnete in diesem Augenblick ihre Bluse. Der Kieberer war entsetzt. Ihre Brüste waren so jung und fröhlich wie vor fünfzehn Jahren. Er zählte bis fünf. Vorsichtig spreizte er wieder die Augen. Sie war im Badezimmer verschwunden. Von dort hörte er ein Glucksen und Plätschern. »Du kannst hereinkommen!«, hörte er ihre helle Stimme sagen. Zögerlich öffnete er die Tür. Als er sich auszog, drehte er seine Bauchseite zur Wand. »So gschamig?« Sie lachte hellauf. Schnell stieg er zu ihr ins Wasser. Das schwappte über. Es war nicht zu leugnen, er hatte erheblich zugenommen.

Am nächsten Morgen begrüßte ihn die Verkäuferin in der Tabaktrafik überschwänglich: »Grüß Gott, Herr Gruppeninspektor!« Frank Karl war verwundert. Er kannte die Dame nicht. Als er dann die Zeitung entgegennahm, war ihm alles klar. Sein Konterfei prangte auf der Titelseite. Die Schlagzeile war tödlich: »Marktamt vernichtet Geldwaschanlage – Polizei im Assistenzeinsatz«. Die Bildunterschrift stellte ihn als Superspürnase vor. So als wäre er ein Fährtenhund, der auf die Suche nach Blüten abgerichtet worden war. Man habe den Gruppeninspektor in die Teppichhändlerszene eingeschleust, flunkerte der »für gewöhnlich gut informierte« Journalist. Von dort aus habe er das Marktamt mit scharfem Zund versorgt. Und das über Jahre. Die Spalte daneben war noch schlimmer. Ein kurzer »Lebenslauf« nannte ihn »Mann mit vielen Talenten, ein Universalist, der sieben Studien abgebrochen hat und dreimal geschieden war«. *Alles Lug und Betrug. Da stimmte rein gar nichts, denn er hatte in Wahrheit nur fünf Studien abgebrochen und war bloß zweimal verheiratet gewesen.* Da wollte ihn jemand ins Grab loben.

Am nächsten Tag meldete sich die Irmi und fragte, ob er sie nicht zum Abendessen ausführen wolle. Sie kenne da ein nettes chinesisches Lokal in der Hernalser Hauptstraße. »Okay!«, sagte er. »Gerne! Also um halb acht.«

Der Abend fing schlecht an. Zuerst fand er keinen Blumenladen, und als er dann endlich einen gefunden hatte, fiel ihm vor dem Restaurant ein Besoffener in die Arme und knickte die Tulpen. Der Strauß war jetzt romantisch wie ein Handbesen. Die Irmi saß schon am Tisch, machte ein saures Gesicht und schaute vorwurfsvoll auf die Armbanduhr.

»Einen doppelten Reisschnaps!«, herrschte Frank Karl den Kellner an.

»Entschuldige, Irmi, es ist nicht meine Art, unpünktlich zu sein.«

»Ich weiß, die Straßenbahn hatte Verspätung.«

»Die Straßenbahn?«

»Ja, die Trafikantin hat mir erzählt, dass sie deinen Mercedes abgeschleppt haben.«

Jetzt war der Abend endgültig verdorben.

»Einen doppelten Sake!«, rief er dem Kellner zum zweiten Mal nach.

Der drehte sich um die eigene Achse, hopste auf sie zu, verbeugte sich und piepste: »Es ist gerade ein viel gemütlicherer Tisch frei geworden. Es würde mir eine Freude bereiten, wenn ich Sie auf diesen Platz für besondere Gäste umsetzen dürfte.«

So wie der Chinese redete, hatte er einen »Kurs für Wiener Höflichkeit« in der Tanzschule Elmayer absolviert. Aber ihn, den Gruppeninspektor, legte der Maître nicht hinein. Er kannte das. Er wusste, dass der Schlaumeier ihm die Sicht nehmen wollte, konnte er von hier aus doch perfekt die Tür zum Scheißhaus beobachten. *Und auf asiatischen Klos spielt es sich ab,* wie jeder Wiener wusste.

Er hatte den Satz noch nicht zu Ende gedacht, als sich der Ober bereits anschickte, ihm den Stuhl unterm Arsch wegzuziehen. Frank Karl ruderte mit den Armen. Seine ausholende Hand streifte die Suppenschüssel und kippte sie auf den Schoß der Irmi.

Die schrie, stemmte sich aus dem Sessel und leerte langsam die Suppenterrine über Frank Karls Kopf aus. Süßsaurer Schleim floss zäh über seine Wangen.

Nachdem er einige Sekunden gebraucht hatte, um dieses Attentat zu realisieren, wurde er gewahr, dass die Marktamt-Lady es offensichtlich vorzog, auf seine Gesellschaft zu verzichten: Er sah ihren Po zur Drehtür wackeln. Die Blumenstängel blieben traurig auf dem Tisch zurück.

»Peinlich, peinlich!«, jammerte der Chinese und begann mit einem Geschirrtuch an ihm herumzuwischen.

Frank Karl versetzte ihm einen Stoß und schlurfte Richtung WC. Dort hielt er seinen Schädel unter den Wasserhahn. Erschöpft ließ er sich auf dem Klodeckel nieder. Nachdem er dreimal geseufzt und den Schutzpatron der Köche, den heiligen Laurentius, verflucht hatte, hob er resigniert den Blick zum Himmel, der hier eine Decke war. Und was sah er? Aus dem Kasterl unter dem Scheißhäuselplafond ragte ein Plastikzipfel heraus. »Rauschgift, Heroin, Opium!«, zischte es durch seinen Schädel. »Hab ich es doch geahnt.« Er sprang hoch, bekam den Plastikfetzen zu fassen, zog daran ... und das Türl unter der Decke sprang auf, es prasselte und polterte und rasselte. Weiß-beige Kastanien, Schneckenhäuser und Muscheln hopsten aus dem Kasterl, eiskalt und halbgefroren schossen sie dem Gruppeninspektor ins Gesicht und schlugen auf dem Waschbetonboden auf. Die Trümmer waren aggressiv wie Insekten. Frank Karl hob eine dieser Hagelschloßen auf und betrachtete sie: Es war eine Art Kärntner Kasnudel.

Da spürte er einen Stich im Rücken. Er wirbelte herum. Es war der Klo-Putzmann, der mit seinem Besen herumfuchtelte und »Hü, hü!« schrie oder sowas. Wahrscheinlich hieß es »Verschwinde!«, aber der Gruppeninspektor war sich nicht sicher, er konnte ja kein Chinesisch. Jetzt begann der Scheißhäuselportier auch noch zu tanzen. Er hüpfte wie ein Shaolinmönch. Die Besenstielchoreografie gefiel dem Kieberer ganz und gar nicht. Er duckte sich, schlitterte unter dem Moppstock durch und schmierte in die Gaststube hinein. Dort ließen die Gäste ihre Stäbchen fallen. Sie trauten ihren Augen nicht. Da jagte ein mit einem Besen bewaffneter Chinese hinter einer österreichischen Vogelscheuche her.

Frank Karl rannte um sein Leben, lief zickzack, hechtete über die Straße, zwischen hysterisch hupenden Autos hindurch, die ihre Pneus kreischen ließen, während er sich in Todesangst die Lunge aus dem Brustkorb pustete. In seinem Schädel hämmerte es: Er wusste nur zu gut um die schädeldeckenzertrümmernde Wirkung der Besenstielkämpfer aus Samuraifilmen. Im Park vor dem AKH angekommen, konnte er nicht mehr. Seine Lungenflügel kochten. Die Bauchdecke perforierte ein Seitenstechen. Er ließ sich auf eine Parkbank fallen.

Dort fand ihn auch eine Viertelstunde später die Polizei. Ein Besoffener, der ins Gebüsch pinkeln wollte, hatte den Notruf gewählt. Er schwafelte von einem halben Dutzend Asiaten, die den armen Herren da als Punchingball für ihre Karate-, Kickbox-, Judo- und Taekwondo-Übungen missbraucht hätten. Das Polizeifoto zeigte das Gesicht des Gruppeninspektors. Die Chinesen hatten ihn mit einem Geschirrtuch geknebelt, wobei sie ihm den Mund vorher auch noch mit Jiǎozi[14] zugekittet hatten. Diese Jiǎozi erinnern an russische Wareniki. Angebraten werden sie auch Topfkleber oder *Pfannenkleber* genannt. Frank Karl fand diese Beschreibung als etwas zu milde. Er würde sie eher *Maulstopfer* nennen.

Als dem Gruppeninspektor nach zwei Wochen Spitalsaufenthalt gestattet wurde, in den Spiegel zu schauen, musste er feststellen: Die Kriegsbemalung der Komantschen bei

[14] Chinesisches Teiggericht, in Japan als Gyōza und in Korea als Mandu bekannt

Karl May war nix dagegen. Der verständnisvolle Oberst bescheinigte ihm ein »Teigtascherltrauma« und konnte ihn daher »auf die Elegante« kaltstellen, indem er ihm einen Genesungsurlaub verordnete. Den Gipfel der posttraumatischen Behandlung bescherte ihm aber die Vorladung zur Polizeipsychologin.

»Na, wie geht es uns denn?«, begrüßte ihn die Frau Doktor süßlich. *Uns?* Frank Karl schaute hinter sich. Da war niemand. *Nur nicht aufregen,* flüsterte sich der Gruppeninspektor zu. *Weil sonst dreht sie dir einen Strick und schreibt in ihr Gutachten: »Der Kollege verhält sich aggressiv. Er ist Stresssituationen nicht gewachsen, nicht belastbar und daher für den Außendienst ungeeignet.«* Deshalb antwortete Frank Karl laut und fest: »Mir geht es gut. Ich bin vollkommen wiederhergestellt.«

»Na, das freut mich zu hören. Dann darf ich Sie wohl auch mit ein paar unangenehmen Vorwürfen konfrontieren.«

Jetzt wurde es brandgefährlich.

»Sie stehen im Ruf, ein Rassist zu sein.«

»Was?«

»Sie haben persische Teppichhändler in der Tageszeitung als *levantinisches Schmugglergesindel* bezeichnet. Ist es möglich, dass Sie in Ihrem tiefsten Inneren islamophob sind?«

Jetzt musste er aufpassen und durfte der Dame bloß nicht mit dem »Gefahrenstress im Zuge polizeilicher Ermittlungen« kommen. Denn darauf lauerte sie doch bloß. Sie würde ihm ins Protokoll schreiben: »Der Klient kann seine Gefühle nicht zügeln.«

»Ich schäme mich«, gab sich der Gruppeninspektor geknickt.

»Möglicherweise sind Sie auch ein Frauenfeind.«

Diesen Vorwurf fand Frank Karl interessant: *Normalerweise warf man ihm genau das Gegenteil vor.*

»Sie haben«, fuhr die Frau Doktor fort, »eine verdiente Kollegin des Marktamts mit Suppe begossen.«

Jetzt lief Frank Karl rot an. Die Psychologin interpretierte das Gott sei Dank als Zeichen der Verlegenheit. In Wirklichkeit musste er sich zusammenreißen, damit es ihn nicht vor Lachen zerriss.

»Ich empfehle Ihnen ein paar Psychotherapiestunden.«

Aha, darum ging es ihr also. *Sie wollte einer ihrer Kolleginnen einen Auftrag zuschanzen.*

Frank Karl nickte beipflichtend, weil man darf heutzutage in Österreich zu einem Schulungsangebot niemals Nein sagen. Wer sich da sperrig zeigt, kommt in den Ruf, »beratungsresistent« zu sein, und das war die übelste Nachrede, die man sich verdienen kann, weil bei *starrsinnigen Verweigerungen* kennen Behandler und Seminarveranstalter keinen Spaß, schließlich geht es um ihr Geld.

Der Polizeipräsident pfauchte den Oberst während der wöchentlichen Videokonferenz an: Es sei höchste Zeit, mit der chinesischen Unterwelt aufzuräumen. Und nun prasselten die einschlägigen Verdächtigungen: Drogenhandel, Geldwäsche, Steuerhinterziehung, Dokumentenfälschung, Menschenschmuggel, Erpressung, Freiheitsberaubung und Schwarzhandel. »Nur, beweisen kann man denen meistens nichts. Die halten zusammen wie Pech und Schwefel. Die vertuschen alles. Die sind international organisiert ... und keiner von uns kann Chinesisch.«

Der Oberst hüstelte: »Ich habe unseren besten Mann im Einsatz.«

»Und wer soll das sein?«

»Der Frank Karl.«

Dieser Vorschlag war eine aufgelegte Bosheit, denn jeder wusste, dass dieser Frank Karl mit dem Präsidenten auf der Uni einige Semester etwas so Unnötiges wie *Philosophie oder Politologie* studiert hatte und deswegen mit dem Big Boss verhabert[15] war. Der Oberst rieb sich die Hände.

»Ja bist du denn verrückt!«, donnerte der Präsident. »Dieser Kollege ist doch in der Stadt bekannt wie ein bunter Hund.«

Der Oberst schluckte. Er war sich nicht sicher, ob sich der *bunte Hund* auf das von Chinesen veilchenblau, scharlachrot und zitronengelb geschlagene Gesicht des Gruppeninspektors bezog, um schließlich dennoch den Einwand zu wagen:

»Natürlich ist der Frank Karl berühmt. Aber das sollten wir ausnützen, denn wenn diese Bulldogge in einem China-Lokal auftaucht, läuten die Alarmglocken. Da vergeht den gastronomischen Post-Maoisten das süß-saure Grinsen. Sie machen dann Fehler, und wir packen sie am Krawattl.«

»Von mir aus«, seufzte der Polizeipräsident. »Schließlich haben die Zeitungen den Frank Karl wegen seines Kampfes gegen teppichhandelnde Geldwäscher über den

[15] Haberer (Hawara): Freund; kommt von jidd. »chawer« (Genosse)

grünen Klee gelobt. Eine derartige Imagepolitur kann uns in Zeiten wie diesen nur recht sein.«

»Na ja!«, relativierte der Oberst und holte den Präsi auf den Boden der Realität zurück. »So ganz allein hätte es der Gruppeninspektor auch wieder nicht geschafft. Um die Wahrheit zu sagen: In Wirklichkeit ging die Initiative von der Frau Oberamtsrätin Irmgard Rauscher vom Marktamt aus.« *Pong! Das war ein Seitenhieb, der saß.*

»Danke, Herr Kollege!«, replizierte der Polizeipräsident ungerührt. »Gut, dass sie mich darauf aufmerksam machen. Natürlich soll das Ganze in eine konzertierte Aktion mit dem Marktamt münden, zumal wir doch alle wissen, wie gut sich die Irmi Rauscher und der Frank Karl einmal verstanden haben.« »Ich schlage vor«, pflichtete der Oberst bei, »die beiden sollten ihre Kontakte wieder intensivieren und so oft wie möglich chinesische Restaurants frequentieren.«

»Ob das der Gesundheit des Gruppeninspektors zuträglich ist?«, wandte der Polizeipräsident ein. »Leidet der Kerl nicht schon heute an seinem Übergewicht?«

Der Oberst besuchte die Frau Oberamtsrat höchstpersönlich im Stützpunkt auf dem Naschmarkt. Er hatte ihr sogar Flieder mitgebracht. Irmgard Rauscher überlegte, in welchem Park der Geizhals den Strauß gestohlen haben könnte. »Waren wir nicht schon einmal per Du?«, weckte sie der Oberst aus ihren Gedanken.

»Von mir aus sind wir halt per Du!«

»Du kennst den Frank Karl?«, holte der Oberst unverblümt aus.

»Habe ihn schon lange nicht gesehen.«

»Aber es gab Zeiten, da hast du ihn sehr oft gesehen.«

»Frag nicht so blöd, wenn du eh alles weißt. Ja, wir waren eine Zeit lang zusammen.«

»Du weißt, dass die Chinesen der Wiener Wirtschaft Sorgen bereiten?«

»Na und? Was hat das mit mir und dem Frank Karl zu tun?«

»Ihr ward bei den Persern recht erfolgreich. Wir dachten, ihr könntet auch bei den Chinesen aufräumen.«

»Wer dachte da? Wer sind ›wir‹?«

»›Wir‹ sind der Polizeipräsident und ich. Wir dachten, der Frank Karl und du, ihr könntet wieder enger kooperieren.«

So wie der *»kooperieren«* aussprach, klang das eher wie *»kopulieren«*.

»War das, was ich da gerade gehört habe, ein offizieller Auftrag, ein dienstliches Verhältnis einzugehen?«

Der Oberst zuckte zusammen: *Die Kleine traute sich was. Die war mit allen Wassern gewaschen. Die kannte keine Skrupel.*

»Was ihr privat treibt, geht uns nichts an. Wir wollen bloß, dass ihr den ostasiatischen Implikationen das Handwerk legt.«

»Und wie soll das gehen? Ich weiß ja nicht einmal, wo sich der Frank Karl im Augenblick herumtreibt.«

»Dafür wissen wir das umso besser. Er lässt sich gerade umschulen.«

»Was?«

»Er besucht einen Kochkurs in einer sündteuren Privatschule.«

»Und?«

»Er wird sich dort die Finger verbrennen. Dafür wird Sorge getragen.«

Der Gruppeninspektor sah furchterregend aus. Er kam verschwitzt aus der Küche der privaten *Elite-Kochschule* geschlurft und hatte einen Satz Messer unter die Achsel geklemmt.

»Servus Frank!«, hauchte die Irmgard Rauscher. Sie hatte ihm aufgelauert.

Der Kieberer stapfte zornentbrannt auf den Steinboden. »Ich bin frustriert!«, schrie er. »Zutiefst enttäuscht! Ich wollte etwas über die Raffinesse der gehobenen Wiener Küche lernen, und was bekomme ich geboten? Einen Sprachkurs in Französisch! Ich habe es satt!« Er warf seine Kochmütze, den Küchenkittel und die Schürze auf den Boden.

Dann fluchte er los: »*Soupe de poisson, Moules marinières, Poulet basquaise, Soufflé à la vanille* und all die andere Popo-Küss-Scheiße.«

»Bocuse«, unterbrach ihn die Marktamt-Baronesse.

»Was?«

»Der berühmte französische Koch heißt Paul Bocuse [pɔl bokyz].«

»Du kannst mich mal, bécasse![16]«

»Sei froh, dass du schon jetzt das Handtuch geschmissen hast«, beruhigte ihn die Irmi. »Stell dir vor, es würde in der Rossau bekannt, dass du kochen lernst. Die Kolleginnen würden doch glatt aus einem Gruppeninspektor einen Suppeninspektor machen.«

16 Schnepfe, dumme Gans

Durch die französische Schreierei angelockt, stürmten die Kochkursteilnehmer und Freizeitgourmets auf den Korridor. Auch der Schuldirektor kam angerannt, klatschte in die Hände und brüllte: »An die Töpfe! An die Töpfe!«

»Der Braten brennt an! Der Braten brennt an!«, spottete die Irmi und ahmte dabei die Melodie des Direktors nach.

Der Küchenboss trat bis auf zwei, drei Schritte an den Kieberer heran. Auf seinem Hals saß ein Riesenparadeiser. Der plärrte: »Sie sind ein Rädelsführer!«

»Ja«, pflichtete ihm Frank Karl kleinlaut bei, »ich organisiere gerade einen Weißmützenaufstand.«

Die Küchentomate platzte: »Ich verweise Sie meines Hauses!« Der Gruppeninspektor musste lachen. »Schleich di, du Arschloch!«, versuchte es der Hausherr nun auf Wienerisch. Er fasst den Kieberer am Arm. Krallenscharfe Fingernägel. Frank Karl sagte denn auch zeitverzögert »Au-a!« Dann rammte er dem Fresssack seinen Ellenbogen in den Bauch. Der antwortete geschockt mit einem Darmwind. Frank Karl hielt ihm seinen Dienstausweis vor die Brillen: »Monsieur, lesen Sie denn keine österreichischen Zeitungen? Wissen Sie denn nicht, dass jeder, der in unmittelbarer Nähe eines Polizisten furzt, laut Verwaltungsgericht Wien die Grenzen des Erlaubten überschreitet?«

Der Oberkoch verzichtete freiwillig auf die Fortsetzung eines behördlichen Unterrichts in Sachen Flatulenz. Er japste kurz, drehte sich um und paddelte Richtung Direktionszimmer. Vor der Tür bremste er sich jedoch ein. Er benötigte ganze zwei Minuten für seine Überlegungen. Dann machte er Kehrt euch! und schoss direkt auf die Irmgard Rauscher zu: »Und Sie da, was machen Sie da?«

Die Rauscher knipste ihre Handtasche auf und ließ ihn an ihrer Plastikkarte riechen: »Ich bin vom Marktamt.«

»Marktamt? Aber die Kollegen waren doch gerade vor zwei Wochen bei uns.«

»Das muss ein Irrtum gewesen sein. Normalerweise inspizieren wir Küchen und nicht provenzalische Chemielabors.«

Um sieben Uhr in der Früh weckte ihn die Irmi brutal auf. Sie warf ihm die Hose ins Gesicht. »Da hast einen Kaffee! Aber beeil dich. Das Blaulicht-Taxi wartet schon.«

»Guten Morgen!«, pöbelten ihn der Funkstreifenpolizist, der an der Ecke wartete, freundlich an. Frank Karl hasste diese Frühstücksfröhlichkeit anständiger Bürger. Dieser Kollege, der jetzt mit ihnen über den Gürtel brettelte[17], war gestern Nacht bestimmt nicht fort gewesen. Das sah man ihm an. Für diese Typen bedurfte es nicht einmal zu Corona-Zeiten einer Ausgangssperre. *Wenn derartige Rigiditäten in Wien einreißen, ruiniert uns das die Volkswirtschaft.*

Fast hätte die Irmi die Windschutzscheibe geküsst. So scharf hatte der Polizeichauffeur in einer Nebengasse beim »Goldenen Drachen« abgebremst. Da war alles versammelt, was man sich wünschen konnte: Finanzer, Gesundheitsamt, Soforthilfe, Sozialamt und jede Menge Cops. »Wir sind komplett!«, rief der Einsatzleiter, und die Meute stapfte in den zweiten Stock hinauf. Als das Pumpern und der Befehl

[17] »Bretteln« sind »Schier«, und das Verb »bretteln« bedeutet »schnell fahren«.

»Aufmachen! Polizei!« nichts nützte, ließ die Cobra[18] den Rammbock donnern. Holz splitterte, die Tür flog auf und man sah nichts. Nebelschwaden krochen über den Boden. Plötzlich ein Schrei. Ein Polizeistiefel war auf die Hand einer Frau getreten. Die hatte sich hinter einer Mineralwasserkiste verschanzt. Irgendwer schlug dem Cobra-Mann einen Stuhl über den Schutzhelm. Der Beamte lachte bloß. *Wollten die Komiker etwa eine Zertrümmerungsparty anzetteln?* Endlich wurde ein Fenster aufgerissen. Kühle Gassenluft zerstäubte die Wolken. Vor Frank Karl hing ein Leintuch, das von einer quer über den Raum gespannten Leine baumelte. Der Kieberer riss den Fetzen vom Strick. Was er jetzt sah, fand er zum Kotzen. Da hatten sich so um die zehn Chinesen in eine Ecke gequetscht. Alte Männer in Pantoffeln, weibliche Mumien in Stallkitteln und Kindfrauen, die offensichtlich unter Bulimie litten. Sie zitterten. Auf einem zehnflammigen Herd klirrten Haferdeckel. »Zum Teufel«, schrie der Gruppeninspektor, »da brodelt noch immer was. Hat denn der Gaserer[19] nicht die Hauptleitung abgedreht?«

Die Irmi und die übrigen Gesundheitsaposteln waren von den drei Tiefkühltruhen begeistert. In diesen Schneewittchen-Särgen verwesten Tausende jener Teigkugeln, mit denen der Gruppeninspektor zwei Etagen tiefer, in der Toilette, beschossen worden war. Über den Kühlboxen türmten sich Pappschachteln, aus denen die Fäulnis kroch. Es bedurfte erst gar nicht der Schmeißfliegen, um zu erraten, dass darin Faschiertes verrottete. »Die reinste Ba-

[18] Sondereinheit der Polizei
[19] Angestellter des Gaswerks

zillenzucht!«, begeisterte sich ein Hygieniker. »Kokken[20] und Koksen! Darauf verstehen sich die Schli...« *Schlitzaugen* traute er sich nicht zu sagen, also einigte er sich auf »Schli-iiimmen«.

Nachdem alle Chinesen unter dem Generalverdacht stehen, ausgebildete Messerstecher zu sein, tätschelten Beamtinnen die zehn Jammergestalten in der Ecke ab. Die bewegten sich nicht. Sie waren noch immer schockgefroren.

Frank Karl wurde schwindelig. In seinem Hirn schwirrten Bienen. Er brauchte Ruhe und Abwechslung. Also öffnete er den Kleiderschrank neben der Eingangstür. Er sah sofort, das war ein »Modell Schönbrunn«, also eine Art Fluchtkasten mit einem als Rückwand getarnten Notausgang. Durch diese Tür schlüpfte er nun und fand sich in einem Schlafzimmer wieder. Das war mit Stockbetten vollgepfercht. Der Kieberer zählte zwölf Kojen. Es roch nach Katzenpisse. Und tatsächlich vermeinte er schwarze Haarbüschel unter einer der Pritschen hervorsprießen zu sehen. Er langte blitzschnell zu. Dann schrie er »Au!« Das Biest hatte ihn in die Hand gebissen. Mit der Linken fasste er nach und zog das Viech aus seinem Versteck. Es war ein Kind, ein vielleicht sechsjähriges Mädchen. Das schrillte: »Mammaaaa!« In diesem Augenblick kippte ein Schatten aus dem dritten Stock des Hochbettengestells. Das war offensichtlich die Mutter des Kindes, die sich jetzt mit ihren Beinen an seine Hüften klammerte und auf seine Schädeldecke loshämmerte. Frank Karl langte nach hinten und warf die Dschungelkämpferin über sein Schlüsselbein. Nun baumelte sie an

[20] Kugelbakterien

seiner Brust. Dann ließ er sie fallen. Sie klatschte auf den Boden. Das Kind quiekte, wurde kreidebleich. Als er das Gesicht des Mädchens sah, setzte er die Kleine behutsam auf das Bett. Er strich ihr Kleid zurecht, als gehörte es einer Puppe. Die Frau bibberte: »Tun Sie meinem Kind nichts.«

Frank Karl fragte sanft: »Wohnen Sie da?«

Die Frau antwortete in akzentfreiem Deutsch: »Angemeldet, legal. Ich zahle Miete.«

»Wie viel?«

»Fünfhundert Euro.«

»Fünfhundert Euro pro Monat? Und das zahlt jeder für sein Bett hier?« Die Frau nickte. Der Kieberer überschlug: *Fünf mal zwölf. Das waren immerhin sechstausend Euro für vielleicht vierzig Quadratmeter. Das war kein Dreck.*

»Gut!«, sagte Frank Karl. »Ich werde Ihnen helfen. Sie bleiben einstweilen hier, rühren sich nicht vom Fleck, bis ich Ihnen sage: *Rennen Sie!* Dann laufen Sie, so schnell Sie können, die Stiege hinunter. Haben Sie das verstanden?« Die Frau lächelte.

Als er aus dem Kleiderschrank zurück in die Teigtaschenküche schlüpfte, tippte ihm ein Cobra-Beamter auf die Schulter: »Da drüben versucht ein Wichtigtuer Radau zu machen.«

»Wer sind Sie?« Der »Wichtigtuer« lachte belustigt auf: »Endlich nimmt sich jemand meines Anliegens an.«

»Und dieses Anliegen wäre?«

»Ich bin der Hauseigentümer.«

»Mit Immobilien beschäftige ich mich im Augenblick nicht. Kommen Sie morgen Vormittag in mein Büro. Da ist meine Visitenkarte.«

Frank Karl kehrte dem Schnösel den Rücken zu. Der fasste den Kieberer jedoch am Ärmel.

»Lassen Sie mich los! Stören Sie nicht die Amtshandlung von Marktamt und Polizei!«

»Aber ich bin doch auf Ihrer Seite!«

Auf meiner Seite stehst du Arschloch ganz bestimmt nicht, dachte der Kieberer und klopfte dem Hausbesitzer sodann leutselig auf die Brust: »Lieber Herr, seien S' so freundlich und gehen S' heim.«

Der »Herr« war für gutgemeinte Ratschläge jedoch nicht empfänglich. Er beharrte darauf, seine Papiere vorzeigen zu dürfen: »Da schauen Sie, da ist der Mietvertrag. Und was steht in dem Mietvertrag? In dem Mietvertrag steht eindeutig, dass die Räumlichkeiten bloß zu Lagerzwecken genutzt werden dürfen. Aber was haben die Chinesen gemacht? Sie haben mein Vertrauen missbraucht und die Kemenaten zu einem Massenquartier umgebaut.«

»Das interessiert mich nicht. Das können Sie morgen den Spezialisten von der Fremdenpolizei erklären oder im Club der Wohnungseigentümer vortragen. Und jetzt *Habi d' Ehre!*«

»Ich werd das Gesindel delogieren!«, krächzte der Hausbesitzer.

»Abmarsch!«, befahl der Kieberer nun scharf. Es riss ihm der Geduldsfaden. Aber auch beim Wohnungseigentümer lagen die Nerven blank. Der begann den Gruppeninspektor zu schubsen, und der schubste zurück. Auf diese Weise wurde der Mann über die Türschwelle gedrängt. Nun befand er sich an der Kante des Treppenabsatzes, und da die Marktamt-Ermittler die auftauenden Teigtascherl in

Plastikbottichen die Stiege hinabtrugen und das Schmelzwasser überschwappte, waren die Stufen mit Schleimspuren überzogen. Auf dieser glitschigen Unterlage rutschte der Hausbesitzer nun aus. Er schwankte, schaute über die Schultern in den Abgrund, schrie erbärmlich auf, ruderte mit den Armen, kippte, schlug mit dem Schädel ans Stiegengeländer, prallte ab, krachte zur Seite und schlitterte am Rücken liegend, den Kopf voran, in den ersten Stock. Jetzt war sein teurer Anzug bestimmt versaut.

Frank Karl stürmte in die Wohnung zurück, schrie in den Kasten: »Rennt!« Und schon flog die Bordwand auf, und schon sauste eine junge Chinesin mit ihrem Kind an der Hand an den Cobra-Rittern vorbei.

Und plötzlich war alles vorüber. Der Hausherr wimmerte auf der Liege des Notarztes. Die chinesischen Gefangenen wurden an ihm wie eine Schulklasse vorbeigetrieben. Die Cobra-Recken nahmen ihre Helme ab. Die Spurensicherer klappten ihre Koffer zu. Der Oberst tauchte plötzlich auf. Die Rauscher-Irmgard schob sich am Gruppeninspektor vorbei und sagte knapp: »Man sieht sich!« Der Oberst sah ihr auf den Hintern und fragte: »Alles erledigt?« Frank Karl stellte sich deppert und antwortete gelangweilt: »Alles Routine! Alles Routine!«

Am nächsten Tag durfte er die Früchte seines Erfolgs ernten. Das *Wiener Aktuelle Blatt* titelte: »Chinesenjäger Karl erledigt Küchenmafia«. Unter dem Aufmacher leuchtete ein Farbfoto. Es zeigte ihn in der Kochschule, wie er mit einem riesigen Tranchiermesser ein Schwein zerlegte. Blut spritzte. Seine weiße Schürze war rot befleckt.

»Jessas!«, schrie die Trafikantin erschrocken und wollte ihm die Zeitung schenken. Aus ihren Augen las er: »Bitte, sei so gut, verscheuch mir meine Kunden nicht!« Der Nachbarbub traute sich nicht mehr vor die Tür, wenn er ihn auf dem Gang husten hörte.

Am schlimmsten gebärdete sich jedoch die Polizeipsychologin. Sie knallte das *Wiener Aktuelle Blatt* auf den Schreibtisch und fragte: »Na, waren wir wieder einmal auf einem narzisstischen Selbsterfahrungstrip?« Sadistisch, wie sie war, legte sie ihm einen Fragebogen vor. Darauf sollte er die jüngste Zusammenarbeit mit den Kolleginnen und Kollegen beurteilen. »Bewerte Sie diese in einer Schulnotenskala von *eins* bis *fünf*, also von *Sehr gut* bis *Nicht genügend.*« Als die Irmgard Rauscher an die Reihe kam, stockte sein Atem. Die Frau Doktor nützte die Pause: »Na, wie war's?« Frank Karl hob seinen Blick und antwortete ruhig: »Befriedigend! Durchwegs befriedigend!«

Beatrix Kramlovsky

Verlorenes

Der Tod klopft an

Die Praline lag nackt und verführerisch in ihrer Schokoladenglasur auf einem fein plissierten *moule en papier* in Weiß, dunkle Ringe wechselten mit hellen ab, oben auf der Kuppel saß ein Nüsschen, zum Vernaschen schön.

Daneben lag eine getippte Botschaft auf einem ungenau geschnittenen Blatt: *Probe bitte einschicken, Giftverdacht.*

»Das ist lächerlich«, sagte Edith Ströher, «wer stellt mir denn so was her ohne Fundort, Eingangsnummer und Namen! Einfach so, ohne Sackerl, ohne irgendwas.«

»Du hast doch nicht Geburtstag, oder?«, fragte ihre Zimmerkollegin Sybille Holler.

»Nicht dass ich wüsste.«

»Schaut super aus. Man könnte es essen.«

»Also ehrlich, mit diesem Beipackzettel? Mitten im Marktamt?«

Edith Ströher stand auf und holte aus dem Wandschrank eines ihrer Plastiksäckchen, die dort in unterschiedlichen Größen und Beschriftungen lagen, versah es mit der üblichen Begleitnotiz und ihrem Namen und legte es zum Postversand fürs Labor.

»Schad drum. Was glaubst, welche Füllung drin ist?«, sinnierte die Kollegin, bevor sie sich wieder an ihre Arbeit machte.

Draußen lag Wien wie gemalt, schwarze Wolken schoben sich von Westen über den Donaueinschnitt zwischen Kahlenberg und Bisamberg. Hinter dem ruhigen Dächermosaik der Brigittenau leuchtete der Millennium Tower, leicht versetzt die dunkle Nadel des Floridsdorfer Domes, der es nie zu einem Bischofssitz gebracht hatte. Weit drüben im Osten funkelten in schrägem Sonnenstrahl die Hochhäuser rund um die UNO City. Jetzt wurde es grau, eine weitere Regenfront legte sich über den Horizont, verwischte Linien und Formen, die Stadt verwandelte sich wieder in ein verwaschenes Dunstbild.

Edith liebte den Blick aus ihrem Büro. Hoch genug, um sich wie auf einem Kreuzfahrtschiff zu fühlen, lehnte sie sich an schönen Tagen manchmal weit aus dem geöffneten Fenster, *Frau an der Reling,* dachte sie und dass sie sich gerade in ein wunderbares Gemälde beugte, Teil eines Stadtporträts wurde. Edith konnte weder zeichnen noch malen noch gescheit fotografieren. Aber sie liebte es, sich ihre Umgebung, egal wo, sofort als Bild vorzustellen, in das sie, wie Mary Poppins in ihren Kinderbüchern, eintauchen konnte. Das war ihr geheimes Band mit ihrer Vergangenheit, hatte nichts mit ihrem Beruf zu tun, den Kontrollen, Analysen, Berichten, und ihrem Staunen darüber, wie sehr Menschen wissentlich Regeln brachen, gierig waren, nicht abließen von Täuschung, Übervorteilung, Raub. Die Arbeit im Wiener Marktamt hatte sich nach ihrer Babypause als Glücksfall erwiesen, das Panoptikum von kriminell Anrüchigem in diversen Spezialläden, die auch offenes, frisch gekochtes Essen anboten, faszinierte sie. Jedenfalls interessierte es sie viel mehr als die Weiterführung ihrer schal gewordenen

Ehe und wie die Verwandtschaft auf eine Trennung reagieren würde.

Drei Tage später kam sie gerade von einem Außendienst zurück, der sie sehr amüsiert hatte. Seit den Schließungen und Corona-Maßnahmen entwickelten aufgeweckte Unternehmer neue Geschäftsmodelle mit Schwerpunktgerichten zum Abholen. Diesmal waren es ein Fischhändler aus der Szene der Aquabotanik, dessen Freund Wassergetier appetitlich aufkochte, und eine ganzheitlich arbeitende Schönheitsberaterin, die nicht nur ihre Cremes selbst zubereitete, sondern auch kleine Speisen für die Erreichung innerer Schönheit anbot. Während Edith mit einem Kollegen in beiden Geschäften Küchen, Kühlräume und Arbeitsplätze kontrolliert hatte, waren Mitarbeiter draußen im Wienerwald bei den Fischteichen aufgetaucht und hatten dort ihre Proben entnommen. Es war wunderbar akkordiert, keiner der Überprüften hatte einen Partner warnen können; sie hatten bei ihren Untersuchungen ins wahre Volle greifen können. Eigentlich, dachte Edith, gab es erstaunlich viele Möglichkeiten, Neues auszuprobieren, ganz ohne Schwindeleien, und sie ertappte sich dabei, dass sie beiden diesmal geprüften Lokalen ein rundum erfreuliches Untersuchungsergebnis wünschte.

»Seit wann liegt das Ding da?«, fragte sie ihre Zimmerkollegin und deutete auf eine Praline direkt vor ihrer Tastatur, einen Würfel mit Nüssen und dunkelrotem Beerengelee, ausgesprochen gekonnt ausgeführt, elegant in einem rosa plissierten Papierkörbchen ruhend. Kein Zettel, keine Info. Diesmal war Ediths Neugier größer, sie nahm ihr Taschenmesser und schnitt diagonal durch: traumhaft abgegrenzte Schichten in vier Farben und aus unterschiedlichen Zutaten. Es roch großartig, es verführte in jeder Hinsicht. Edith zückte ihr Handy und fotografierte das Wunderwerk, bevor sie es wieder verpackte und ans Labor adressierte.

»Mir ist es erst vor einer Stunde aufgefallen, aber ich war bis aufs Klogehen immer da.«

»Niemand sonst?«

»Der Chef hat kurz reingeschaut, da war grad die Putzbrigade im Stockwerk, und er wollte eigentlich dich sprechen.«

»Ich schau kurz rüber. Sonst wer?«

»Nein, nur er und die Renata mit ihrem Kübel. Um die hat er einen Bogen gemacht, unrund hat er gewirkt. Die Renata hat ihn angeschaut, weißt eh, wie, und gefragt: Na, hamma Hummeln im Popo? Das kann sich auch nur die leisten.«

Edith marschierte über den Gang hinein zum Chef.

»Hab gehört, es war ein voller Erfolg«, sagte Ernst Oberpichlmayr statt einer Begrüßung.

»Ja. Schöne Läden, gutes Konzept, anscheinend einwandfrei. Du wolltest was von mir?«

»Ich hab das von dem Goodie gehört, das auf deinem Schreibtisch gelandet ist.«

»Das vom ersten oder von heute? Ich hab's gerade ans Labor weitergeleitet.« Edith zückte ihr Handy und ließ ihn das Wunderwerk sehen, die glänzenden Cremen, die appetitliche Hülle, Speichelflusserreger der Spitzenklasse.

»Ich hab's gesehen. Habe es nicht angegriffen. Darf ich dich was fragen, Edith?«

»Ja.«

»Ist aber vielleicht ein bissl privat, bitte nicht falsch verstehen.« Sein Zeigefinger trommelte auf der Tischplatte. »Ich frag nur, weil du die Einzige in allen unseren Stockwerken bist, die was kriegt, das anscheinend von keinem von uns ist, oder gibt's da einen Lover, der neu ist und einen schriftlich geäußerten Giftverdacht für komisch hält?«

»Geh, red net deppert. Du weißt genau, dass bei mir nix rennt mit irgendwem. Mir reicht der Ärger daheim.«

»Dein Mann war schon lange nicht heroben, ich hab überprüft, wer sich unten eingetragen hat. Niemand für dich, niemand für die Holler.«

»Wieso?«

»Weil das erste Ding völlig einwandfrei war. Das Labor hat's mir verraten, weil es kein Teil einer Pralinenschachtel war, nichts vom Fließband. Und du hast nur deinen Namen dazugeschrieben, keinen Fundort.«

»Wieso reden die mit dir und nicht mit mir?«

»Ich brauchte was, und eins ergab das andere. Und dann hab ich das zweite Ding auf deinem Schreibtisch gesehen. Dachte mir schon, das könnte noch so was sein, und hab das Labor vorgewarnt. Du könntest mich jetzt bewundern wegen meiner intuitiv richtigen Mitarbeitereinschätzung.«

»Du hast es gesehen? Da war es schon da?«

»Ja. Und ich will wissen, warum du glaubst, es könnte was anderes als eine nette Geste von jemandem aus dem Büro sein.«

»Ernstl, ich arbeite jetzt sechzehn Jahre hier. Außer zum Geburtstag und zu Weihnachten gibt es nichts Süßes, also keine Schenkerei und Austauscherei. Ich glaub, das hängt damit zusammen, dass wir genügend Grausliches sehen, um den Gusto zu verlieren.«

»Naja.«

»Ich weiß, du hast einen Saumagen.«

»Ich hör lieber, dass man mich unkompliziert nennt.«

Edith lachte. Später fuhr sie hinunter ins Erdgeschoß, überzeugte sich selbst noch einmal von den Sicherheitsmaßnahmen, die ihnen allen ohnedies vertraut waren. Direkt hinter dem Eingang stand ein freundlicher Begleiter, der jeden Besucher ohne gut sichtbare Mitarbeiterkarte zum Schalter begleitete, wo man sich ausweisen und angeben musste, wohin und zu wem man wollte. Dort wurde angerufen, ein Zettel mit einem täglich wechselnden Code übergeben und der Besucher wurde an dem poppigen Wartebereich vorbei nach hinten zu den Liften geführt. Den Lift in Gang setzen konnte man nur mit der Codezahl. Von der Garage war es Gästen ebenfalls unmöglich, ohne Zugangsberechtigung hinauf in die Stockwerke zu kommen. Die Zentrale des Wiener Marktamts glich einer Burg mit hochgezogenen Brücken.

Am nächsten Tag sprach sie Renata Harzer an. Die Frau war seit eineinhalb Jahren Teil des Putztrupps und für die Stockwerke des Marktamts in der Spittelau zuständig. Sie war gründlich, verlässlich, schnell, von einem Humor gesegnet, der ihr anscheinend schon oft in schwierigen Situationen geholfen hatte. Edith wusste von ihr, dass der Familienclan ganz gut zusammenhielt, aus zumindest drei Volksgruppen abstammte und die über siebzigjährige Mutter, eine begnadete Bäckerin, darunter litt, dass Renata sich unter Wert verkaufte, weil sie, obwohl sie Matura hatte, als Reinigungskraft arbeitete. Edith wusste aber auch, dass Renatas jüngerer Sohn gesundheitliche Probleme hatte und ihr Mann Leo im Sommer vor dem Einsetzen der Pandemie gekündigt worden war. Renata hatte es als glücklichen Zufall empfunden, nach ihrer langen Arbeitspause schnell etwas gefunden zu haben, das die Familie finanziell etwas absicherte und unabhängiger von den winzigen Summen machte, die ihr zunehmend cholerischer Mann frustriert hergab. Sie war eine pragmatische Frau, hatte sich abgewöhnt vorauszuplanen, jetzt, während des Coronajahres, sowieso.

»Haben Sie was mit den süßen Sachen auf meinem Schreibtisch zu tun?«

»Wieso?«

»Wenn ich es bedenke, erinnern sie mich an die Sachen, die Ihre Mutter fürs Catering herstellt.«

»Brauchen Sie was von ihr?«

»Wer kann denn im Moment feiern?«

»Frau Ströher, mir ist das jetzt ein bissl peinlich.«

»Aha.«

»Haben Sie es überprüfen können?«

»Es ist völlig einwandfrei. Und ich bin mir sicher, das zweite wird es auch sein. Wieso macht Ihnen das Petit Four also Sorgen?«

»Ich hab Ihnen doch von meiner Schwester erzählt, der Halina. Und von ihrem Mann, der, fürchte ich, ein Nichtsnutz ist. Träumt immerzu. Halina geht's seit Weihnachten nicht gut. Zuerst haben wir gedacht, Corona hätte sie erwischt. Aber sie ist negativ. Jede Woche. Sie arbeitet von daheim, im Homeoffice, neben den Kindern, und der Karli ist in der Arbeit. Arbeitet in einer Flaschenabfüllanlage, was ihn nicht freut. Aber Flaschen braucht man immer und Job ist Job.«

»Wo ist das Problem?«

»Er ist komisch. Also im Sinn von seltsam. Und Halina macht uns allen Sorgen.«

»Und die Praline?«

»Ihr Karli hat angefangen, von der Mama zu lernen. Er will Gosias Rezepte, alle. Er sagt, er träumt von einer süßen Welt voll Schönheit. Ja, so abgedreht redet er jetzt. Gosia sagt, er stellt sich nicht blöd an, aber sie will ihm nicht alles zeigen, weil manche Rezepte gehen in der Familie nur von Mutter auf Tochter.«

»Auf welche Tochter?«

»Früher hat sie mir einiges beigebracht, aber seitdem ich putzen gehe, hab ich keine Zeit.«

»Würden Sie ihr Geschäft gern übernehmen?«

»Vielleicht. Aber allein geht das nicht und Halina will auf keinen Fall. Aber Karli.«

»Wieso reden Sie um den Brei herum?«

»Was ich jetzt sage, gehört sich vielleicht nicht. Aber könnte er sie vergiften? Seit der Weihnachtsbäckerei ist ihr schlecht. Die Gemüsesuppen macht sie, also das Kochen für die Familie, aber er bäckt. Und ihre Mädel essen *nichts* Süßes, weil sie abnehmen, immer nur abnehmen. Nicht einmal ein Schokihase zu Ostern, einfach krank. Sie ist also die Einzige, die seine Sachen isst.«

Edith dachte kurz nach. Sie mochte Renata, ihren Witz, ihre absolute Diskretion in den Büroräumen, die Art, wie sie sich den Schwierigkeiten ihres Lebens stellte. Es waren kurze, ungeplante Begegnungen, nicht mehr, aber Edith hatte sich dabei ertappt, dass sie sich freute, wenn sie die Putzfrau sah. »Renata, das ist Blödsinn. Bloß weil Ihnen Ihr Schwager auf den Geist geht, und Ihrer Schwester vielleicht auch, ist es hirnrissig, ihn zu verdächtigen. Sie soll zum Arzt gehen.«

»Die haben so viel zu tun jetzt.«

»Entweder sie ist krank oder sie ist nicht krank. Basta.« Edith sah zu, wie Renata den Kopf neigte, ihr Werkzeug zusammenpackte und den Raum verließ. Seltsamerweise fühlte sie Scham und es irritierte sie sehr. Sie drehte sich zu Sybille Holler: »Also dieses Corona, das macht uns schon alle ein bisserl wucki, oder?«

Die zweite Praline stellte sich ebenfalls als einwandfrei wunderbares Gebilde heraus, nicht unbedingt gesund, aber köstlich definitiv. Im Stock fing man an, über Giftgoodies zu witzeln, aber der Einsatz in einem Food-Lieferservice mit ungustiösen Radtaschen bot mehr Material für gruselige Bonmots.

»Das ist das Schöne an unserem Amt«, sagte Ernst Oberpichlmayr dem Team nach erfolgreich beendeter Razzia, »siebzehntausend Lebensmittel, und da denken wir noch gar nicht an alles, was irgendwie damit zusammenhängt, bieten ein weites Betätigungsfeld. Wir sind da, um Leben zu schützen und im besten Fall retten wir es.«

Eine Woche später kam Renata mit einer großen Schachtel ins Stockwerk.

»Für jeden hier hab ich eine Kostprobe. Ich möchte mich bei Ihnen entschuldigen für die Unannehmlichkeiten.

Bei meinem Schwager hab ich es schon getan. Der hat sogar gelacht nach einer Schreckminute.«

»Sind die wieder vom Karli?«

»Ja. Wir haben mit der Mama geredet. Die Halina ist nämlich schwanger! In ihrem Alter. Und der Karli will eine eigene Confiserie aufmachen.«

»Karli Pospischil klingt aber nicht so unbedingt nach elitärem Markennamen.«

»Wir denken nach. Unsere Familiengeschichte ist ja bunt: polnisch, syrisch, böhmisch und ein bisserl gestreift worden sind wir auch von einem Belgier. Die Mischung macht's. Ich glaub, wir bauen daraus einen Namen.«

»Da freu ich mich aber!« Edith ging hinaus auf den Gang und rief die Belegschaft zum Kosten herbei.

Mitte Mai, der Lockdown war fast vorüber, traf sie wieder auf Renata, die etwas verspätet mit ihrem Putzwagen von Zimmer zu Zimmer schlich.

»Sie schauen nicht gut aus, Renata.«

»Nein, mir geht's nicht gut. Aber der Test ist negativ und in zwei Wochen bekomme ich die Spritze.«

»Sind Sie vielleicht auch schwanger, quasi aus Solidarität mit der Schwester?«

»Das wär ein Wunder. Mein Mann ist so angefressen vom Leben, der sieht mich schon seit Monaten nicht mehr richtig und ich lassert ihn auch nicht ran.«

»Es wird sicher besser, jetzt mit den Öffnungen in Gastro und Hotellerie findet er bald was.« Dann fiel Edith ein, dass Leo Harzer aus einer Kantine, in der er als Koch arbeitete, geschmissen worden war, weil man ihn bei einer Überprüfung als Schmutzfink entlarvt hatte. Das war das Pikante an Renatas Einstellung gewesen, dass sie ihren Job der Institution verdankte, die indirekt für die Entlassung des Ehemannes gesorgt hatte. Renata hatte einige bittere Witze vom Stapel gelassen, aber Zeit für eine Umschulung hatte sie nicht gefunden.

»Ich hab Stunden dazugenommen, denn von seinem Arbeitslosengeld krieg ich jetzt gar nix mehr zu sehen.«

»Aber –«

»Passt schon, Frau Ströher. Wir halten zusammen in der Familie. Bloß gehört der Leo nicht mehr wirklich dazu und ich weiß nicht, ob es mir das Herz bricht oder mein Zorn überschwappt.«

»Das muss sehr unangenehm für die Buben sein. Und für Sie.«

»Am Anfang hab ich gedacht, er trinkt oder verspielt das Geld. Tut er aber nicht. Er ist in den letzten Monaten so geizig geworden. Er gibt nichts, mir sowieso nicht, er zahlt nichts zum Wohnen dazu. Nur kochen tut er noch, wenn ich alles einkauf. Ich überleg, ob ich mich nicht scheiden lasse. Das müsste doch schnell gehen mit einem Arbeitslosen, oder?«

»Wenn ich mir das anhöre, haben Sie mehr Grund dazu als ich.«

»Wenn er könnte, würde er an mein Konto ran! Die Mutter und Halina hat er schon einmal angebettelt. Kein Schotte kann so geizig sein wie er. In Polen gibt's eine Redensart: Der ist so gierig, dass er Kacki nur macht, um es zu essen.«

»Wofür spart er denn?«

»Weiß nicht, wir reden nicht mehr richtig. Es gibt solche Ehen und solche. Bei der Hochzeit hätte ich mir nicht träumen lassen, dass meine eine solchene wird. Ich geh ihm nicht nur auf die Nerven, ich mach ihn richtig bös. Eigentlich ist es mir wurscht, was er plant. Halina hat jetzt meine Kleinen zu sich genommen. Die mögen sich alle und die Mama kocht in Wirtshausmengen und ist froh. Ich trau mich bloß nicht, nicht daheim zu übernachten, weil sonst räumt der Leo mir noch alles aus.«

»Gehen S' zur Ärztin. Sie schauen wirklich schlecht aus«, wiederholte Edith und freute sich über die nächste Kostprobe aus Karlis Versuchs- und Lernconfiserie. Was für eine patente Frau Renata doch war!

Trotzdem dauerte es bis Mitte Juni, bis Edith sie vermisste.

»Sag einmal, unsere Putztruppe, hat sich da was verändert?«, fragte sie Ernst Oberpichlmayr.

»Weiß nicht, ist nicht mein Revier.«

»Hat irgendwer im Stockwerk die Renata in letzter Zeit gesehen oder was vom Karli gegessen?«

»Nein, warum?«

»Sie fehlt. Die fehlt nie. Hat sie zum Schluss jetzt doch Corona erwischt?«

Er versprach, sich zu erkundigen, und hielt sein Versprechen:

»Krankschreibung, vor sieben Tagen vom Hausdoktor der Familie ausgestellt. Aber eigentlich nur für fünf Tage, heißt es. Willst du ihre Privatnummer?«

Edith zögerte. Sie wollte nicht aufdringlich erscheinen, keinen Druck ausüben. Sie schickte eine SMS mit der vorsichtig formulierten Frage, ob es schon besser ginge, und herzlichen Grüßen an die ganze Familie.

Als es innerhalb von Minuten läutete, nahm sie das Gespräch sofort an. Die fremde Stimme hörte sich atemlos an. Dann wurde Edith klar, dass sie mit Halina verbunden war. Im Hintergrund schienen mehrere Menschen aufgeregt zu reden, ein Durcheinander. Großfamilie, dachte Edith und sagte:

»Ich bin aus dem Marktamt, wir alle hier haben uns so über die Köstlichkeiten von Ihrem Mann gefreut, da hat uns Renata wirklich Freude damit gemacht.«

»Meine Schwester ist gestorben.«

»Was?«

»Nicht Corona. Wahrscheinlich. Wir warten auf den Befund.«

»Wie bitte?«

»Bei uns ist Durcheinander. Ich hab ihre Kinder da, schon lange. Ich melde mich später. Wenn ich mehr weiß. Sagen Sie in der Firma Bescheid? Ich hab's vergessen.«

»Ja, natürlich. Aber –«

»Später. Ich kann jetzt nicht.«

Tags darauf stand es in der Zeitung. *Mutter von Halbwüchsigen vergiftet. Verdächtigter Ehemann auf der Flucht.*

»Renata hatte schon recht mit ihrem Gefühl«, sagte Ernst Oberpichlmayr, »bloß hat sie an das falsche Paar gedacht. Sie hätte uns von seinen Eintöpfen was zum Untersuchen bringen sollen, nicht von Karlis Petits Fours. Das Arsen hat sie wohl wegen der Chilis, dem Ingwer und Curry nicht gemerkt. Oder dem scharfen Paprika, den sie im letzten Gulasch in ihrem Magen auch gefunden haben. Unglaublich.

Die Kinder haben bloß überlebt, weil sie bei der Tante gewohnt und nicht mehr zuhause gegessen haben.«

»Aber wieso denn?«

»Die Schwester meint, er hätte genug gehabt von seinem trostlosen Alltagsleben, seiner Familie, von allem. Der Kerl ist abgepascht mit allem Geld, ans Konto kam er nicht, aber vom Sparbuch wusste er das Losungswort. Sie vermuten ihn irgendwo in Asien oder wo er leicht unterkommt, selbst wenn er in Quarantäne muss, und neu anfangen kann. Ohne Altlasten quasi. Keine Ahnung, wie er jetzt wegen Corona durch die Kontrollen kommen will. Ein verschlagener Trottel, den sie erwischen werden.«

»Das hilft der Renata auch nicht mehr«, sagte Sybille Holler.

»Was für eine Tragödie«, sagte Ernst Oberpichlmayr und dachte, dass diese ganze Geschichte ihnen allen an den Magen ging, weil sie Renata als einen besonderen Menschen wahrgenommen hatten, obwohl sie nicht wirklich zu ihnen gehörte.

»Einfach unglaublich« und »wie schrecklich«, murmelten die anderen und der Gedanke an die getesteten Köstlichkeiten des Schwagers kam nicht nur einem.

Edith Ströher sagte gar nichts.

Aber sie ging zum Begräbnis und lernte die Familie kennen, alle, die Renata so farbig geschildert hatte in ihren Erzählungen, während sie den Boden feucht wischte, den Mistkübel leerte, versuchte, ein bisschen Staub von den freien Flächen zu entfernen und dem Gwichtl, dem fast hüfthohen hellblauen Maskottchen des Marktamts, immer wieder Glanz zu verleihen.

Edith blieb auch noch zum Leichenschmaus und hörte zu, wie die Familie versuchte, die gewaltsam gerissene Lücke auszuhalten. Sie beobachtete den Zorn, die Hilflosigkeit und sie nahm ihre eigene Wut wahr. Etwas war ihr abhandengekommen, hatte sich in einen Verlust verwandelt. Danach ging sie nachhause zu ihrem Mann und redete Tacheles mit ihm. Das tat ihr gut, später ihm auch. Sie nahmen sich vor, einiges gemeinsam zu machen, mit und ohne die Söhne. Den Kindern war es anfangs lieber, sie mussten nicht mit von der Partie sein, sie behaupteten, es wäre ihnen nur peinlich. Edith sah den Schmerz in ihren Gesichtern und die Angst. Ihr Mann sah es auch. Es dauerte, aber es wurde besser.

Im Büro redeten sie noch länger von Karlis Petits Fours. Edith hielt sich zurück. Zu dem Zeitpunkt wusste sie bereits, unter anderen Umständen hätte sie Renatas Freundin werden können, sehr gerne sogar.

Christian Klinger

Falscher Wein aus den Abruzzen

Golser Montepulciano

Poller schien am Ende zu sein und schwieg. Das mechanische Rattern der Fallblattanzeige der Wanduhr platzte in die kurze Stille und machte Klimek klar, dass erst eine weitere lange Minute vergangen war. Er saß Poller an dessen Schreibtisch gegenüber. Ein solches Relikt aus den 1970ern konnte nur noch in einem Amt im Einsatz sein, fand er. »Do, 31. Jänner 2002, 15.51« war darauf zu lesen. Poller warf einen Blick über die Schulter. Etwas zu früh für Feierabend, also wandte er sich Klimek zu und sprach weiter:

»Was ich Ihnen auf jeden Fall noch mitgeben möchte: Seien Sie sich bei Ihrer Tätigkeit auch der Verantwortung bewusst. Die Menschen setzen nicht ohne Grund ihr Vertrauen in uns. Sie hegen bestimmte Erwartungen und sollen darin nicht enttäuscht werden. Jeder, der herkommt, jede, die uns besucht, sie alle sollen am Ziel ihrer Träume anlangen. Ein Markt ist mehr als ein Ort für eine simple Bedürfnisbefriedigung, hier wird der Grundstein jeglicher Spitzengastronomie gelegt, hier werden die Voraussetzungen für das Heranwachsen einer gesunden Jugend geschaffen, indem nur beste Nahrungsmittel dargeboten werden. Märkte sind der Urknall jeglicher Zivilisation. Da, wo Waren angeboten wurden, da ließen sich die Menschen nieder und die Handelsplätze gediehen und sie wuchsen weiter zu Metropolen. Unsere Märkte sind der Quell jeglichen Wohlstands und unserer Kultur, ohne sie würden wir immer noch Beeren sammeln und Bären jagen.«

Klimek lehnte sich zurück und lächelte höflich. Man hatte ihn vorgewarnt, dass der Chef sehr ausladend sein konnte. Er fragte sich, wann er den Faden verloren hatte. Am besten an den Schluss anknüpfen, dachte er sich und sagte:

»Und den Kunden soll natürlich auch kein Bär aufgebunden werden.«

»Sehr gut, ich sehe, Sie haben begriffen. Dann sehen wir uns morgen um die gleiche Zeit.«

Klimek verließ das Büro von Ingenieur Poller, dem Leiter des hiesigen Marktamts, dessen Job er in Kürze übernehmen sollte. Der Beamte ließ es sich nicht nehmen, seinen Nachfolger persönlich in die Agenden einzuführen. Klimek erachtete diese langen Emanationen des rührigen, älteren Mannes zwar für Zeitverschwendung, aber auch das würde er überstehen. Für eine Spitzenposition in der Wiener Stadtverwaltung musste man sich entweder jahrelang knechten lassen oder die richtigen Connections haben. Der zweite Weg war der effizientere, und angenehmer dazu.

Auf seinem Weg hinaus kam er am Schreibtisch von Slansky vorbei, der ihn wie schon die letzten Tage mit verhaltener Freundlichkeit grüßte. Wie einer, dem es peinlich ist, dass ihm aus dem Mund Laute entkommen. Als er sich vor vierzehn Tagen zum ersten Mal beim »Ingenieur«, wie den Chef alle nannten, eingefunden hatte, versuchte er, mit dem unscheinbaren Slansky ins Gespräch zu kommen. Dabei war ihm aufgefallen, dass der an den Seiten ergraute Glatzkopf immer betreten an ihm vorbeiblickte, wenn er ihn anredete, und dabei die Schultern in die Höhe zog. Er wirkte auf eine Weise servil und zugleich verbraucht. Kaum zu glauben, dass er etwas jünger als der weit virilere Ingenieur war, der Ende des Monats in Pension gehen konnte. Noch weniger wollte Klimek glauben, was ihm die Logdanovic gesteckt hatte: dass Slansky vor fast dreißig Jahren ein heißer Feger gewesen sei, der die ihm zugeworfenen Herzen nur zu pflücken brauchte. Jetzt wirkte er eher wie einer, dem sich sogar eine ausgeleierte Pornokassette verweigern würde. Dafür entging Klimek nicht, wie die Sekretärin ihn anmachte. Kein Wunder, bei der Auswahl, die sie sonst hier hatte. »Der Slansky war früher der Adlatus vom Ingenieur, hat eigentlich volles Pouvoir gehabt, war immer um ihn«, erklärte sie.

Als Klimek auf die Straße trat, trieb ihm der Föhn die Tränen in die Augen. Es war für Ende Jänner ungewöhnlich warm. Wie schon an den letzten Nachmittagen stand der alte Mann wieder da und starrte zum Eingang. Er war durchaus geschmackvoll angezogen, auch wenn Schnitt und Zustand des Stoffes vermuten ließen, dass die Seiten der Modemagazine, die derartige Herrenkleidung beworben hatten, bereits stark vergilbt sein mussten. Und obwohl er Klimek nicht wie ein Bettler vorgekommen war, hielt er ihm zuletzt einmal einen kleinen Geldschein hin, doch der Alte rückte ein wenig von ihm ab und schüttelte den Kopf, dabei murmelte er: *»Mio figlio ... ich warte ... auf meinen Sohn ...«*

»Ah, den alten Ravelli haben Sie also auch schon kennengelernt«, hatte die Logdanovic ihm darauf am nächsten Tag erklärt und erzählt, dass der Alte seit fast zwanzig Jahren am späteren Nachmittag vor dem Amt Stellung bezieht, um Ingenieur Poller abzupassen.

»Und was will er von Poller?«, fragte Klimek.

»Das müssen Sie den Chef schon selbst fragen«, antwortete die Sekretärin und beugte sich zu ihm vor. Klimek war schon bei der Begrüßung aufgefallen, dass die Logdanovic heute an ihrer Bluse einen weiteren Knopf offengelassen hatte.

Beim scheidenden Amtsleiter gab es einen eintönigen Vortrag über Zuständigkeiten und Rayonseinteilung. Klimek, der bis zuletzt als Lebensmittelinspektor tätig war, machte sich klar, dass jetzt organisatorische Aufgaben auf ihn warteten und er wohl kaum mehr in den Außendienst kommen würde. Mit Wehmut dachte er an seine Kontrollgänge zurück, die er ganz gern unternommen hatte. Auch den direkten Kontakt mit den Standlern würde er vermissen. Es klopfte an der Tür. Die Logdanovic trat ein. Sie beugte sich mit einem Tablett über den Tisch zum Leiter und stellte den beiden Männern Kaffee, Zuckerdose und Milchkännchen hin.

»Milch ist noch eine im Eiskasten, wenn's nicht reicht.«

Poller versuchte nicht einmal, seinen Blick in das freizügige Dekolletee zu verbergen, und sagte: »Ich glaube, da ist genug Milch, um zwei Männer glücklich zu machen.«

Klimek versuchte darüber hinwegzuhören, doch kaum war die Logdanovic aus dem Zimmer, fragte Poller ungeniert: »Wie gefällt Ihnen denn unsere Frau Knackal?«

Der Chef spielte damit auf die aktuell im ORF ausgestrahlte Serie an, in denen sich Kabarettisten über den Beamtenalltag lustig machten. Klimek zuckte mit den Schultern, die Logdanovic musste über vierzig sein und war ihm damit zu alt. Er war ja noch keine dreißig. Aber höflicherweise sagte er: »Eine rassige Frau, hat offenbar serbische Wurzeln, die Damen dort sind ja alle sehr fesch.«

Poller hob die Hand und sagte: »Nichts gegen die Italienerinnen. Für mich kommen die hübschesten Frauen aus ›Bella Italia‹.«

Das war das Stichwort. Klimek wagte sich vor und fragte: »Kennen Sie diesen Ravelli? Der scheint auch Italiener zu sein. Mich würde interessieren, was der hier bei uns sucht.«

Pollers Blick verdunkelte sich. War ihm sein sexistischer Ausritt zuvor alles andere als peinlich, so wirkte er jetzt betreten und sogar abweisend.

»Es war klar, dass sie dem Irren auch über den Weg laufen mussten, aber ich rate Ihnen nur eines. Geben Sie nicht zu viel auf das, was die Leute sagen.«

»Und was sagen die Leute?«

Poller räusperte sich. »Ich denke, wir haben Wichtigeres zu besprechen als den alten Tratsch von ein paar Spinnern. Die doppelte Preisauszeichnungspflicht zum Beispiel.«

Als Klimek das Marktamt nach Dienstschluss verließ, sah er wieder den alten Mann, der nur auf den ersten Blick einen wirren und verwahrlosten Eindruck machte. Tatsächlich verbarg sich unter dem zu wenig gestutzten Bart, den zu dichten Augenbrauen und den in den Kragen hängenden Haarspitzen ein kultivierter Mensch, dessen Zivilisiertheit von zu vielen schlechten Jahren verdeckt war, wie

Pompeji von der Vulkanasche. Klimek sprach ihn an. »Wieso warten Sie hier auf Ihren Sohn?«

Der Alte unterbrach sein Murmeln und mit einem Mal trat ein Strahlen aus seinen Augen.

»Weil Poller ihn als Letzter gesehen haben muss, bevor Tullio verschwunden ist.« Und er hielt ihm eine abgegriffene Vorladung hin, die von Poller unterzeichnet war. Offenbar aus der Zeit, als Poller noch im Marktamt in der Markthalle im neunten Bezirk tätig war.

»Aber das war im Herbst 1985«, sagte Klimek. »Sie müssen sich täuschen.«

»Nix täuschen. Tullio geht zu Amt und nicht mehr kommt zu Hause, *non torna a casa.*« Der Alte ereiferte sich, der Speichel schäumte in den Mundecken. Klimek rückte von dem Mann ab. Im Gehen sagte er noch: »Hier werden Sie Ihren Sohn nicht finden, gehen Sie besser nachhause.«

Am nächsten Morgen hatte Klimek Kopfweh. Er hatte schlecht geschlafen. Ständig war ihm der Alte in den Sinn gekommen und diese sonderbare Geschichte. Was sollte Poller mit dem Verschwinden von dessen Sohn zu tun haben? Warum war der Sohn überhaupt verschwunden, und was hatte das mit dieser Markthalle zu tun? Als Poller ankündigte, dass sie heute auf Außendienst gehen würden, weil er ihm ein paar seiner Mitarbeiter vorstellen wollte, fragte Klimek, ob sie auch in die Markthalle gehen würden?

»Was wollen Sie denn dort?«

»Ich wollte mich ein wenig umsehen.«

»Da kommen sie leider zu spät. Nach der Renovierung hat sich die Neuaufstellung nicht bewährt und wir mussten sie wieder schließen, was aber ohnehin schon lange geplant war. Jetzt wird umgebaut.«

»Umgebaut? Was wird umgebaut?«

»Na, ein Supermarkt wird einziehen.«

Klimek nickte und unterdrückte den Impuls, eine Augenbraue hochzuziehen. Supermärkte waren der erklärte Feind jedes ordentlichen Einzelhändlers. Mit Knebellieferungsverträgen und einer quasi Monopolstellung diktierten sie den Produzenten mehr oder weniger die Preise. Es gab kaum noch Fleischhauer und auch die Bäcker litten darunter, dass beim Diskonter noch nach achtzehn Uhr frische Semmeln in den Ofen kamen, die aber am nächsten Tag schmeckten, als wären sie aus Gummi.

Als sie verschiedene Märkte abgeklappert und ein paar Kollegen in ihren Ämtern aufgesucht hatten, verabschiedeten sie sich nach ihrer Rückkehr vor dem Amt. Klimek blickte um sich. Etwas irritierte ihn. Es brauchte, bis er den Grund dafür gefunden hatte. Etwas fehlte. Der alte Ravelli stand heute nicht auf seinem Platz. Daheim dachte er noch den ganzen Abend an den komischen Kauz und fragte sich, ob seine gestrigen Worte den verzweifelten Vater zur Einsicht bewegt hatten und er die Sinnlosigkeit seiner Anwesenheit vor dem Amt erkannt hatte.

Am nächsten Tag stand ein Besuch im Labor der Lebensmittelchemiker an. Klimek kam etwas früher als vereinbart ins Amt, wo ihm die Logdanovic fürsorglich einen Kaffee zubereitete und ihm ein paar Kekse auf einem Unterteller dazustellte.

»Haben Sie es schon gehört?«, fragte sie.

»Was?«

»Der alte Mann vor dem Amt ist gestern vor einen Lkw gelaufen.«

Klimek setzte die Tasse ab und hustete. »Oh, mein Gott. Wie geht es ihm?«

»Schmerzen wird er jetzt keine mehr haben. Es war ein Schweinetransporter mit Anhänger.«

Nach einer Pause, in der Klimek das Bild des zerquetschten Körpers in dem überkommenen Anzug verarbeiten musste, sagte er: »Ich habe vorgestern mit dem Mann gesprochen. Er hat mir eine alte Vorladung ins Amt gezeigt. Von Poller unterschrieben.«

1985

»Laura, *tesoro mio,* du musst nach Italien fahren und das mit den Papieren klären.«

Laura, vom Vater immer noch als *mein* Schatz bezeichnet, obwohl sie schon lange kein pummeliges kleines Mädchen mehr war, schüttelte den Kopf. Ihr glattes Haar, schwarz und glänzend wie poliertes Ebenholz, bewegte sich dabei wie ein Perlvorhang im Wind. »Ich habe dir gleich gesagt, dass das eine dumme Idee ist, die Etiketten vom Montepulciano auf den Wein aus Gols zu kleben. *Proprio una stronzata!*«

»Vielleicht war das ein Scheiß, wie du sagst, aber dafür so viel billiger«, antwortete Ravelli mit einem Grinsen. »Warum den Wein von weit herkarren? So verdienen wir gut, *tanti soldi,* viele Schillinge.«

»Und haben jetzt die Probleme mit der Behörde, wegen dem Scheiß-Glykol.«

»Warum tut denn dein Verehrer vom Amt nichts für uns, wenn er schon die Ehre meiner Schwester in den Schmutz zieht?«, mischte sich Tullio in den Disput von Vater und Tochter ein.

»Zitto cazzo!«, sagte Laura, die der ständigen Bevormundung durch ihren Bruder überdrüssig war und ihn unwirsch zum Schweigen aufforderte. Leider war ihre Mutter schon vor langem gestorben, also hatte sie in der Familie keine weibliche Unterstützung. Der Vater war ihr gegenüber wohl milde, doch dafür war ihr älterer Bruder umso tyrannischer. Ständig machte er ihr Vorschriften und dauernd fantasierte er davon, sie in Italien zu verheiraten. Und als er herausgefunden hatte, dass sie sich heimlich mit einem Mann traf, war er ihr gegenüber beinah gewalttätig geworden. Doch Laura hatte einen Dickkopf und wollte sich treffen, mit wem sie wollte, auch wenn ihr heimlicher Liebhaber noch verheiratet war. Aber er hatte eine einflussreiche Funktion beim Amt und ihnen schon öfter geholfen, indem er eine Vorschrift nicht zu eng ausgelegt hatte. Solche Verbindungen waren hilfreich. Die Familie betrieb in der Markthalle einen Stand für *Alimentari.* »Italienische Spezialitäten« stand auf dem Schild.

Als Laura am Abend ihren Liebhaber traf, meldete dieser Bedenken gegen das Vorhaben an, sie solle aus Italien die passenden Importpapiere besorgen.

»Pass auf«, sagte er skeptisch, »dein Bruder wird deinen Aufenthalt in deiner Heimat dazu nutzen, dich dort wegzusperren. Und ehe man sichs versieht, hast du geheiratet und drei Bambini am Rockzipfel hängen.«

Laura lachte auf. »Du hast zu oft den *Padrino* gesehen«, sagte sie erheitert und er nickte, denn »Der Pate« war tatsächlich einer seiner Lieblingsfilme. Sie legte dem Mann, der etwas älter als sie war, die Arme um den Hals und zog ihn zu sich, um ihn zu küssen. *»Torno subito«*, sagte sie, als sie ihre Lippen gegen die seinen drückte. Ich komme bald zurück. Es war ein Versprechen, das sie nicht einhalten würde.

2002

Die Logdanovic hatte sich neben Klimek gesetzt. Sie schüttelte den Kopf und sagte: »Ein bisschen von der Geschichte damals habe ich schon gehört. Sie wissen ja, dass Sekretärinnen immer mehr wissen, als den Chefs lieb ist.« Sie rückte an Klimek heran und flüsterte ihm beinah ins Ohr. »Aber vielleicht kann ich Ihnen das hier nicht erzählen. Vielleicht gehen Sie mit mir aus oder Sie besuchen mich daheim. Dann könnte ich Ihnen einiges erzählen, was sich da so zugetragen hat.«

»Es tut mir leid, aber ich bin verheiratet«, sagte Klimek trocken und die Logdanovic rückte von ihm ab. Doch kurz vor Ende der Mittagspause traf er sie in der Teeküche, wo sie ihm hinter verschlossener Tür erzählte, was damals so zu hören war.

1985

Als Tullio wieder zu sich kam, fand er sich an einen Sessel gefesselt in einem fensterlosen Raum wieder. Die Luft war stickig und es roch nach Abfällen. Tullio erschrak, als er im Halbschatten eine vermummte Gestalt auf sich zukommen sah. Erst jetzt bemerkte er, dass er weder Arme noch Beine bewegen konnte, so fest er sich auch gegen den Widerstand stemmte.

Die Gestalt, die eine schwarze Skimütze mit Schlitz für die Augen trug, beugte sich hinunter und zischte ihn an: »Wo ist deine Schwester?«

Tullio fragte sich das auch seit geraumer Zeit. Schon seit Wochen hatte er nichts von Laura gehört.

»Ich weiß es nicht«, antwortete er. »Lassen Sie mich sofort gehen. Ich weiß, wer Sie sind. Wenn sie mich losbinden, werde ich das hier vergessen, *capisce*?« Er wollte sich mit dem Sessel am Gesäß erheben, als ein höllischer Schmerz im linken Fuß ihn sofort wieder zurückfallen ließ. Der andere lehnte den Vorschlaghammer wieder an die Wand.

»Was hast du mit Laura gemacht«, schrie er nun Tullio an, der mit Tränen in den Augen zurückbrüllte: »Nichts, sie ist in Italien, ich weiß nicht, warum sie sich nicht meldet.«

Der Vermummte nahm eine Zange und zwickte Tullio damit zaghaft in den Zeigefinger der Rechten, bis dieser endlich aufschrie. Wahrscheinlich hatte er wirklich zu viele Mafiafilme gesehen, aber er stellte fest, dass es in der Realität gar nicht so einfach war, jemandem Schmerz zuzufügen. Zum Glück hatte er unlängst in einem Film eine andere Foltermethode gesehen. Er nahm den Plastiksack und stülpte ihn Tullio über den Kopf. Der begann hektisch zu atmen und der Maskierte sah, dass das Plastik nicht dicht genug schloss und Luft beim Hals einströmen konnte. Aber er wollte dem Kerl, der seine Geliebte entführt hatte, ordentlich Angst machen, damit er endlich auspackte. Das war seine einzige Möglichkeit. Er griff nach dem Textilband und klebte den Sack um Tullios Hals eng zu. Sofort legte sich der Kunststoff um dessen Gesichtszüge. Abermals ließ dieser einen gedämpften Schrei los und versuchte seinem Gefängnis zu entkommen, als von fern das Läuten eines Telefons zu hören war. Der Vermummte wurde unruhig. Wenn es seine Frau war, musste er rangehen, dachte er. Er wollte zur Tür eilen, stoppte aber und riss das Klebeband etwas ein, ehe er über die Stufen davoneilte, um das Gespräch anzunehmen.

Keine drei Minuten später kehrte er in den Keller zurück. Es war tatsächlich seine Frau gewesen. Wegen des Abendessens. Als er Tullio leblos im Sessel hängen sah, erschrak er. Vorsichtig näherte er sich dem Italiener. Womöglich war das nur eine Finte. Er nahm den Hammer und stieß mit dem Stiel gegen den Körper seines Opfers. Tullio bewegte sich nicht mehr. Er trat näher an ihn heran. Offenbar hatte Lauras Bruder versucht, den Plastiksack loszuwerden, und beim Versuch, ihn abzustreifen, das Klebeband wieder geschlossen und war erstickt. Er nahm dem Toten das Sackerl ab und drehte sofort seinen Kopf weg, als Tullio ihn mit hervorgetretenen Augäpfeln anstarrte. Verdammt! Das hatte er nicht gewollt. Er überlegte, was er tun solle. Sich stellen? Dann würde alles auffliegen und sein Leben wäre ruiniert. Er wusste, dass es hier einen alten Abgang in die Kanalisation zum nahen Alserbach gab. Dort unten würde in hundert Jahren niemand den Toten finden.

2002

Klimek ließ die Geschichte von Ravelli und seinen verschollenen Kindern nicht los und er erzählte am Abend seiner Frau davon. Die meinte nur, dass das alles doch lange zurückliege und jetzt niemandem mehr geholfen wäre, wenn er da noch Staub aufwirble.

Doch Klimek hatte sich ein Bild gemacht. Nachdem die Logdanovic ihm erzählt hat, dass Poller vor vielen Jahren Probleme bekommen hätte, als es Ungereimtheiten bei der Beschlagnahme von mit Glykol versetztem Wein gegeben habe, schien ihm klar, was da abgelaufen sein könnte. Er telefonierte mit den Kollegen vom Marktamt an der Spittelauer Lände und schaffte es sogar, ein paar der ehemaligen Standler zu eruieren, die sich an die Familie Ravelli erinnern konnten. Poller hatte nichts dagegen, wenn er sich nach der Mittagspause verabschiedete, um sich bei einigen Außenstellen ein Bild über die dortigen Abläufe zu machen. Dass er an diesem Nachmittag Osman Günes treffen wollte, der in der Markthalle einen Gemüsehandel betrieben hatte, verheimlichte er besser vor dem Leiter.

»Was soll ich Ihnen sagen? Das waren schon nette Leute, aber die haben sich an sehr wenig gehalten. Typisch für diese Südländer.« Günes nahm einen Schluck von seinem Pfefferminztee. Auch Klimek hatte sich Tee bestellt. Er verbarg sein Schmunzeln über diese Ansage des Türken.

»Sie werden sich jetzt denken, was erzählt mir der Türke da über Südländer«, sprach der ehemalige Gemüsehändler weiter. Er war an den Schläfen grau meliert, dafür waren Schnurrbart und Augenbrauen noch schwarz und buschig. »Aber wenn ich es einmal nicht so genau genommen habe, dann kam sofort ein Brief von der Marktleitung. Etwa, wenn es um die Einhaltung der Öffnungszeiten ging oder man seine Kisten zu weit in die Allgemeinfläche gestellt hatte. Da flatterte sofort die Rüge aus dem Amt herein.«

»Wissen Sie, wer der Bearbeiter dieser Schreiben war?«

»Die Unterschrift konnte man nicht lesen, aber da stand immer Ing. Poller. Die Ravellis haben sich umgekehrt an wenig gehalten, aber selten Post vom Amt bekommen. Aber gut, die hatten eine hübsche Tochter, die hat die Mitarbeiter vom Amt immer um den Finger gewickelt. Sie soll sogar ein Verhältnis mit einem von dort gehabt haben, also so gingen damals die Gerüchte um, und manchmal habe ich auch einen Streit zwischen Laura und ihrem Bruder, Tullio hieß der, glaube ich, mitbekommen. Wenn ich das richtig verstanden hab, meistens haben sie ja italienisch gesprochen, weil der Verehrer verheiratet war.«

»Wissen Sie, wo ich die Tochter finden kann?«

Günes schüttelte den Kopf. Er sagte: »Das ist leider eine traurige Geschichte.«

Als Klimek seiner Frau am Abend diese Neuigkeiten erzählte, schien sie ihre Meinung vom Vortag geändert zu haben.

Ihn beinahe aufstachelnd, fragte sie: »Und, was wirst du jetzt machen?«

»Morgen gehe ich zur Polizei. Ich muss wissen, wie das mit dieser Laura Ravelli wirklich gewesen ist.«

Das zuständige Wachzimmer lag in der Boltzmanngasse. Der Polizist, mit dem Klimek am Vortag telefoniert hatte, führte ihn in den hinteren Teil der Amtsstube und sagte: »Gut, dass sie vorher angerufen haben. Die Akten haben wir nicht mehr da. Das liegt fast zwanzig Jahre zurück, aber ich habe noch eine Notiz gefunden, außerdem war mein Kollege so nett, mir davon zu berichten. Der hat damals damit zu tun gehabt. Aber warum interessiert sich das Marktamt dafür? Was immer Sie suchen, ist doch längst alles verjährt.«

Klimek nahm die Worte Entführung oder Mord nicht in den Mund, aber er hatte das Gefühl, einer Sache auf der Spur zu sein, die an die Dimension der Lucona-Affäre heranreichte, wenn man bedachte, dass hier vielleicht wirklich ein hoher Magistratsbeamter in dunkelste Machenschaften verwickelt war.

Der Polizist bestätigte zunächst das, was ihm Günes am Vortag erzählt hatte, nämlich dass Laura, Ravellis Tochter, verschwunden war und kurz danach auch noch Tullio, Ravellis Sohn. Doch während der Vater bei Tullio eine Vermisstenanzeige aufgegeben hatte, tat er das für Laura nicht und betonte, seine Tochter wäre beruflich in Italien unterwegs und sicher wohlauf. »Der Vater war mehrmals bei meinem Kollegen und hat eine Vorladung vom Marktamt mitgehabt, doch der darin ausgewiesene Beamte hat bestritten, dass er Tullio Ravelli getroffen oder vorgeladen hätte. Es war auch ein seltsamer Termin, angesetzt zu einer Zeit, als das Amt schon geschlossen, zumindest aber keinen Parteienverkehr mehr hatte.«

»Hieß dieser Beamte Poller?«

»Ja, aber der hatte für diesen Tag ein Alibi. Der hatte nachweislich einen Zahnarzttermin. Geprüft und bestätigt. Mehrfach!«

»Und Laura Ravelli wurde erst nach einigen Wochen gefunden?«

»Ja, wir erhielten von den Italienern die Nachricht, dass man sie tot aufgefunden habe. Sie war ja gebürtige Österreicherin, deswegen wurden wir gleich verständigt. Sie musste mit ihrem Wagen von der Straße abgekommen sein, ist dabei über eine Böschung gestürzt und das Wrack kam an einer unübersichtlichen Stelle zu liegen. Deshalb hat man sie auch erst nach ein paar Wochen entdeckt.«

»Und Tullio hat man nie gefunden?«

Der Polizist zuckte mit der Schulter. »Wie ich Ihnen gesagt habe, ist der verschwunden geblieben. Vielleicht hat er sich auf die Suche nach seiner Schwester gemacht. Aber warum interessieren Sie sich dafür?«

»Schon erledigt. Sie haben recht.«

Die Ungeduld hatte Klimek kaum ein Auge zumachen lassen. Er hatte sich rasiert, den guten Anzug angezogen und war aus dem Haus gegangen, als seine Frau noch fest schlief. Es war der letzte Tag von Poller und ihm brannte die Geschichte unter den Fingernägeln. Er würde nichts gegen seinen Vorgänger unternehmen, aber er wollte ihm schon zeigen, dass er ihn durchschaut hatte. Er war nicht nur ein gewissenhafter Lebensmittelinspektor, er war auch als Mensch gewissenhaft, mit Betonung auf jenes Gewissen, das Poller hatte vermissen lassen.

Und bevor er Poller mit der bitteren Wahrheit konfrontieren wollte, erzählte er der Logdanovic die ganze Geschichte: Der Marktamtsleiter, der seine Geliebte im Glycolskandal schützen will. Als sie dann in Italien vermisst wird, weil ihr Unfall erst viel später entdeckt wird, verdächtigt er den Bruder, sie entführt zu haben, und lockt ihn ins Amt, wo er ihn verschwinden lässt, wahrscheinlich auch, um seine Ehe nicht zu gefährden.

Die Logdanovic klatschte in die Hände, aber so, wie man das tut, wenn ein Kind etwas ungeschickt zerbrochen hat. »Ihre Geschichte hinkt aber«, sagte sie. »Der Poller war nie verheiratet.«

Klimeks Geschichte war wie eine Seifenblase geplatzt. Sofort ärgerte er sich, dass er seine Zeit wegen dieser Sache vergeudet hatte. Natürlich war da nichts dran, sagte er sich. Wie auch?

Eine Stunde später saß er Poller gegenüber, der nun die Übergabe offiziell machen wollte. Der Chef bedachte Klimek in seinem Anzug mit einem wohlwollenden Blick und nickte. »Das ist ab Montag Ihr Reich. Ich werde jetzt die letzten Sachen aus dem Tisch räumen, dann gehört er Ihnen.«

Klimek bemerkte, dass er die alte Datumsanzeige schon abgenommen hatte, an der blanken Stelle sah man noch die grauen Umrisse. »Alles Gute, und passen Sie mir auf den Slansky auf. Aber der wird Ihnen keine Probleme machen.«

Die Männer verabschiedeten sich mit Handschlag.

Als Klimek durch das Büro von Slansky hinausging, zuckte der zusammen und schloss schnell die Schublade. Klimek betrachtete das Bild auf dem Schreibtisch. Es zeigte eine blonde Frau, wahrscheinlich die von Slansky. Das Foto in der Lade von der dunkelhaarigen Laura war gerade noch rechtzeitig seinem Blick entzogen worden.

Lisa Lercher

Zahltag

Einmal ist keinmal – meistens

Prolog

Ich bin der Märchenprinz, ma ma ma Märchenprinz. Die angeheiterte Runde grölt den neuen Hit der EAV aus vollem Hals mit, als seine Faust die Nase trifft. Das Knacken ist kein gutes Zeichen. Der andere wischt sich das Blut aus dem Gesicht. Obwohl er groß und kräftig ist, kann er gegen die Entschlossenheit seines Gegners nicht an. Verletzter Stolz, Wut und ein Schuss Eifersucht sind ein explosives Gemisch. Dass der eine ein Paragrafenheini ist, während der andere sein Brot mit harter körperlicher Arbeit verdient, verstärkt die Ungleichheit des Kampfes. Bevor der eine erneut zuschlagen kann, mischen sich beherzte Zeugen ein. »Pepi, lass es. Es lohnt nicht.« Händeringend kommt nun auch noch die Mutter des Überlegenen hinzu. »Bist narrisch, Pepi. Des kaunst do ned mochn«, zetert sie und will sich um den Verletzten kümmern. »Jetzt host echt a Problem«, knurrt dieser in Richtung des Angreifers und verlässt die Gaststube mit einer Drohgebärde.

»Jetzt hamma den Salat. Musst du gleich hinhauen?«, schimpft die Frau.

»Mit solchenen legt man sich nicht an«, resümiert einer der Gäste. »Die können einen komplett ruinieren. Dann kannst einpacken.« Das weiß der Pepi selber. Aber in dem Moment ist ihm das herzlich wurscht. Er hat seine Ehre verteidigt, und was geschehen ist, ist sowieso nicht mehr zu ändern. Er greift nach den Sliwowitz und schenkt sich einen Doppelten ein.

Jahre später

»Sie suchen wen?« Die dunkle Stimme gehört zu einem stattlichen Mann, der uns interessiert mustert. »Wir wollten, ... ich meine, ... passt schon«, stottere ich und ärgere mich über meine fehlende Schlagfertigkeit.

»Ich habe meiner Mama das Haus zeigen wollen.« Johanna deutet auf den Pavillon mit dem Glockenturm. Der Mann nickt. Sein volles Haar ist an den Schläfen angegraut, stahlblaue Augen leuchten aus dem gebräunten Gesicht. Er stützt sich am Türrahmen ab, den sein Schädel beinahe streift. »Danke«, ergänze ich. »Wir wollten nur kurz schauen.« *An wen erinnert der mich bloß?*

»Kommen Sie zu unseren Öffnungszeiten vorbei«, er zeigt auf die Tafel neben der Tür, »dann kann sich Ihr Fräulein Tochter auch gleich die eine oder andere Broschüre mitnehmen.« Sein Blick ruht interessiert auf mir. »Sehr nett.« Ich zupfe Johanna am Ärmel. »Komm, wir müssen.« Johanna winkt ihm zu. »Tschüss.« Er runzelt die Stirn. »Auf Wiederschaun.« Meine Grußformel ist wohl angemessener. Er quittiert sie mit einem Nicken.

Johanna hat sich eine zweite Portion Nocciolone-Eis aus dem Gefrierfach geholt und kuschelt sich an mich. Dass wir finanziell endlich besser über die Runden kommen, hat seinen Preis. Die Zeit füreinander ist knapp geworden. Eigentlich sollte ich die Schmankerlkarte für die kommende Woche schreiben, aber nachdem ich den Marktbesuch so abrupt abgebrochen habe, quält mich mein schlechtes Gewissen. Eierschwammerlgulasch und panierten Parasol mit Petersilerdäpfeln und grünem Salat könnte ich als Tagesspezialitäten anbieten. Wer zu uns kommt, schätzt Hausmannskost und die klassische Wiener Küche. Für die Fleischtiger könnte ich wieder einmal gebackene Fledermaus auf die Karte setzen. Einer der Stammgäste hat erst vor kurzem danach gefragt.

»Gell, so hat es beim Opa auch ausgeschaut«, reißt mich Johanna aus meiner Planung. Hans Moser wedelt mit dem Geschirrtuch. »Na, wenn der Herr nicht selber weiß, was er will«, grantelt er seinen Gast an. Johanna teilt meine Leidenschaft für alte Filme. Wahrscheinlich liegt es auch an der heimeligen Atmosphäre, die einfach dazugehört. Wenn wir mit Süßigkeiten und Knabbereien auf der Couch lümmeln, denke ich oft an die Franzi-Tant. Sie war eine Freundin von der Oma, die auf mich aufpasste, damit ich z'haus nicht im Weg herumstand. Zum Helfen war ich damals noch zu jung. Fürs Kinderschauen wurde die Franzi in Naturalien entlohnt. Krautfleisch, Schinkenfleckerl, Eiernockerl, geröstete Leber, Kaiserschmarrn – wonach ihr eben gerade war. Wenn's am Abend eine Festivität gab, dann schlief ich auch im Grünwald-Hof, dem Gemeindebau gleich ums Eck von unserem Wirtshaus. Bei der Franzi-Tant im Kabinett, wo Moser, Hörbiger, Sima, Lingens und all die anderen von ihren Filmplakaten herunter meinen Schlaf bewachten.

»Nein, Mausl. Der Film ist aus den 1950er-Jahren. Da war ich selber noch Sternenstaub.« Johanna springt auf, läuft zum Regal und zieht die Lade auf. Das Album mit dem Seidenpapier zwischen den einzelnen Seiten ist schwer. Sie hat es vor einigen Wochen in einem Kastl im Keller entdeckt. »Wieso hat die kein weißes Kleid an?« Sie tippt auf das Hochzeitsfoto meiner Großeltern.

»Vielleicht war ein Brautkleid zu teuer?« Sechs Tage Fronturlaub hat er zum Heiraten bekommen, hat mir meine Mutter erzählt. Und dass es eilig war, weil die Oma schon im dritten Monat war. Erinnern konnte Mama sich nicht an ihren Vater. Er war knapp vor ihrem zweiten Geburtstag in Russland gefallen. Die Oma hat den Betrieb dann alleine weitergeführt. Sich als junge Witwe mit einem kleinen Kind zu behaupten ist sicher nicht einfach gewesen. »Ich hab ja keine Wahl gehabt«, hat sie später einmal gesagt. »Außerdem liegt uns das Wirtsein im Blut. Ich hätte mir gar keine andere Arbeit vorstellen können.«

Johanna hat weitergeblättert. Vor dem Haus auf dem Foto steht ein Pferdefuhrwerk auf der gepflasterten Straße, daneben ein kleines Grüppchen, Frauen mit Kopftüchern, knöchellangen Kleidern, derben Schuhen und mit Schürzen. Im Vordergrund mein Urgroßvater, der Gründer, wie ihn die Oma öfter bezeichnet hat. Er hat das Wirtshaus während der Wirtschaftskrise beim Kartenspiel gewonnen. Mit seiner leutseligen Art und den günstigen Tagestellern hat er sich im Bezirk bald einen Namen gemacht. Gestorben ist er jung, mit Anfang vierzig. Als ich die Oma einmal nach der Ursache für seinen frühen Tod gefragt habe, hat sie lapidar gesagt: »Dem haben der Schnaps und der Wein einfach zu gut geschmeckt.«

Der Mann vom Naschmarkt fällt mir wieder ein. Er hat dieselbe Statur wie mein Uropa auf dem Foto.

»Jetzt haben wir ganz auf die Frau Drabek vergessen«, fällt mir plötzlich ein. »Ich muss ihr Bescheid geben, sonst haben wir nächste Woche keine Schwammerl.« Ich mustere meine Tochter. »Oder was meinst? Machen wir morgen nach dem Mittagsgeschäft einen Ausflug in den Wald?«

Johanna rümpft die Nase.

»Einen Euro für ein Kilo Eierschwammerl. Ich zahle gut«, locke ich.

Johanna stürmt in die Küche. »Ich hab das einzige Sehr gut«, jubelt sie. »Nur ich hab gewusst, was der Unterschied ist. Die ganz Kleinen soll man lieber nicht nehmen, weil man die oft nicht auseinanderhalten kann«, sprudelt sie. Ich nicke abgelenkt. Die Nockerl gehören abgeschöpft, das Gulasch ist auch fertig. Hab ich die Pastinakensuppe schon nachgesalzen? Herbert, der neben seinem Jusstudium im Service hilft, legt den Zettel mit der nächsten Bestellung auf die Anrichte. »Zwei Krautstrudel und eine Vanillebuchtel.« Wir sind auch heute wieder ausreserviert. Wenn es weiter so gut läuft, brauche ich mir wegen der Schulden bald keine Sorgen mehr zu machen. »Später, Schatzl«, bremse ich meine Tochter ein. »Trag die Schultasche in dein Zimmer und sag dem Herbert, was du zum Essen haben willst.«

Johanna rauscht aus der Küche raus. Es ist und bleibt ein Eiertanz, wenn man gern eine perfekte Mutter wäre.

»Frau Chefin, das Gulasch«, erinnert mich Marlene, meine Küchenhilfe. Ich greife nach dem großen Kochlöffel und versuche die bohrenden Kopfschmerzen, die mich seit dem Aufstehen quälen, zu ignorieren. Ich habe schlecht geschlafen, bin immer wieder aus wirren Träumen aufgeschreckt. Mein Schlafshirt war in der Früh ganz verschwitzt. Ich weiß, dass es nicht am Vollmond allein gelegen ist.

»Kommts Mädels.« Johanna hat ihre Freundin Zoey zu unserem nachmittäglichen Ausflug eingeladen. »Kennst du wirklich die besten Plätze?« Wir sind vom Hauptweg abgezweigt und folgen den kleinen Pfaden quer durchs Unterholz. Es riecht feucht, würzig und ein wenig modrig. »Da.« Am Rand der Lichtung machen wir unseren ersten Fund. Ich zeige den Mädchen, wie man die Schwammerl knapp über dem Boden abschneidet. »Wenn man sie mit den Wurzeln ausreißt, dann wachsen da bald keine mehr«, erkläre ich. »Das heißt Myzel«, klärt mich Johanna auf. »Genau. Du bist ja eine Expertin«, spiele ich auf den Biologietest an, bei dem meine Tochter das einzige Sehr gut bekommen hat.

»Kann man den essen?«

»Wäh, sicher nicht. Der ist ja voll ekelig«, befindet Zoey.

Ich greife nach dem schwarzbraunen Trichterpilz. »Das ist eine Herbsttrompete. Riechts einmal.« Ich halte den Mädchen den Pilz unter die Nasen.

»Der schaut zwar nicht besonders appetitlich aus, schmeckt aber wie Eierschwammerln, nur intensiver. Wenn man ihn trocknet, kann man ihn zum Würzen verwenden.«

»Und der da?« Der Forschungsdrang der Mädchen ist geweckt.

Ich bücke mich, um den Pilz genauer zu begutachten. »Den lassen wir besser da. Der würde uns nicht schmecken.«

»Giftig?«

Ich nicke. *Der Raukopf gehört zur Gattung der Schleierlinge,* höre ich meine Oma sagen. Sie hat mich damals oft in den Wald mitgenommen. Ihr Schwammerlgulasch war über die Bezirksgrenzen hinaus bekannt. »Mit Menagereindln haben sich die Leute angestellt, damit sie mein Gulasch wenigstens daheim essen können, wenn sie schon keinen Tisch bekommen haben«, hat sie stolz erzählt. »Es schadet nicht, wenn du dich ein bisserl auskennst«, hat sie gesagt und mein Murren über schmerzende Füße ignoriert. »Eierschwammerl und Steinpilze kennt jeder Trottel und rupft sie auch aus. Aber wenn man weiß, was der Wald sonst noch hergibt und wie man was verarbeitet, damit es genießbar wird, dann bist du vorne mit dabei. Ohne das, was uns die Natur gegeben hat, hätten wir den Krieg nicht überlebt. Sei froh, dass du noch nie richtig hungern musstest.« Meine Oma war eine strenge Lehrmeisterin und hat mich bei jedem Besuch im Wald so lange drangsaliert, bis ich die Speisemorchel von der Frühjahrslorchel, den Perl- vom Pantherpilz oder den Schopf-

vom Faltentintling unterscheiden konnte. »Nur weil einer giftig ist, muss er nicht unbedingt stinken oder grauslich schmecken. Die wenigsten kannst du roh essen, schwer verdaulich sind sie sowieso. Einige werden überhaupt erst genießbar, wenn sie gekocht sind. Davor sind sie giftig«, hat sie mir erklärt und dabei auf die speziellen Lamellen oder die Verfärbung des Fruchtfleisches hingewiesen. Jetzt, wo mich die Mädchen bei fast jedem Schwammerl, das uns unterkommt fragen, ob es essbar ist oder nicht, bin ich überrascht, wie viel von dem verloren geglaubten Wissen noch in mir steckt.

»Den schmeißen wir besser weg.« Der junge Mann greift nach dem gelben Pilz. »Der hat zwar eine entfernte Ähnlichkeit mit einem Eierschwammerl, ist aber ein Ölbaumtrichterling. Von so einem kann einem ordentlich schlecht werden.« Johanna grinst zufrieden. Es war die Idee der Mädchen gewesen, die Pilzberatungsstelle des Wiener Marktamts am Naschmarkt zu testen.

»Ah, die Damen nutzen unseren Service.« Die dunkle Stimme kommt vom angrenzenden Büro. Da ist er wieder, der kräftig gebaute Mann, der mich an meinen Urgroßvater erinnert. Er beugt sich über unseren Korb. »Schwammerlsuppe?« Ein Blick aus den stahlblauen Augen streift mich. *So hat mich schon lange kein Mann mehr angeschaut.* Er ist nicht mehr ganz jung, irgendwas zwischen Mitte und Ende fünfzig, vermute ich. Schwer zu schätzen dieser Typ Mann, der vor Vitalität strotzt. Er wirkt sportlich, trotz des kleinen

Bäuchleins, über dem das Hemd ein wenig spannt. Die Hände sind gepflegt. *Kein Ehering*, registriere ich.

»Meine Mama kocht das beste Schwammerlgulasch von ganz Wien«, rührt meine Tochter gleich die Werbetrommel.

»Geh, jetzt übertreibst aber«, widerspreche ich und merke, dass ich rot werde.

»Aha, von ganz Wien«, grinst er amüsiert und zeigt dabei seine makellosen Zähne.

»Aber Sie müssen unbedingt reservieren. Die sind meistens ausgebucht«, schaltet sich nun auch Zoey ein.

»Ihr habts ein Restaurant?« Er taxiert mich, als könnte er nicht glauben, dass ich Wirtin bin.

»Das ›Wiaz'haus‹ in Strebersdorf.« Johanna hat sich stolz in die Brust geworfen.

»Jetzt habts mich aber neugierig gmacht. Na wenn die Mama so gut kocht, muss ich wohl einmal auf eine Kostprobe kommen.« Flirtet der mit mir?

»Kommts Mädels.« Ich versuche forsch zu klingen, um meine wachsende Unsicherheit zu überspielen. »Wir halten da den Betrieb auf.«

»Bis demnächst«, er hebt grüßend die Hand.

Schön deppert, höre ich meine Oma sagen. *Eine Wirtin, die sich das Marktamt selber ins Gschäft bestellt. Freiwillig! Das muss einem erst einmal einfallen.*

»Geh weg. Das ist nix für dich.« Jemand stellt sich vor mich und versperrt mir damit den Blick. Ich habe ohnehin genug gesehen. Die Lacke neben dem Tisch, die mit jedem Tropfen wächst. Der Arm, der schlaff nach unten hängt. Die Nasenlöcher, Höhlen, aus denen Nasenhaargestrüpp wächst. Meine Oma hat die Hände vors Gesicht geschlagen und schluchzt herzzerreißend. Meine Mama, die schöne Angelika, steht daneben, steif wie eine Schaufensterpuppe. Ich will zu ihr laufen, als fremde Hände nach mir greifen und mich aus der Gaststube schieben wollen. »Nein!« Ich reiße mich los ...

»Mama!«

Erschrocken fahre ich hoch und wische mir benommen über die Augen. Johanna steht neben meinem Bett. »Was ist?«

»Du hast geschrien.« Meine Tochter mustert mich besorgt.

Das Leintuch ist zerwühlt, das Schlafshirt klebt an meinem Rücken, die Decke liegt am Boden. *Geht das wieder los.* Erst jetzt merke ich, dass mein Gesicht ganz nass ist. »Ich hab nur schlecht geträumt«, beruhige ich mein Kind und ziehe die Decke zurück ins Bett. Mich fröstelt. »Wie spät ist es eigentlich?« Der Wecker zeigt halb drei. »Geh wieder schlafen. Es ist alles in Ordnung.«

Ich schlüpfe aus dem Bett, ziehe die Strickweste an, horche an Johannas Zimmertür und mach mir in der Küche eine große Tasse Kräutertee. *Hört das denn nie auf?*

»Hat's geschmeckt?«, frage ich beim Abservieren. Die zufriedene Geste, mit der er sich über den Bauch streicht, ist

Antwort genug. Er ist diese Woche schon zum zweiten Mal da und lässt keinen Zweifel daran, dass er sich für mich interessiert. Gleich bei seinem ersten Besuch hat er sich nach Johannas Vater erkundigt und wissen wollen, warum es keinen Mann in meinem Leben gibt. Einer wie er verliert nicht gern Zeit.

»Das freut mich. Das Marktamt muss man bei Laune halten, selbst wenn es mein Schwammerlgulasch verweigert«, spiele ich auf die unwirsche Ablehnung an, mit der er auf meine Speisenempfehlung reagiert hat.

»Das war nicht persönlich gemeint«, beschwichtigt er. »Meine Mutter war eine leidenschaftliche Sammlerin. Sie hat die Pilze kiloweise nachhause geschleppt. Ich kenn alle Varianten, eingelegt, gebraten, paniert, gekocht und gedünstet.« Wenn er lächelt, hat er feine Fältchen um die Augen. »Aber es freut mich, wenn Sie sich ein wenig um mich kümmern.«

»Es kann nie schaden, wenn einem die Behörde wohlgesonnen ist«, weiche ich aus.

Er nickt zustimmend. »Für die Kontrolle in den Wirtshäusern bin ich zwar schon lange nicht mehr zuständig. Aber wenn Sie einmal was brauchen ...«

Er ist attraktiv, kein Zweifel, als Beamter mit regelmäßigem Einkommen bestimmt eine gute Partie. Aber dieses Tempo überfordert mich. Ich habe zu lange um mein eigenes Leben gekämpft. Außerdem ist da noch etwas anderes, ein Unbehagen, ein Gänsehautgefühl, gerade so, als würde ich etwas übersehen.

»Für gute Ratschläge bin ich immer zu haben. In Ihrem Metier erlebt man sicher allerhand.«

Er klopft auf den Sessel neben sich. »Setzen Sie sich mit einem Kaffee oder einem Glaserl Wein zu mir, dann plaudern wir ein bisschen.«

Ich werfe einen Blick in die Gaststube, die halb voll ist. Herbert, mein studierender Kellner, liegt mit Grippe im Bett. Die Ersatzkraft ist überfordert, sodass ich auch im Service einspringen muss. »Das ist momentan ungünstig ...«

»Wie wär's morgen? Da ist doch Ruhetag. Ich hol Sie ab und dann besuchen wir die Konkurrenz. Ein wenig Inspiration schadet nie«, sagt er bestimmt.

Obwohl mein Arbeitsalltag anstrengend ist und ich nach einem langen Tag in der Küche erschöpft sein müsste, komme ich nicht zur Ruhe. Das Gedankenkarussell dreht sich und es zieht mich zu den alten Plätzen. So, als müsste ich mich noch einmal vergewissern, dass es wirklich geschehen ist. Hier war ich schon ewig nicht mehr. Eine Tafel bewirbt die Luxuswohnungen, zweigeschoßige Bauten, strahlend weiß, mit großen Terrassen mit Plexiglasgeländer. Die Häuser erinnern an Touristenvillen. Statt aufs Meer hat man Ausblick auf die Alte Donau und die Ausflügler, die mit Tretbooten durchs Wasser pflügen. *So wird der Alltag zum Urlaub. Wessen Alltag?*

Das Grundstück ist lange brachgelegen, bis man sich über die Verwertung einig war. Zeit ihres Lebens hat die Oma über die Hurenspekulanten geschimpft, die bis zum Schluss wie die Geier darauf gewartet haben, dass sie mit dem Preis noch ein Stück nachgibt. Nachdem man unser

Gasthaus geschliffen hat, bin ich nur ein einziges Mal mit ihr dort gewesen. Sie hat auf den Bauschutt und das Unkraut, das zwischen den Steinen wucherte, gestarrt und gar nichts gesagt. Danach sind wir samstags immer auf einem Umweg zum Markt gegangen.

Ich setze mich auf eine Bank und schaue den Erpeln zu, die sich schnatternd um eine Herzensdame streiten. Diese innere Unruhe ist immer noch da. Mein Kopf brummt und ein bisserl schlecht ist mir auch. Ich hab gestern zu viel getrunken – mit Bernhard, dem städtischen Beamten, 58, geschieden und kinderlos. Bei der zweiten Flasche Wein hat er mir sein halbes Leben erzählt. Dass er in seiner Jugend gefürchtet war und so manchem Wirt schlaflose Nächte bereitet hat. Als er nach meiner Hand gegriffen hat, um mich an sich zu ziehen, hab ich mich mit einer Entschuldigung aufs Klo geflüchtet. Mir war plötzlich ganz flau und ich wusste, dass es so nicht weitergehen kann.

Ich habe stundenlang im Netz recherchiert, dann das Fotoalbum zurate gezogen und schließlich in meinen Erinnerungen gekramt. Der Schmerz war gut vergraben, aber mir blieb keine andere Wahl, als ihn ans Licht zu zerren. Im Wald hat sich niemand um meine Tränen gekümmert, und selbst wenn mir nach Schreien und Wüten war, hat die Natur meine Ausbrüche ignoriert. Die Vergangenheit ruhen zu lassen, dafür war es inzwischen zu spät.

Heute bin ich zum Friedhof marschiert. Johanna ist mit ihren Hausaufgaben beschäftigt und meine Küchenhilfe

Marlene kommt mit den Vorbereitungen für den Abend alleine zurecht. Das Grab meiner Mutter liegt an der Mauer, die an ein Getreidefeld grenzt. Die Sonne schickt Strahlenbündel durch das Blätterdach der Platane. Ich streiche über die vergoldete Jahreszahl auf dem schwarzen Stein. Es ist lange her, doch in den letzten Wochen habe ich zunehmend das Gefühl, als wäre es gestern gewesen. Mama ist krank geworden. Oma war überzeugt, dass Papas Sprung von der Brücke den Krebs ausgelöst hat. Als sie gestorben ist, war ich schon weg. Berlin, London, Amsterdam. Ich habe es nirgends lange ausgehalten – bis ich bei Monsieur Pierre in der Provence gelandet bin. Er hat mir ins Gewissen geredet, mir Mut gemacht und mein Selbstvertrauen gestärkt. Ich wäre gern dortgeblieben. Aber irgendwann ist die Sehnsucht nach der Heimat dann doch zu groß geworden.

Der Wunsch, meine Familiengeschichte neu zu schreiben, war damals längst in mir. Ich habe den Mädchennamen meiner Oma angenommen, das erschien mir für den Neuanfang wichtig. »Wir haben eine glanzvolle Vergangenheit gehabt«, habe ich pathetisch zu Monsieur Pierre gesagt. »Es ist Zeit, dass ich nach einem tragischen Intermezzo in eine leuchtende Zukunft starte.«

»Qu'attendez-vous? La vie est courte«, hat er geantwortet. Monsieur Pierre hat immer an mich geglaubt.

Bernhard bedrängt mich. Er hat schon zum dritten Mal angerufen. Ich habe ihn in mein Wiaz'haus bestellt und zum Essen eingeladen.

Während ich ihm die versprochenen Rindsrouladen serviere, denke ich an die Episode, die mein Unterbewusstsein vor ein paar Nächten an die Oberfläche gespült hat. Ich muss zwölf oder dreizehn gewesen sein und war mit der Oma auf dem Weg zum Markt, als sie mich plötzlich auf die andere Straßenseite zog. »Wieso ...«, frage ich und Oma zischt: »Dieser Kretin. Ohne den hätten wir unser Gasthaus noch.« Sie deutet mit dem Kinn nach drüben, wo ein großer, kräftiger Mann mit seiner Begleitung scherzt. »Der hat auf deine Mutter gespitzt, und als sich dein Vater gewehrt hat, hat er seine Beziehungen spielen lassen und dafür gesorgt, dass wir uns nicht mehr erfangen haben. Ein, zwei Schließungen verzeihen dir die Gäste, aber dann spricht es sich herum, dass es angeblich an der Hygiene mangelt, vergammeltes Fleisch verkocht wird und die Schaben und Ratzen in der Küche Kirtag feiern. Das schreckt dann sogar die treuesten Stammgäste ab«, schimpft die Oma verbittert. »Tragisch, dass dein Vater keinen anderen Ausweg gesehen hat. Aber was legt er sich auch mit einem Inspektor vom Marktamt an. Er hätte wissen müssen, dass man als kleiner Wirt gegen so einen nicht ankommt.«

Bernhard leckt sich genüsslich über die Lippen. »Haubenverdächtig«, nuschelt er mit vollem Mund und deutet mit dem Messer auf den Teller. Dann tunkt er den Rest der Sauce mit dem Weißbrot auf.

Seit ich ihn näher kenne, kann ich mir ungefähr vorstellen, wie es meiner Mutter, der schönen Angelika, mit ihm ergangen ist. *Ob die Eifersucht meines Vaters grundlos war?* Damals war Bernhard jung und ein hübscher Kerl dazu. Er hat Schmäh und kann reden. Er weiß, was eine Frau gern hört. *Ist meine Mutter seinem Charme erlegen?* Vielleicht hätte ihr ein Leben an der Seite eines Magistratsbeamten gefallen? Keine langen Nächte mit alten Säufern, die einem geifernd auf den Busen starren, keine schmerzenden Beine vom vielen Hin- und Herlaufen mit vollen Tableaus und kein Bodenwischen in den frühen Morgenstunden, wenn die Letzten endlich aus der Gaststube torkeln.

Meine Mutter hat ihr Geheimnis mit ins Grab genommen. Meinen Vater hat sie nicht verlassen. Vielleicht hat sie rechtzeitig erkannt, dass man sich einen wie Bernhard nicht »heimtut«, wie meine Oma zu sagen pflegte. Oder sie ist aus Verantwortung für die Familie geblieben? Oder mein Vater hat den Nebenbuhler gerade noch rechtzeitig aus dem Revier vertrieben. In romantischen Momenten möchte ich gern glauben, dass die schöne Angelika im Grunde nur einen geliebt hat – meinen Vater – und dass ihr sein Selbstmord das Herz gebrochen hat.

»Darf's noch was Süßes sein? Palatschinken oder vielleicht eine Powidlbuchtel?«

Er entscheidet sich für Kaffee. »Warte«, hält er mich zurück. »Du weichst mir aus. Ich würde gern verstehen, warum du mich auf Distanz hältst. Hab ich dich gekränkt oder hat es mit deiner Mutter zu tun?«

Mir fällt vor Überraschung fast der Teller aus der Hand.

»Ah«, sagt er. »Hab ich's doch geahnt. Das war eine dumme Geschichte, glaub mir. Dein Vater hat eigentlich grundlos überreagiert und dann ist die Sache entglitten«, er zuckt bedauernd die Schultern. »Ich erzähl dir gern alles in Ruhe«, fügt er hinzu.

»Woher weißt du, wer ich bin?« Ich habe mich neben ihm auf den Sessel gesetzt.

Er lacht auf. »Einem alten Hasen wie mir macht man so leicht nichts vor. Du kannst den Namen ändern, dir die Haare färben, aber deine Herkunft kannst du nicht verleugnen.«

Ich runzle fragend die Stirn.

»Du bist mir gleich bekannt vorgekommen, damals am Naschmarkt. Es hat eine Weile gedauert, bis mir eingefallen ist, an wen du mich erinnerst. Der Rest war ein bisserl Recherche und ein Datenabgleich im zentralen Melderegister.«

Er sieht aus, als erwarte er Lob für seinen detektivischen Spürsinn. »Dumme Geschichte nennst du es? Du hast deine Macht ausgenutzt, meine Eltern ruiniert und die Familie schließlich in den Konkurs getrieben«, sage ich lauter als beabsichtigt. Glücklicherweise sind wir bis auf das Paar hinten am Fenster allein. Die beiden achten nicht auf uns, sind offenbar frisch verliebt und ganz mit sich selbst beschäftigt.

»Dein Vater hat angefangen. Da schau, ich hab sogar ein Andenken davon.« Bernhard zeigt auf seine schiefe Nase, die offensichtlich einmal gebrochen war.

Ich stütze mich am Tisch ab, als ich aufstehe. »Ich bring dir deinen Kaffee und dann möchte ich, dass du gehst.«

»Wir reden.« Es hört sich nach einem Befehl an.

»Nicht heute«, widerspreche ich bestimmt.

Die Vergangenheit holt einen immer ein, das habe ich gelernt. Und dass Rache ein starkes Motiv ist, weiß ich auch. Nachdem sich Bernhard seit mehr als zwei Wochen nicht gemeldet hat, suche ich nach einem Hinweis im Netz. Auf dem Trauerportal finde ich schließlich einen Eintrag. *Unerwartet von uns gegangen, nach kurzem, schwerem Leiden*, lese ich. Die Parte ist schlicht, ein Kreuz, kein Foto. *Nach einem pflichterfüllten Leben im Dienste der Menschlichkeit.* Wer hat wohl diesen Text verfasst? *In dankbarer Erinnerung Heinz (Bruder), Hilde (Schwester) mit Robert, Felix und Susanne (Kinder).* Vier weiße Kerzen sind im virtuellen Kondolenzbuch aktiviert. *In stillem Gedenken, Lisi und Sepp, Gute Reise, Elfi, Wir werden dich vermissen* und *Ruhe in Frieden!* Die letzten Wünsche ohne Namen.

Non, je ne regrette rien, singt Maria Bill. Ich auch nicht. Nichts bereue ich. Je länger ich sinniere, umso bestimmter weiß ich, dass er mich nicht in Ruhe gelassen hätte. Bernhard war keiner, der klein beigibt. Wer nicht für mich ist, ist gegen mich, hat er bei einem gemeinsamen Essen gesagt. Und dass er immer noch gute Beziehungen hat. Im Nachhinein klingt das nach einer Drohung. Nicht umsonst hatte er diesen Ruf bei den Marktstandlern, für die er zuletzt zuständig war.

Die Idee mit dem kahlen Krempling war ein Zufallstreffer. Ich habe den Pilz getrocknet, zu feinem Pulver verrieben und in die Sauce seiner Rindsrouladen gemischt. Da seine Mutter eine begeisterte Schwammerlsucherin war, standen die Chancen gut, dass er als Kind schon einmal einen gegessen hat. Das erste Mal bleibt scheinbar folgenlos, doch das Gift lauert im Körper. Beim zweiten Genuss wirkt es dann – todsicher. Auf Übelkeit und

Verdauungsstörungen folgen Blutzersetzung und Nierenversagen.

Ich rufe den Bestattungskalender auf. Die Verabschiedung ist nächsten Dienstag um elf in der Feuerhalle. Keine Erdbestattung. Ich seufze tief, lösche den Suchverlauf, schließe das Browserfenster und klappe das Notebook zu. Dann ziehe ich mir feste Schuhe an und nehme die Reste vom Krempling und den Rucksack mit. Morgen steht wieder Schwammerlgulasch auf der Karte. Den Krempling werde ich im Wald entsorgen. Im Moment habe ich keine weitere Verwendung für ihn.

Raoul Biltgen

Das perfekte Verbrechen – Grundkurs 1

Basiskompetenzen und Erläuterungen anhand praktischer Beispiele, Exkursion

So, ich denke, jetzt haben wir alle angehenden Inspektorinnen und Inspektoren beisammen, ja?

Gut, dann können wir anfangen.

Das ist schon in Ordnung, wenn jemand Hunger hat und den schnell mal stillen will, allerdings möchte ich darauf hinweisen, dass es durchaus wichtig ist, dass die Gruppe zusammenbleibt, weshalb ich diejenigen, die sich noch etwas holen wollen, bitten möchte, dies nicht ohne Vorankündigung zu machen, sonst weiß ja niemand, wo wer ist.

Gut, dies gesagt, kann ich natürlich gerade hier den Viktor-Adler-Markt sehr empfehlen, hier gibt es alles, was Sie sich vorstellen können. Naja, nicht alles, was Sie sich vorstellen können, wahrscheinlich nicht einmal alles, was Sie sich wünschen könnten, aber doch ist die Auswahl sehr reichhaltig. Also: Für jeden was dabei. Allerdings würde ich vorschlagen, dass wir vielleicht später eine kurze gemeinsame Pause einlegen, um das Gesagte verdauen und für kulinarischen Nachschub sorgen zu können, in Ordnung?

In Ordnung.

Ich möchte an dieser Stelle auch allen danken, die sich an die Kleidungsvorschrift »unauffällig unauffällig« im Gegensatz zu »auffällig unauffällig« gehalten haben. Denn wie sehen Inspektoren vom Marktamt aus?

Nicht. Weil sie ja nicht schon von weitem als solche erkannt werden wollen, sodass die ganzen Teigtaschenfälscher das miese Zeug wegpacken und nur die teure Feinkostware auf den Warentisch packen können. Bemerkung am Rande: Spione sehen nie aus wie Spione, denn sonst wüsste man ja, dass es Spione sind, sondern wie Beamte. Was sie ja auch sind. Aber wenn da ein Daniel Craig oder ein Tom Cruise um die Ecke biegt, schaut doch jeder gleich hin. Und nicht anders geht es eben den werten Kolleg:innen vom Marktamt.

Und auf eine Frage möchte ich auch noch kurz eingehen, bevor wir dann endlich in medias res gehen: Natürlich haben Sie keine Inspektorenmarken oder Ähnliches bekommen, denn das sind Sie ja nicht, sondern maximal »in Ausbildung«. Und selbst die Ausweise, die man Ihnen ausgehändigt hat, sollten Sie nicht herzeigen. Warum Sie sie dann haben? Damit Sie immer noch ein Ass im Ärmel haben, sozusagen. Doch das Ass spielt man nur dann aus, wenn sonst gar nichts mehr geht, weil es mit einem gewissen Risiko verbunden ist, dabei erwischt zu werden. Ansonsten halten Sie sich einfach an die simple Regel: Abweisend höflich sein und dabei dumm stellen. Mit anderen Worten: »Tut mir leid, aber ich weiß es nicht, ich bin neu hier, es ist mein erster Tag, da müssen Sie sich ans Marktamt wenden, uh, nein, den Namen habe ich jetzt vergessen, irgendwas mit A oder Sch oder so. Aber ja, das hier ist der Grundkurs, um

Marktamtsinspektor zu werden, so hat man mir das gesagt, ja, doch.« Natürlich nicht all das sagen, sondern nur den einen oder anderen ausgewählten Satz, aber das versteht sich von selbst. Und ja, damit lassen sich nicht nur Standler abwimmeln, selbst gestandene Inspektoren werden sich wohl denken: »Was die sich mal wieder haben einfallen lassen, gottseidank war das bei mir noch nicht so.« Und niemand kommt drauf, dass Sie natürlich keine angehenden Inspektoren sind. Weiteres zu diesem Thema werden Sie natürlich zu gegebener Zeit im Aufbaukurs »Tarnung – Warum Sie immer einen Vierkantschlüssel dabei haben sollten« lernen.

Gut, und nun würde ich Sie bitten, Ihre Aufmerksamkeit von den Marktständen hierher und auf diese wunderschönen und nagelneuen Müllpressen zu lenken. Sollten Sie Fotos machen wollen, tun Sie's nicht.

Und nun zum Eigentlichen.

Wer ein Verbrechen begehen will, kann sehr viele Fehler machen. Die meisten Verbrecher begehen eben diese Fehler, weswegen sie geschnappt werden. Das ist gut für die Kriminalstatistik unserer Städte. Weniger für die Verbrecher, die dann nämlich bestraft werden. Na schön, man kann es natürlich auch anders sehen, man kann auch sagen, dass selbst den Verbrechern mit einer Strafe geholfen wird, nämlich auf den rechten Weg der Tugend zurückzufinden, aber ich wage mal zu behaupten, dass längst nicht alle Verbrecher dies so sehen. Tatsächlich werden sich viele Verbrecher nicht einmal als solche bezeichnen, ist doch schon allein der Begriff »Verbrecher« mit so vielen negativen Assoziationen behaftet, dass jeder Verbrecher, der etwas auf sich hält, ob seiner Berufsehre gekränkt ist, wenn man ihn als ebensolchen bezeichnet. Oder würden Sie das tun? Trotzdem möchte ich vorschlagen, weiterhin diesen Begriff zu verwenden, um damit alle Personen zusammenzufassen, die Taten begehen, welche nicht gesetzeskonform und dementsprechend zu bestrafen sind. Zumindest, wenn der Begeher dieser Taten dabei erwischt wird. Womit wir wieder am Anfang wären: Verbrecher werden erwischt, weil sie Fehler machen.

Der größte Fehler, den ein Verbrecher machen kann, ist: keinen Plan zu haben.

Viele Verbrecher haben keine Ahnung, was sie da tun. Man nehme den kleinen Ladendieb. Er geht in einen kleinen Laden, oder sie, schaut sich kurz um, ob eh niemand schaut, greift in die Süßigkeiten, stopft sie sich in die Hose, will gehen, wird von der netten Dame an der Kassa angesprochen, ob er denn die Schokolade in seiner Hose nicht zahlen wolle, oder sie, woraufhin er, oder sie, kleinlaut wird und peinlich berührt mit der Hand in den Schritt greift, um die besagte Schokolade rauszufischen. Wir reden wahrscheinlich vor allem über Teenager. Und wir reden nicht nur über Schokolade. Dann reden wir allerdings nicht mehr nur über Teenager. Videospiele. So als Beispiel. Klar sind die elektronisch gesichert, aber elektronische Sicherungen sind knackbar. Fragt die Ladendiebe dieser Welt. Und doch: Selbst wenn sie das eine oder andere Mal davonkommen, am Ende übersehen sie dann doch ob ihrer unglaublich auffälligen Unauffälligkeit, mit der sie dem Ladendetektiv aus dem Weg gehen wollen, den pensionierten Polizisten oder kriminalistisch in einem VHS-Kurs geschulten Pensionisten, der sie am Schlafittchen packt und so lange schüttelt, bis das Diebesgut aus den Taschen und Ärmeln und Hosenbeinen rieselt. Dürfen die lieben Hobby-Gesetzeshüter zwar nicht, tun sie trotzdem, weil welcher Ladendieb wird sie schon anzeigen? Eben. Und warum das alles? Weil der gemeine Ladendieb sich keinen Plan macht. Er geht in den Laden und klaut. Ist ja keine Bank, die er überfällt.

A propos Banküberfall: Auch die Bankräuber machen sich eher selten einen Plan, selbst wenn sie denken, sie hätten einen gemacht, nur weil sie sich eine Skimütze über die Birne ziehen. Die meisten Bankräuber werden geschnappt, weil sie die nächstbeste Bank überfallen. Die ums Eck also. Ihre Filiale. Weil sie die ja kennen, weil sie da ja jeden Tag dran vorbeigehen, weil sie da wissen, wo der Schalter, wo die Tür ist, wo sie hinlaufen müssen, um die nächste U-Bahn zu erwischen, weil aus den Augen aus dem Zugriffsbereich der Polizei. Das ist kein Plan, das ist Schlamperei. Am liebsten sind den Ermittlern jene Bankräuber, die das erste Mal noch davonkommen, weil sie bereits beim zweiten Mal ein Muster über den Stadtplan zeichnen, das schon der liebe Polizeianwärter, der gerade eben mal so die Aufnahmeprüfung geschafft hat, zu erkennen imstande ist. Und wenn es dann einen Ausreißer gibt, nach drei Filialen im zehnten Wiener Gemeindebezirk plötzlich eine im zwanzigsten? Dann ist auch schnell recherchiert, woher das nun wieder kommt: Weil da die Mama lebt. Und wenn schon die Schalterbeamt:innen in den eigenen Filialen nicht dazu in der Lage sind, den Stammkunden unter einer Motorradhaube wiederzuerkennen, so tun es jene in der Filiale der Mutter mit Sicherheit, weil die kennen den Bub doch schon, seit er so war, und flache Hände rutschen in Kniehöhe, so war der, so klein, da war er noch ein Braver, aber als der da reingekommen ist, also nein, ich habe mir gedacht: Dass der aber sowas macht, das hätte ich jetzt nicht gedacht, und die Mama hatte es ja nie leicht mit ihm. Mama wird dem lieben Buben einen lieben Gruß von der lieben Bankbeamtin ausrichten, wenn sie ihn in Untersuchungshaft besucht, sie habe ihm ja nichts Böses wollen, wirklich nicht, aber sie kann ihn ja nicht einfach so mit dem Geld ziehen lassen, wo er sich doch eh nur Drogen und Pornohefterln dafür kauft. Und warum das alles? Richtig, weil der blöde Bub es sich zu leicht machen wollte. Und leicht machen ist: sich keinen Plan machen.

Und von den Mördern muss ich gar nicht erst groß reden. Die meisten Mörder werden ja deswegen gefasst, weil sie gar keine Mörder sind, sondern Totschläger. Jeder Laie kennt in der Zwischenzeit das geflügelte Wort »im Affekt«. Ja, so läuft es doch sehr oft, im Affekt, da rutscht dem einen mal die Hand aus, und der andere hält in derselben Hand einen Hammer, eine Flasche, ein Küchenmesser, einen Schraubenzieher, einen Baseballschläger oder was man sonst noch so gemeinhin in der Hand zu halten pflegt, wenn man sich mal wieder einen gepflegten Streit mit dem eigentlich eh besten Kumpel gönnt. Aber was ist mit den vielen Männern, die ihre Frauen umbringen? Das sind doch Mörder, und zwar echte, weil die legen es drauf an, die fahren extra hin, die verstoßen bewusst gegen die Wegweisung, die die Ex nach dem letzten Gewaltexzess, bei dem sie ein blaues Auge davongetragen hat, aussprechen ließ, und da sind Hammer, Flasche, Küchenmesser, Schraubenzieher, Baseballschläger und sonstige mögliche Mordinstrumente doch als ebensolche mitgeführt. Ja, sind sie. Und ja, wir reden von Mördern. Aber Plan haben sie trotzdem keinen. Da ist auch nur die Wut im Bauch und solche Kabeln, wenn sie sich vorstellen, dass die liebe Ex nun wirklich nichts mehr von ihnen wissen will, wo sie doch die besten Männer weit und breit sind, fragt mal die Kumpels, die sagen das auch, die hat dich doch nicht verdient, die Schlampe, eben, aber wehe, wenn die wen anderen hat, die hat wen anderen?, aber nicht mit mir, hier, solche Kabeln, so. Da plant man nichts mehr, da tut man. Wenn auch das Gegenteil von dem Gescheiten, das man tun könnte. Genauso wie jene Kollegen, die Geschäftspartner um die Ecke bringen und das ganz besonders ausgeklügelt machen wollen und dann auf ihren Leichenteilen sitzen bleiben, weil diese einfach nicht untergehen wollen und drei Tage später ein übereifriger Köter mit einer angemoderten Hand aus dem Schilf stolziert. Und auch wenn die Kriminalstatistik sagt, dass Männer mehr morden als Frauen, so sollten Letztere nicht glauben, die Polizei hätte sie nicht am Radar, neinnein. Also, liebe Verbrecher:innen, macht nur ja nicht den Fehler, keinen Plan zu haben. Oder den zweiten Fehler zu begehen.

Der zweite größte Fehler, den ein Verbrecher machen kann, ist: einen Plan zu haben.

Wie jetzt, höre ich die Unken rufen, aber du hast doch gerade eben ...

Ruhe, ist so. Weil. Nehmen wir mal wieder unseren lieben netten und ach so harmlosen Ladendieb. Der macht also jetzt einen Plan. Der sieht so aus: Er geht in den Laden, wartet einen unbeobachteten Moment ab und schlägt zu. Oder noch besser: Er verursacht eine Ablenkung durch einen mitgebrachten Komplizen, der nach was fragt: Was kostet die PS 25 oder so. Und er hat eine Tasche dabei, weil so ein niegelnagelneues Handy ja auch eine seltsame Beule in der Hose verursacht. Und er trägt eine Sonnebrille, weil er weiß, dass es Kameras gibt. Oder er weiß, dass niemand sonst eine Sonnebrille im Laden trägt, also schiebt er sich die Kapuze tief ins Gesicht. Und er schlendert ach so lässig. Ja, er hat einen Plan. Und ja, es gibt wohl keinen Plan auf dieser Welt, der so ausgeklügelt sein könnte, dass die Profis auf der anderen Seite der Überwachungsbildschirme in der dunklen Kammer sie nicht längst hundertfach in die Tat umgesetzt gesehen hätten. Kapuze im Gesicht? Verdächtig. Kommt mit Kumpel rein, schlendert alleine zu den teuren Endgeräten? Verdächtig. Überhaupt: Schlendert? Sehr verdächtig. Wer schlendert in einem Geschäft? Niemand schlendert in einem Geschäft. Da können die werten Wirtschaftspsycholog:innen sich noch so viel Mühe geben, die Kund:innen im Laden zu halten, damit sie so viel Gelegenheit wir möglich haben, so viel Geld wie möglich dazulassen, die meisten Menschen kaufen und gehen und gut ist. Wir sind nicht mehr beim Shoppingbummeln in den Fünfzigerjahren, als die werten Damen im Pettycoat noch Zeit hatten, weil sie keinen Job hatten und die Kinder noch nicht unterwegs. Man sieht dir deinen Plan an der Nasenspitze an, lieber Ladendieb, also lass es bleiben.

So wie dies auch der Bankräuber tunlichst zu unterlassen hat. Weil was stellt sich der als Plan so vor? Richtig, das, was ihm als Plan so in Film und Fernsehen vorgespielt wird. Ich muss nicht betonen, dass auch die Polizei, dein Freund und Sofabesitzer, fernsieht. Aber vor allem gehen wir ja aufgrund von Film- und Fernsehvorlagen von Bankrauben aus, die in keinem Verhältnis stehen zu jenen, die der kleine und gemeine Bankräuber zu vollziehen imstande ist. Er plant also, wie wenn er die Goldreserven aus Fort Knox klauen wollen würde, macht sich unglaublich tolle Zeichnungen der Bank und des Viertels drumherum, baut das komplette Grätzel in mühevoller Handarbeit nach und fährt mit Matchbox-Autos die Fluchtrouten hin und her, Routen, Plural, weil er muss ja ein Ablenkungsmanöver inszenieren, wenn die siebzehn Polizeihubschrauber hinter ihm her sind. Er redet mit einem Tunnelbauer darüber, wie er sich von unten an den Tresorraum heranbohren kann, und mit dem U-Bahn-Fahrer, der im richtigen Augenblick in der U-Bahn-Station den Schlüssel der U-Bahn zwischen die Gleise fallen lässt, damit der Räuber mitsamt Bande durch die U-Bahn-Schächte in fünf Fiat Cinquecentos die Flucht antreten kann, und wo wir gerade von der Bande sprechen, natürlich macht der das mit Bande, wer keine Bande hat, ist kein Bankräuber, ist doch klar. Und je umfangreicher sein Plan wird, desto mehr Möglichkeiten schafft er, dass er auffliegt, sein Plan, denn nun gibt es Mitwisser en masse und das fällt doch auf, wenn ein gestandener Mann ein Dutzend Matchbox-Autos kauft und sechs davon sind ident ausschauende Kleinlaster, deren Rückfenster mit Pappe verklebt sind.

Und der Mörder mal wieder, der Mörder, was sich der nicht alles überlegt und austüftelt und an Plänen unter heißem Eisen schmiedet. Wofür? Für die Katz. Oder den Hugo. Oder die Jetti-Tant. Oder die freudestrahlende Ermittlerin, die einen sündteuren FBI-Fernkurs »Profiling for Austrian Polizeibeamte, die auch mal den großen Coup landen wollen« belegt hat. Rein theoretisch hat die es schon mit Kalibern zu tun gehabt, da können die hiesigen Möchtegernmörder aber gleich mal ihre sieben Tatwaffen einpacken und nachhause gehen und Opfer Opfer sein und am Leben lassen. Aber das tun sie nicht. Weil wen sie als Opfer erkoren haben, muss sterben. Sie wollen sich ja nicht zu jenen Waschlappen zählen lassen, die im Netz die wüstesten Drohungen aussprechen, aber wenn es hart auf hart kommt, den Schwanz einziehen und wie die Politiker auf »War nicht so gemeint« machen, um mit einer Ministrafe für gefährliche Drohung und Schwachmatentum davonzukommen. Neinnein, ihr Opfer hat es verdient. Das hat es doch drauf angelegt. Manchmal muss man tun, was man tun muss. Affekt, geh weg, nur wer weiß, was er tut, darf nachher in Haft vollkommen unreuig den Macker raushängen lassen. Denn in Haft landet auch dieser Mörder, der sich genau überlegt, was er da macht, mit Plan umbringt, weiß, wann er sich wo ins Haus einschleichen kann, wie er keine Fingerabdrucke oder DNA-Spuren hinterlässt, in welchem See er die Waffe entsorgt und wohin mit der Leiche. Ja, er entsorgt die gar nicht, weil das fällt ja auf, er macht das viel geschickter, er schiebt es wem anderen in die Schuhe. Er lenkt von sich ab. Er ist nur der trauernde Witwer oder am Boden zerstörte Geschäftspartner oder der Ex, ja, schon, aber wir sind im Guten auseinandergegangen, wir waren Freunde, ja, ich habe auch ihren Neuen gemocht, war ein feiner Kerl, habe ich ihr gegönnt, also dass den jetzt wer umbringt, das hätte ich nicht gedacht, aber vielleicht war der ja auch in die südbulgarischen Mafia verstrickt, man weiß ja nie. Was er falsch macht mit seinem perfekten Plan? Er macht ihn. Und unterschätzt mit diesem Schritt unsere bestens geschulte Profilerin, die nämlich eines weiß: Egal, was wir sagen, wir sagen damit etwas über uns. Und »sagen« ist in diesem Fall auch im übertragenen Sinn gemeint: Wir sprechen durch unsere Handlungen. Wir tun, was wir tun, weil wir sind, wie wir sind. Und wenn wer behauptet, wer anderer könnte unter Umständen was mit der südbulgarischen Mafia zu tun haben, dann mag das noch so weit hergeholt sein, es sagt vor allem etwas über den aus, der dies in den Raum stellt. Oder die Wahl der Waffen. Oder die Wahl, die Waffen, die man wählen würde, nicht zu wählen. Und so weiter. Bei einem Ablenkungsmanöver stellt sich nicht die Frage, wohin es ablenkt, sondern wovon. Und warum gerade so.

Dies alles sei zu beachten, wenn wir denn das perfekte Verbrechen begehen wollen würden.

Und nicht fragen, warum wir es begehen wollen könnten, denn das Warum verrät schon wieder was über uns: weil wir Columbo überschätzt finden, Montage hassen und als Kinder keine Ameisen mit einer Lupe grillen durften. Ach, so viele Hinweise auf uns.

Was uns nun zum Grund unseres Hierseins bringt.

Walter wollte alles richtig machen.

Walter wollte keinen Plan machen.

Walter wollte alles planen.

Walter wollte die Quadratur des Kreises schaffen, indem er sich ganz genau überlegte, wie er es anstellen könnte, einen Plan zu machen, der nichts über ihn verrät, weil er allen Kriterien des Nicht-Planens entspricht. Zu kompliziert?

Ich erklär's.

Ja, es stimmt, als Teenager hatte auch Walter trotz Stummelfingerchen die Tendenz zum Langfinger, aber Walter ist schon lange kein Teenager mehr, und Süßigkeitendiebstahl verjährt dann doch recht rasch.

Eine Bank zu überfallen wäre natürlich nett gewesen. Allein des Geldes wegen. Aber es ging Walter finanziell nie so schlecht, dass er keine andere Möglichkeit für sich gesehen hätte, um sich über Wasser zu halten, sodass zwar keine tiefroten Bankauszüge auf ihn als potenziellen Bankräuber hinweisen hätten können, aber es interessierte ihn dann doch weniger, nachdem er von einem Freund einer Freundin eines Bekannten die Geschichte gehört hatte, wie einer mit seinem Bankraub davongekommen war, das Geld schön brav im Wald vergraben und liegen gelassen hatte, weil das weiß nun wirklich jedes Kind, dass man nicht gleich am nächsten Tag mit dem Porsche zur Baustelle fährt, um dem Vorarbeiter ins Gesicht zu spucken, dass er sich seinen Presslufthammer sonstwohin schieben könne. Nur dieser also scheinbar erfolgreiche Bankräuber träumte eines Nachts, dass ein im Wald umherhüpfendes Reh seine Beute entdeckte und genüsslich auffraß. Statt sich zu fragen, ob denn dies überhaupt gesund für so ein Huftier sei, machte er sich auf, um sein Geld in Sicherheit vor der heimischen Fauna zu bringen. Dabei wurde er von einer mit dem Hund spazierengehenden älteren Dame beobachtet, und schon war es das von wegen davongekommen. Und wenn es möglich ist, sich dermaßen selbst in die dampfenden Exkremente zu träumen, hat sich Walter gedacht, lass ich das mal mit der Bank.

Was Walter also blieb, war Mord.

Womit er sich nicht die leichteste Aufgabe stellte.

Aber vielleicht war es ja auch gerade das, weswegen er es in Angriff nehmen wollte.

Und die besten Voraussetzungen, die er mitzubringen gedachte. Walter war ein unbescholtener Mann, der niemandem etwas Schlimmes an den Kragen wünschte. Das war schon mal gut, weil dann musste er nicht so tun als ob, um seinen Grant gegen irgendwen zu verheimlichen. Wo keine Wut ist, wird nicht einmal eine versteckte gefunden. Und er war auch kein gewalttätiger Mensch. Nichts in ihm dürstete nach Fäusten in Gesichtern oder Messern im Gedärm anderer Leute. Im Grunde hatte er sogar eine gewisse Abneigung gegen Blut, der Geruch war ihm richtig zuwider, gerade dass er sich nicht übergeben musste, wenn er sich mal in den Finger schnitt. Fleisch aß er trotzdem, weil sobald mal was in Plastik ist, ist es leicht, sich nicht mehr vorzustellen, dass das mal auf der Wiese herumgetänzelt ist oder sich im Schlamm gewälzt hat. Und dass es geblutet hat wie Sau, als es abgestochen wurde. Also ja, allein die Vorstellung, jemanden zu töten, löste eine körperliche Abwehr aus. Wo sollte dann die gute Profilerin etwas tief Abgründiges aus ihm ans Tageslicht befördern, was ihn zum Morden erkoren hätte? Und er lebte ein zufriedenes Leben ohne Streit mit Nachbarn oder sonstigen Menschen, welche doch ach so gerne Streit vom Zaun brechen. Er war zwar angestellt, aber seine Chefin war vollkommen in Ordnung, fair, seine Bezahlung war angemessen, seine Kolleg:innen nett, alles gut. Wie seine Familie. Er war verheiratet, glücklich, wie man so schön sagt, und hatte zwei Kinder, die nicht blöd maulten, wenn sie mal was nicht durften, weil er ein guter Vater war, der seinen Kindern erklärte, was Sache war, Lehrbuch lässt grüßen, Kindern auf Augenhöhe begegnen und so, sie ernst nehmen mit ihren Problemen und Problemchen. Auch seinen Eltern wollte er es nicht heimzahlen, dass sie ihm die Kindheit versaut hatten, weil das hatten sie nicht getan.

Alles in allem führte er ein Leben, das einen unweigerlich auf den Gedanken bringen musste: Warum tut so einer sowas? Perfekt.

Und er besaß eine Münze. Und wie wir wissen, ist der Münze der Zufall nicht auszutreiben, wenn man sie wirft. Auch nach neunundneunzig Mal Kopf kann sie beim hundertsten Wurf auf Kopf landen. Und da muss dann selbst die optimistischste Agentin aufgeben, noch irgendwas nachvollziehen zu können. Außer natürlich, dass offensichtlich sämtliche Entscheidungen dem Zufall überlassen werden.

Und so hat er es getan.

Wer soll denn bitteschön unter seiner Hand sterben?

Schon fliegt die Münze und sie sagt, wohin der Finger im Telefonbuch streift. Nie gehörte Namen, kein Bezug zu irgendwem, so soll es sein.

Und wie soll dieser Mensch sein Leben aushauchen?

Wieder entscheidet die Münze. Vergiften, erstechen, ertränken ... Walter ist es wurscht.

Natürlich hätte er die eine oder andere Vorliebe gehabt, aber wir wissen ja in der Zwischenzeit, wie das ist mit den Vorlieben.

Und schließlich die Frage der Entsorgung der sterblichen Überreste.

Münze sagt an.

Gut, manche Möglichkeiten hat Walter der Münze gar nicht erst vorgegeben, nämlich jene, bei denen er sich hätte sicher sein können, erwischt zu werden, weil er ja wusste, dass es der Münze egal war. So etwa: Leiche vor der nächsten Polizeistation ablegen.

Und was soll ich sagen, das lief gut. Lange. Lange lief das gut.

Der Plan, nicht zu planen.

Und das auch immer schön brav weit im Voraus, damit er sich sicher sein konnte, nicht am Ende des Tages in Stress zu kommen. Und eben auch nicht zu oft, nein, viel Zeit konnte er sich lassen, und da reden wir nicht von Wochen oder Monaten, die er verstreichen ließ, nur keine Eskalation gegen Weihnachten, um irgendein Soll zu erfüllen.

Und so sagte ihm seine Münze an einem wunderschönen Sonntag ... Nein, ich weiß nicht, an welchem Tag sie ihm das sagte, aber sie sagte ihm: Viktor Adler. Das sagte sie ihm nicht als Name des nächsten Opfers, sondern als Ort der nächsten Opferbeseitigung. Walter ist nicht aus Wien, weswegen er anfangs durchaus verwirrt war, ob er denn sein eigentlich bereits ausgeschnapstes Opfer mittels einer anderen Person vom Erdboden verschwinden lassen sollte. Ja, er fing schon an, sich Gedanken zu machen, wie er diesen Herrn Adler dazu bringen könnte, die Leiche zu verspeisen. Aber dann kam er doch noch drauf, dass es sich um einen Ort handelte, einen Markt, denn nach einem Ort hatte er die Münze befragt.

Seine Rechercherereise führte ihn hierher, genau an diese Stelle, an der wir jetzt stehen, und alsbald erkannte er das Potenzial der Müllpressen eines Marktes. Ich glaube, ich muss nicht weiter ins Detail gehen, Sie können sich vorstellen, dass er sich nicht gerade über die Aussicht freute, einen menschlichen Körper in seine Einzelteile zerlegen zu müssen, um diese dann in der Müllpresse verschwinden lassen zu können. Aber man hinterfragt die Entscheidungen der Münze nicht, sonst spielt sie nicht mehr mit.

Es war vor etwas über einem Jahr, im Mai, dass er also hier gestanden war und dem Willen der Münze folgte.

Dann tat er, was getan werden musste, und ein Jahr später tuckerte er des Nachts daher, den einen oder anderen Müllsack in einem alten Auto, zu welchem ihn natürlich ebenfalls die Münze geführt hatte. Alleine das hatte drei Monate in Anspruch genommen. Man klaut halt nicht den neuen Audi des lieben Schwagers, nur weil sich der Stadt-SUV für den Transport zerlegter Körper gut eignet.

Und nun könnte man sagen: Ja, manchmal hat man Pech.

Aber Pech gibt es nicht.

So wenig wie das perfekte Verbrechen.

Denn da stand er mit seinem Müllsack, dem ersten von ein paar, und musste feststellen, dass es keine Müllpressen gab.

Wie jetzt, was? Da sind doch die Müllpressen, wir sehen sie doch, deswegen sind wir doch erst hierhergekommen, oder was? Und er hatte recherchiert, er wusste doch, dass diese Müllpressen nur darauf warteten, von ihm beladen zu werden.

Jein.

Denn Müllpressenanlagen können in die Jahre kommen. Und womit er nicht gerechnet hatte, das war, dass es diese hier betreffen könnte. Und im Mai dieses Jahres waren einfach keine da, sondern nur eine Baustelle. Und so stand er rum und dachte nach. Und was haben wir gelernt, was passiert, wenn man nachdenkt? Richtig, Fehler. Denn da dachte er nach, dass es doch nicht gut sei, jetzt die Leiche wieder mit nachhause zu nehmen, weil das erinnerte ihn irgendwie an den Kollegen mit dem Geld im Wald. Also entschied er sich, sie trotzdem loswerden zu wollen. Also suchte er nach einer anderen Müllpresse auf einem anderen Markt. Und schon war es sein Hirn, das sich einmischte: Ja, aber nicht diese, weil die liegt so mittendrin, und nicht jene, weil die ist zu offensichtlich uneinsichtig, dass es, ja klar, alle Mörder dieser Welt dorthin lockt, wenn sie mal wieder ein paar Köpfe zu viel haben.

Und da steht einer rum mit einem Müllsack zwischen den Beinen und googelt, ich meine, er googelt!, und da ist es ja kein Wunder, dass eine selbst in ihrer Freizeit den Beruf nicht aus den Gedanken lassen könnende Marktamtsinspektorin des Weges kam und sich fragte: Aha? Und nun kommen wir zum Abschluss noch zu einer letzten Art von Mördern, nämlich jenen, die morden, um Zeugen einer anderen Tat zu beseitigen. Die legen der Polizei gleich zwei wunderbare Schienen, auf denen sie schnurstracks auf sie zurattern können, zu verdeckende Tat und verdeckende Tat, na feiner kann man es sich als Kriminaler wohl kaum wünschen, da muss man nicht einmal beim FBI gelernt haben.

Aus diesem Grund sitzt nun Walter in der Josefstadt und wartet darauf, dass die charmante Ermittlerin die fünfundzwanzig Interviews mit ihm ausgewertet hat, weil sie sich irgendwie denkt, dass es da noch mehr zu entdecken geben könnte.

Und nun kommt die Frage, die Sie sich beantworten müssen: Was war der Fehler, den Walter begangen hatte?

Falsch. Nicht einmal, dass er nicht nachgeschaut hat, warum die Müllpressen erneuert werden mussten. Weil unter anderem die Elektrik des Rolltors nicht mehr funktionierte. Und was macht ein Rolltor? Es schließt. Es versperrt den Zugang. Nächtens. Wenn Mörder die Müllpressen dieser Welt zweckentfremdet nutzen möchten. Das war nicht der große Fehler. Genauso wenig wie dass er nicht gesehen hat, dass es Ersatzmüllpressen drüben am Eck zur Erlachgasse gab. Neinnein.

Und nun sitzt sein Sohn zuhause rum und spielt mit einer Münze, von der er nur weiß, dass der Papa sie immer auf dem Schreibtisch liegen hatte, eine schöne Münze, eine neuneckige Fünf-Euro-Silbermünze. Sowas fällt auf. Und möglicherweise auch der nimmermüden Kriminalbeamtin, die eben diese Münze in den Händen des erschütterten Sohnes entdecken wird, wenn sie ihn befragen wird. Weil: Er hätte sich ja auch jedes Mal eine andere aus dem Portemonnaie fingern können. Aber nein, diese musste es sein, weil ... ach, so viele Weils.

Ich wünsche eine schöne Pause, und kommen Sie ja nicht auf die Idee, mit ihrem falschen Ausweis vor der Nase eines wie unverschämt auch immer dreinblickenden Verkäufers rumzuwedeln, vielen Dank.

Theresa Prammer

Der Sex des Alters

Das Geheimnis der Tiefkühltruhe

Er

Er war hingerissen von so viel Schönheit. Alles an ihr war perfekt. Ihre makellosen Rundungen. Ihr atemberaubender alabasterfarbener Glanz. Und dieser süße, betörende Duft, mit dem sie den ganzen Raum erfüllte. Er wollte sie mit jeder Faser seines Körpers. Der Schweiß brach ihm aus. Hoffentlich fiel es nicht auf. Sie waren schließlich nicht allein. Noch nicht. Die Vorfreude ließ seine Knie weich werden. Er war dreiundvierzig Jahre alt, doch selten in seinem Leben hatte er dieses Begehren gespürt. Was er alles mit ihr anstellen würde, wenn sie nur erst alleine wären.

Um seine Aufregung nicht zu zeigen, holte er rasch sein ledergebundenes Notizheft und den Mont-Blanc-Kugelschreiber aus der Sakkotasche.

»Wie heißt sie?«, fragte er und senkte den Blick auf das Papier.

»Schokobombe deluxe«, antwortete der nervöse Inhaber des kleinen Cafés. »Gefüllt mit Mousse der Domori-Porcelana-Schokolade, abgeschmeckt mit Tahiti-Vanille, und die Glasur besteht aus blonder Valrhona-Kuvertüre. Ich stelle sie selbst her.«

Was für eine Vollendung. Ohne eine Miene zu verziehen, kritzelte er bedeutungslose Abkürzungen. So ein Glück, dass man ihm das neue Café zur Überprüfung gegeben hatte. Essen wurde ja oft als Sex des Alters beschrieben. Wenn das zutraf, dann war er schon immer frühreif gewesen. Noch vor zwei Jahren hatte er nichts mit diesem Talent anzufangen gewusst. Bis er eine Reportage im Fernsehen über das Marktamt und die Arbeit eines Lebensmittelinspektors gesehen hatte. Es war wie ein Fingerzeig Gottes. Nach Kursen und Prüfungen, die er mit Auszeichnung bestand, war der glücklichste Moment seines Lebens, als er seinen Dienstausweis das erste Mal in Händen hielt.

»Aha, aha«, gab er sich nun geschäftig. »Als der Ihnen zugewiesene Kontrolleur muss ich ...«

»... probieren?«, fiel ihm der Inhaber ins Wort. Der Mann nahm ein Messer aus der Lade. Er konnte ihn gerade noch davon abhalten, es in diese Schönheit zu stoßen.

»Nicht hier«, bellte er. »Im Labor. Und ich brauche ein zweites Exemplar. Für die mikrobiologische Untersuchung.« Er reichte dem Mann die Kühlbox und deutete auf die Vitrine. »Packen Sie auch was von den anderen Tortenstücken dazu.« Bevor der Mann auf die Idee kam nachzufragen, warf er ihm einen grimmigen Blick zu. Natürlich landete von diesen Köstlichkeiten nur eine winzige Probe im Labor. Der Rest wanderte in eine seiner Fünfhundert-Liter-Tiefkühltruhen, die mittlerweile den gesamten Keller des Hauses einnahmen. »Ich hab es eilig.« Das war die Wahrheit. Er hatte heute noch drei Stellen auf seiner Liste.

Einen Eissalon, der vor ein paar Tagen eröffnet hatte. Veganes Eis aus Sojamilch von freilaufenden Bauern. Das klang genau nach seinem Geschmack.

Dann der thailändische Bio-Imbiss, den er seit einem Jahr beaufsichtigte. Auf die zehn Portionen Pad Thai, nach seinen Wünschen und nur mit den hochwertigsten Zutaten gekocht, freute er sich jetzt schon. Die Letzte hatte er erst vor zwei Tagen zum Abendessen aufgetaut. Und schließlich – ein neuer Höhepunkt auf seiner Liste – ein Überraschungsbesuch in der Kantine des Burgtheaters. Die Haubenköchin Luise Signoret hatte sie kürzlich übernommen. Die gebürtige Wienerin hatte sich als Souschefin bei den besten Köchen der Welt einen Namen gemacht. Sie war mit einem Franzosen verheiratet, die letzten zehn Jahre hatte das Ehepaar das beste Restaurant in Paris geleitet. Bis zu ihrer Scheidung und dem Rosenkrieg. Das Lokal war ihr zugesprochen worden, doch sie kam nicht aus den Schlagzeilen. Vor ein paar Monaten war sie pudelnackt aus ihrer Küche getreten und hatte die exklusive Gästeschar des Restaurants mit einer sehr freizügigen Barbara-Streisand-Imitation von »Hello, Dolly« geschockt.

Eindeutig ein Nervenzusammenbruch. Der Presse gegenüber erklärte sie es mit Burnout nach dem Scheidungstrubel. Sie hatte ihr Restaurant verkauft und war zurück nach Wien gekommen. Um es ruhiger angehen zu lassen, übernahm sie die Kantine des Burgtheaters. Was für ein Glücksfall. Das Beste war für ihn gerade gut genug. Das Läuten des Handys riss ihn aus den Gedanken. Die Nummer seines Vorgesetzten, der von allen »Der schöne Heinrich« genannt wurde, erschien am Display. Verdammt! Hatte der Inhaber des Cafés ihn durchschaut und bei der Behörde nachgefragt? Hätte er diesem Mann nur mehr Angst gemacht. Es ging hier um seine Karriere. Er war zwei Jahre von seinem Ziel, in den Beamtenstatus aufzusteigen, entfernt. Dann wäre er unkündbar.

»Erich Lechner, ja, bitte?«, säuselte er ins Telefon.

Mit jedem Wort seines Chefs verflogen die Befürchtungen, aber mit ihnen auch seine Euphorie. Das durfte doch nicht wahr sein. Er suchte hilflos nach Worten, um es abzuwehren, aber ihm fiel nichts ein. Was für eine Scheiße. Er hatte eine Kollegin zum Einlernen bekommen. Noch dazu eine alte.

Sie

Mit einem Lächeln streckte sie Erich Lechner die Hand entgegen, während sie sich fragte, ob er Verdacht schöpfte? Erkannte er ihr Gesicht von einem der alten Fotos aus dem Marktamt? Für den Notfall hatte sie sich eine rührselige Geschichte mit der verstorbenen Zwillingsschwester Erna zurechtgelegt, der sie nacheifern wollte.

»Aha, ja! Grüß Gott, Frau …«

»Susanne Krön.« Das war natürlich nicht ihr echter Name. »Danke, dass ich Sie begleiten darf. Sie können gerne Susi sagen.« Sie schlug die Augen nieder. Nicht aus Demut, sondern weil ihr Herz hämmerte. Das war tatsächlich aufregend. Ein bisschen wie in einem Krimi.

»Frau Susi, es ist mir eine riesengroße Freude. Ich bin der Herr Erich.« Sein Grinsen hätte nicht unechter sein können. »Mein Chef hat mich davon in Kenntnis gesetzt, dass

Sie in den Startlöchern für eine zweite Karriere vor dem Ruhestand stehen. Ganz beachtlich. Wer rastet, der rostet, sage ich immer.«

Dass er wusste, wer sie wirklich war, musste sie auf jeden Fall nicht befürchten. Sie schenkte ihm ein aufgesetztes Lächeln zurück.

Er hielt ihr die Tür auf und sie betrat den Eissalon. Karamell- und Pfirsichduft stiegen ihr in die Nase. Sie musste sich zurückhalten, um nicht aus reiner Gewohnheit ihren alten Dienstausweis zu zücken.

»Ich weiß, Erna, du bist seit drei Jahren in Pension«, hatte ihr gestern Abend der schöne Heinrich am Telefon gesagt. »Aber es ist delikat. Ich kann niemanden von den aktiven Kollegen bitten. Du warst nun mal eine der besten Lebensmittelinspektorinnen. Ich brauch wen, der sich auskennt. Wir haben nichts in der Hand, darum kann ich auch keine Untersuchung einleiten. Aber ich weiß einfach, irgendwas stimmt nicht mit dem Kerl. Sein Name ist Erich Lechner. Am Anfang dachte ich, er ist einfach sehr engagiert. Hat ständig Überstunden gemacht, wollte sein Revier vergrößern. Aber dann hab ich ihn entdeckt, als er mir am Wochenende gefolgt ist. Und nicht nur einmal.«

Während der schöne Heinrich weiter ausgeführt hatte, was ihm sonst noch bei diesem Lechner bedenklich schien, jubelte Erna innerlich.

Sie fühlte sich zu alt für die Pension. Dieser Freizeitstress war enorm. Ständig wollte Franz irgendetwas tun. Ein indischer Kochkurs hier, ein modernes Theaterstück da, dazwischen Yoga in einem überhitzten Raum und Italienischunterricht, damit man im geplanten Rom-Urlaub nach dem Weg fragen konnte. Und dann hatte er letzte Woche sogar Tantra-Sex vorgeschlagen. Im Job war es weniger anstrengend gewesen. Hätte er von ihrem Einsatz erfahren, würde er sicher protestieren. Darum hatte sie es ausnahmsweise für sich behalten.

Dieser Lechner klärte die beiden überraschten Inhaberinnen des Eisgeschäfts seit einer gefühlten Ewigkeit über Verpflichtungen und Hygienestandards auf. Gewissenhaft füllte er Proben ab, alles nach Vorschrift. Sogar penibel genau. Das war zugegebenermaßen ein wenig enttäuschend. Eine Kostprobe lehnte er ab, obwohl sie gerne probiert hätte.

»Wir wollen doch niemanden bestechen«, lachte er.

Dieser Mann verhielt sich bis jetzt wie aus dem Lehrbuch. Vielleicht war an der Sache gar nichts dran? Hatte der schöne Heinrich von ihrem Pensionsfrust Wind bekommen? Und wollte mit seinem Vorschlag einfach nur nett sein? Das wäre gleichzeitig reizend und enttäuschend. Sie konnte Franz schon vor sich sehen, wie er, so wie Gott in schuf, mit seiner Tantra-Broschüre vor ihrem Busen wedelte. Und nicht nur damit.

»Wohin geht es als Nächstes?«, fragte sie Lechner, als sie das Geschäft verlassen hatten.

»Moment, bitte«, sagte er und holte sein Handy aus der Sakkotasche. »Lechner hier.«

Hatte es überhaupt geläutet?

»Aha, jaja, natürlich kein Problem.« Er legte auf. Wo war nur ihre Brille? Sie könnte schwören, das Display seines Handys war schwarz.

»So, Planänderung vom Chef. Es gab bei den Zuweisungen eine Doppelvergabe. Der Bio-Thai-Imbiss wird bereits überprüft. Für uns geht es jetzt gleich in die Burgtheaterkantine.«

Sie strahlte ihn an. Zum ersten Mal an diesem Nachmittag war ihr Lächeln echt. Erstens hatte ihr der schöne Heinrich den genauen Dienstplan vorgelegt. Der war in Stein gemeißelt. Und zweitens gingen diese Vergaben durch mehrere Instanzen. In ihren dreißig Dienstjahren war nie eine Doppelvergabe vorgekommen, die nicht Tage vorher entdeckt wurde. Das bedeutete, Lechner spielte das Vorzeigeexemplar. Und er log sie an. Das war ja ganz und gar herrlich.

Er

Diese alte Fudel machte seine Pläne zunichte. Zum Glück war er geistesgegenwärtig genug, um den Anruf vorzutäuschen. Fehlte noch, dass der Besitzer des Bio-Thai-Imbisses sich über ihre Vereinbarung verplappern würde – regelmäßige Speisenlieferungen gegen Gutachten. Wenn das rauskäme, würden sie weiterforschen. Und dann könnte er sich nicht nur vom ersehnten Beamtenstatus verabschieden, sondern gleich seine Koffer für die Flucht packen.

Er parkte das Auto nicht zu nah am Burgtheater und holte die Kühlbox für die Lebensmittelproben aus dem Kofferraum. Seit seiner Planänderung lächelte diese Susi ihn an. Ob sie Verdacht schöpfte? Nein, dafür war sie zu dümmlich. Aber irgendwas stimmte nicht mit ihr. Seine Intuition täuschte ihn nie. Die Stellen als Lebensmittelinspektor waren heiß begehrt. Davon konnte er ein Lied singen. Außerdem kam sie ihm ein wenig bekannt vor. Er wusste nur nicht, woher.

Ohne Zögern steuerte sie den Bühneneingang an. Moment. Warum wusste sie, dass dieser Weg in die Kantine führte? Er hatte es nicht erwähnt.

Natürlich! Wieso war er nicht gleich draufgekommen? Sie war scharf auf seinen Job. Ob sie mit dem schönen Heinrich unter einer Decke steckte? Kannte er sie vielleicht daher? Schließlich hatte er seinen Chef ein paar Wochenenden beobachtet. Es war für die Karriere förderlich, wenn man wusste, welche Vorlieben der Vorgesetzte pflegte. Das richtige Geschenk konnte den Ausschlag für eine Beförderung geben.

»Herr Erich?« Sie drehte sich um.

»Ich komme«, sagte er mit einem Lächeln und folgte ihr. Jetzt durfte er sich nur nichts anmerken lassen. In seinen Tiefkühltruhen war zwar nicht mehr viel Platz. Aber für sie würde er schon noch eine Nische finden.

Sie

Der schöne Heinrich hatte Erna gestern von der Neuübernahme der Burgtheaterkantine erzählt.

»Der Lechner war so scharf darauf, dort eingesetzt zu werden. Ständig ist er mir damit in den Ohren gelegen.«

»Ist er ein Feinschmecker? Die Signoret ist ja Haubenköchin.«

»Deshalb seine Schleimerei? Meinst du?«

Schon im Auto hatte sie die Sprache darauf gebracht, doch Lechner gab sich unbeeindruckt. Trotzdem, seit ihrer Ankunft wirkte er nervös und irgendwie – abgelenkt.

Der Portier winkte sie beim Bühneneingang kommentarlos durch, sie gingen den langen, schmalen Gang entlang, bis zu den drei Stufen, die zur Kantine raufführten.

Wieso war hier nichts los? Kein einziger Gast. Und wie es da aussah. Wie das Vorher-Bild einer Putzmittelwerbung. Auf dem Tresen und den Tischen standen leere Flaschen und benutzte Gläser. Ein entsetzlicher Gestank lag in der Luft.

»Grüß Gott. Hier ist das Lebensmittelinspektorat«, rief Lechner.

Eine Frau mit wirren blonden Locken in einem zu engen verdreckten Arbeitskittel erschien hinter dem Tresen. Ihre Augen waren gerötet, sie war blass und wirkte so müde, als hätte sie nächtelang nicht geschlafen.

»Frau Signoret?«, fragte Lechner. Sie nickte und sah aus, als würde sie jeden Moment in Tränen ausbrechen.

Wenn das die berühmte Köchin war, dann mussten die Fotos im Internet ordentlich mit Photoshop bearbeitet worden sein.

»MA 58. Sie haben heute Überprüfung«, sagte Lechner.

Der Brustkorb der Köchin hob sich und im nächsten Moment schluchzte sie los. Was sie sagte, war kaum zu verstehen. »Ausgebrannt«, »sinnlos« und »Versagerin« kamen darin vor.

Lechner blieb ungerührt.

»Wir fangen in der Küche an«, sagte er knapp und klopfte sein Sakko ab. »Frau Susi, ich habe meine Handschuhe für die Probenentnahme im Auto vergessen. Wären Sie so nett und holen Sie sie mir? Danke.« Er drückte ihr die Autoschlüssel in die Hand.

Erna war nicht blöd. Natürlich sagte er das, damit er mit Signoret alleine war. Aber warum? Wenn sie hierblieb, würde sie es nicht erfahren. Lechner musste sich erst mal in Sicherheit wiegen.

»Selbstverständlich«, flötete sie und verließ die Kantine.

Er

Er wusste nicht, was überwog. Die Freude über den erbärmlichen Zustand der Haubenköchin – mit ihr hätte er mehr als leichtes Spiel. Sie war zweifellos noch immer durchgeknallt. Aber ihre Kochkünste würden sich ja nicht in Luft aufgelöst haben. In ihrem Zustand war sie auf Hilfe angewiesen. Und wer, wenn nicht er, konnte ihr unter die Arme greifen.

Gleichzeitig stellte diese nervende Alte ein echtes Problem dar. Aber er hatte schon ganz andere gelöst.

»Frau Signoret, was ist denn nicht in Ordnung?«, fragte er nun liebevoll dieses heulende Häufchen Elend.

Ihr geplärrtes »Nichts« war so laut, dass er zusammenzuckte.

»Aber, aber, wer wird denn ... wissen Sie was, wir beide gehen mal in Ihre Küche. Kommen Sie.«

Sie schüttelte den Kopf. Er musste sich beeilen und schob sie gegen ihren Widerstand zum Durchgang. »Wird schon nicht so schlimm ...«

Weiter kam er nicht. Der Gestank raubte ihm den Atem. Hier war das reinste Schlachtfeld. Der Dreck starrte ihm aus allen Ecken entgegen. Wo man hinsah, lagen

Verschimmeltes, Vergammeltes und totes Ungeziefer. Am Herd bewegte sich was. Er trat näher, seine Schuhsohlen schmatzen bei jedem Schritt auf dem klebrigen Linoleumboden.

Da stand ein grün schimmernder Kuchen, auf dem sich tausende weiße Würmer schlängelten. Fast musste er sich übergeben.

»Wo ... ist ... Ihre Hilfskraft?«, stammelte er.

»Weg. Alle weg.«

Noch nie hatte er solche Zustände gesehen. Wenn Frau Susi das zu Gesicht bekam, war alles aus. Die Kantine müsste sofort geschlossen werden. Und täte er es nicht, wäre er seinen Job los. Rasch holte er eine Visitenkarte hervor und hielt sie der Signoret vor die verheulte Nase.

»Hören Sie zu. Sie machen für heute Schluss. Aus gesundheitlichen Gründen. Das ist meine Privatadresse. Um Punkt neunzehn Uhr erwarte ich Sie.«

Die Haubenköchin öffnete den Mund, doch er ließ sie nicht zu Wort kommen.

»Ich habe soeben meine Vorgesetzte zum Auto geschickt«, log er, »wenn sie das hier sieht, dann wird nicht nur die Kantine geschlossen. Frau Susi ist der Drachen unter den Marktamtlern. Sie würde dafür sorgen, dass Sie nicht mal mehr in einem Fastfoodladen die Pommes-Fritteuse bedienen dürfen.« Sie zuckte zurück, ihre Augen füllten sich erneut mit Tränen.

»Ich ... schaffe einfach ... nichts mehr ...«, heulte sie.

»Alles wird gut. Ich helfe Ihnen. Wir machen ein Gegengeschäft. Eine Hand wäscht die andere. Das besprechen wir heute Abend. Und kein Wort. Zu niemanden.«

Sie

Sie wollte mit den Handschuhen gerade wieder durch den Bühneneingang zurück, da kam ihr Lechner entgegen. Mit dem Portier stützte er die Haubenköchin.

»Frau Signoret hat eine Kreislaufschwäche. Ich hab ein Taxi gerufen. Die Kontrolle ist auf morgen verschoben.«

Luise Signoret hing in den Armen der Männer. Dass es ihr miserabel ging, war unübersehbar.

»So, Frau Susi«, sagte Lechner, nachdem sie zu dritt die weinende Köchin ins Taxi verfrachtet hatten. »Wir sind für heute fertig. Geben Sie mir Ihre Adresse, ich hole Sie morgen früh ab und wir setzen unseren Einsatz hier fort.«

»Danke, das ist reizend«, hauchte sie, »aber ich gehe grundsätzlich zu Fuß. Sonst erreiche ich nie meine zehntausend Schritte am Tag.«

Zum Glück hörte Franz das nicht. Er hatte ihr eine Schrittezähl-App installiert. Es war demütigend. Das letzte Mal, als Erna zehntausend Schritte gegangen war, hatte man wahrscheinlich noch mit Schillingen bezahlt.

»Tüchtig«, gab Lechner zurück. »Dann biete ich Ihnen nicht an, Sie nachhause zu bringen. Bis morgen, Frau Susi.« Er drehte sich um und ging eilig zum Auto. Sie wollte ihm nachrufen, dass er die Kühlbox in der Kantine vergessen hatte, doch im letzten Moment stoppte sie. Vielleicht war es gar kein schlechter Vorwand, noch mal einen Blick dort hineinzuwerfen.

Kaum hatte Erna die Kantine betreten, hörte sie Schritte am Gang. Sofort huschte sie hinter eine der Sitzbänke.

Es war Lechner. Er sah sich um. Statt die Kühlbox zu holen, verschwand er in der Küche. Sie wartete. Wasser rauschte, Geschirr klapperte. Was machte er da? Langsam schlich sie von ihrem Versteck zum Durchgang und wagte einen Blick um die Ecke. Beißender Chlorgeruch wehte ihr entgegen. Lechner hatte sich bis auf die Feinrippunterhose ausgezogen. Mit einem Tuch in den Haaren und Plastikhandschuhe an den Händen schüttete er Chlorreiniger auf den Boden. Der Lebensmittelinspektor putzte die Küche

Er

Um Punkt neunzehn Uhr läutete es an der Haustür. Er rief »ich komme« und warf einen letzten Blick um sich. Alles war für Signoret und den Ausflug ins Paradies vorbereitet. Als er öffnete, traute er seinen Augen nicht. Signoret hatte sich hübsch gemacht. Die Haare gewaschen, geschminkt, ein enges schwarzes Kleid. In der Hand hielt sie eine Flasche Rotwein.

»Guten Abend.« Sie gab ihm ein Bussi auf die Wange. Das war überraschend. Er bat sie ins Wohnzimmer.

»Ich halte nichts davon, lange herumzureden«, sagte sie.

»Bitte?«

»Der Portier aus dem Burgtheater hat mich angerufen. Ich weiß es.«

»Es?«

»Nachdem Sie gegangen sind, wollte er nachsehen, warum Sie so lang in der Kantine waren.« Sie kam auf ihn zu. »Sie Engel aus dem Marktamt haben meine Küche auf Vordermann gebracht. Das war das Wundervollste, was jemals jemand für mich getan hat.«

Und schon hatte er ihre Lippen auf den seinen.

»Nicht ... nein«, presste er hervor.

»Nicht so schüchtern«, hauchte sie. »Eine Hand wäscht die andere – ich habe verstanden.« Mit einer schnellen Handbewegung hatte sie ihr Kleid von den Schultern gestreift und stand im BH vor ihm. Er stolperte zurück. Das war doch unerhört. Die war ja noch gestörter, als er angenommen hatte.

»Nein. Aus. Das ... das hab ich nicht gemeint.« Er packte sie am Handgelenk und zog sie Richtung Küche. »Sondern das«, sagte er und deutete zum Herd, auf dem die Töpfe auf den Einsatz warteten. Mit einem Ruck öffnete er den prallgefüllten Kühlschrank. »Ich habe kein Interesse an Sex. Ich will, dass Sie für mich kochen.«

»Ich soll ... ist das ein Scherz?«

»Das könnte ich Sie fragen.«

»Aber ... das geht nicht.« Sie senkte den Kopf. »Selbst wenn ich wollte. Ich habe meinen Geschmack verloren.«

»Bitte, was?«

»Die Ärzte meinen, es sei der Stress – psychosomatisch. Ich habe alles versucht, aber nichts hat gewirkt. Meine Geheimwaffe war immer mein Geschmack. Der hat meine Speisen unverwechselbar gemacht. Seit er weg ist, kann ich nicht mal mehr Spiegeleier zubereiten.«

Er sah sie einen Moment an, während er nachdachte. Wenn sie nicht kochen konnte, hatte er für sie keine Verwendung. Was er getan hatte, würde ihn den Job kosten. Dann musste er wohl oder übel den Platz in der

Tiefkühltruhe, den er für Frau Susi reserviert hatte, freigeben.

»Das tut mir furchtbar leid. Was für ein Missverständnis. Aber wir finden sicher eine andere Lösung«, raunte er. »Ich habe eine Weinsammlung geerbt, die angeblich sehr kostbar ist. Würden Sie mich in den Keller begleiten und sie sich mal ansehen?«

Sie

Seit Lechner das Burgtheater verlassen hatte, heftete sie an seinen Fersen. Wie im Film hatte sie den Taxifahrer angewiesen, seinem Auto zu folgen. Er war einkaufen gefahren, hatte fünf prallgefüllte Einkaufssackerl ins Haus geschleppt und dann – die große Überraschung – war Signoret aufgetaucht. Und zwar als Photoshop-Variante ihrer selbst. Was sollte das? Wieso das Theater in der Kantine? Die zwei kannten sich augenscheinlich. Vielleicht eine heimliche Affäre? Das würde sein Verhalten erklären.

Erna schlich sich zum Haus und spähte durch das Küchenfenster. Was die beiden sagten, konnte sie nicht verstehen. Sie musste näher ran. In dem Moment läutete ihr Handy. Franz rief an. Sie hatte es nicht leise gestellt. Als sie den Kopf vom Display hob, sah sie, dass Lechner sie durch das Küchenfenster anstarrte.

Er

Zwei Fliegen mit einer Klappe. Das war der erfreuliche Aspekt des heutigen Abends. Er würde die Faschiermaschine anwerfen müssen, um sie beide in den Tiefkühltruhen unterzubringen. Wenn es nur endlich so weit wäre. Sein Plan, die Sache schnell durchzuziehen, verzögerte sich schon seit einer Stunde. Die Alte hatte eine schwachsinnige Ausrede geliefert, sie sei auf ihrem Zehntausend-Schritte-Spaziergang gewesen und hätte gesehen, wie Lechner der Haubenköchin die Tür geöffnet hatte. Was für ein Zufall.

Darauf hatte die Signoret vorgeschlagen, ihren mitgebrachten Rotwein zu öffnen, da sie nicht oft in den Genuss kam, gleich auf zwei so nette Lebensmittelinspektoren zu treffen.

Er nippte an seinem Glas, während die beiden Frauen ganz schön becherten.

»Pardon, wo ist das Klo?«, lallte Signoret.

»Im Vorzimmer, zweite Tür links.«

»Ich wollte wirklich nicht ... in einen erotischen Abend reinplatzen«, sagte die Alte, als sie allein waren.

Wieso waren die Leute nur so versessen auf Sex? Das hatte er nie verstanden.

»Essen. Es geht mir nur ums Essen«, sagte er angewidert.

»Wirklich? Aber so alt sind Sie doch noch gar nicht.«

So, aus. Wenn die Signoret zurückkam, würde er die beiden in den Keller führen. Auf ihn wartete schließlich noch eine Menge Arbeit.

Er wollte etwas sagen, doch der Schrei der Haubenköchin war markerschütternd. Sofort sprang er auf und lief ins Vorzimmer. Verdammt. Die Signoret hatte die falsche Tür erwischt und war im Keller gelandet. Er rannte die Stufen hinunter, die Alte folgte ihm. Signoret stand entsetzt über einer geöffneten Tiefkühltruhe und hielt den tiefgefrorenen Fuß seines Vorgängers bei der MA 59 in die Höhe.

Sie

»Was soll das?«, schrie die Haubenköchin. »Von wem ist der?«

Lechner stand keine zwei Meter von ihr entfernt.

»Ich kann das erklären«, sagte er ruhig. »Bitte legen Sie den Fuß zurück.« Anscheinend hatte er auf Erna vergessen.

»Zurücklegen? Da drinnen befinden sich Dutzende andere Körperteile. Und was bedeutet das?«

Signoret nahm einen eingeschweißten Dienstausweis aus der Truhe. Sofort wusste Erna, von wem der war. Ein Jahr nach ihrer Pensionierung war die ganze Abteilung erschüttert. Einer ihrer Kollegen war von einer Wanderung nicht zurückgekehrt und seither spurlos verschwunden.

Die Signoret trat zu einer weiteren Tiefkühltruhe. Lechner schrie: »Nein«, doch da hatte sie den Deckel schon geöffnet. Und nahm eine in Frischhaltefolie gepackte Frauenhand, so wie ein gefrorenes Nudelgericht heraus.

»Wie viele Leichen haben Sie hier?«, fragte sie.

Lechner murmelte etwas, das wie: »Gleich zwei mehr« klang.

Er

Es ist ein Naturgesetz, dass Männer Frauen körperlich überlegen sind. Überhaupt wenn eine von ihnen eine alte Fudel ist. Darum machte er sich auch keine Sorgen. Obwohl die Situation zugegeben ein wenig speziell war. Aber als diese dämliche Frau Susi und die Signoret so abgelenkt mit dem Öffnen der Rotweinflasche waren, hatte er sein größtes Tranchiermesser hinten zwischen Hemd und Sakko versteckt. Die Signoret fing an, hysterisch zu heulen. Er drehte sich um. Die Alte starrte ihn fassungslos an. Langsam schob er seine Hand unters Sakko, umfasste den Schaft des Messers und zog es raus. Wie schön es glänzte. Er konnte nicht anders, er musste lächeln.

»Arrivederci, ihr Schabracken.«

Sie

Ein Blick zwischen Erna und Signoret reichte. Als hätten Lechners Worte ihnen das Kommando gegeben, stürzten sie gleichzeitig mit Gebrüll auf ihn.

Lechner war so verdattert, er wehrte sich nicht, als sie ihm das Messer aus der Hand rissen, sich mit Karacho auf ihn warfen und ihn unter sich begruben.

Er

Diese Furien.

»Das Messer? Wo ist das Messer?«, fragte er sich. Bis er merkte, dass es in ihm steckte.

Sie

»Und du warst mit diesem Lechner den ganzen Tag unterwegs, ohne mir was zu sagen?«, fragte Franz beim Frühstück.

Erna nickte. Es war ihr nicht recht, dass er den Fall, über den die Medien schon seit einer Woche nonstop berichteten, verfolgte.

»Wenn ich nur daran denke ... fünf zerstückelte Leichen wurden zwischen den Speisen in seinen Tiefkühltruhen gefunden«, sagte er. »Und das aus Zufall, weil er ein paar Tage nicht zur Arbeit kam. Na, kein Wunder, dass der Kerl spurlos untergetaucht ist.«

»Ja, kein Wunder«, murmelte Erna.

Ein Wunder war hingegen, dass sie sich nach diesen Aufregungen doch zum Tantra hatte überreden lassen. Und was soll man sagen – es gefiel ihr besser als Yoga und der Italienischkurs.

Ein weiteres Wunder war, dass die Signoret wieder alles schmecken konnte. Und dass die Gäste der Burgtheaterkantine verrückt nach den Fleischlaberln waren, die seit einer Woche auf dem Speiseplan der Haubenköchin standen. Erna lächelte bei dem Gedanken. Lechner war eben ein Feinschmecker gewesen. Es war wie bei Kühen. Das Futter spielt bei der Fleischqualität eine große Rolle.

Andreas P. Pittler

Der Weg allen Fleisches

Kleider machen Mörder

Christophorus Klingsheim von Kneifelstein unterdrückte einen Fluch. Ausgerechnet vor einem Pferdeapfel war die Kutsche zum Stehen gekommen, und er, nichtsahnend, war mit seinem mondänen Schuhwerk genau in das Endprodukt tierischer Verdauung getreten. Was umso ärgerlicher war, als er die Augen der beiden Angehörigen der Stadtguardia auf sich ruhen fühlte. Natürlich sah er selbst nicht in ihre Richtung, denn das wäre einer unziemlichen Aufwertung der beiden Domestiken gleichgekommen. Dennoch konnte er sich bildlich vorstellen, wie diese beiden simplen Gemüter ob seines Missgeschicks über ihre ganze Visage grinsten und dabei zotige Kommentare absonderten, sodass eine Züchtigung ihrer Personen mehr als angezeigt gewesen wäre. Doch darum konnte er sich vorderhand nicht kümmern. Immerhin galt es, seinen Auftrag auszuführen.

Er schüttelte also heftig seinen rechten Fuß, dabei peinlich darauf achtend, dass sein Beinkleid nicht verrutschte, und trat dann so forsch als möglich auf die beiden Gestalten zu, ganz so, als hätte es das eben stattgehabte Malheur gar nie gegeben. Kneifelstein bemühte sich um einen strengen Gesichtsausdruck, und tatsächlich wurden die beiden Hellebardisten augenblicklich wieder ernst. „Alsdern“, begann er jovial, „wo liegt s’ denn, die Leiche?“ Der ältere der beiden Männer bedeutete ihm, er möge ihnen folgen.

Sie ließen das Tor des Linienwalls buchstäblich links liegen und gingen zur Armensünderkappelle, die so hieß, weil hier jene ihr letztes Gebet verrichtet hatten, die anschließend zur Spinnerin am Kreuz verfrachtet wurden, wo man ihnen, wenn sie Glück hatten, den Hals langzog, oder, was wesentlich qualvoller war, sie aufs Rad flocht. Doch seit die selige Mutter des allseits geliebten Herrschers, Kaiser Joseph II., beschlossen hatte, die Hinrichtungen vor der Matzleinsdorfer Linie zu untersagen, weil sie der Anblick störte, wenn sie sich auf dem Weg nach Laxenburg befand, war das kleine Gotteshaus zumeist verwaist. Nur eben heute nicht.

Kneifelstein war ja einiges gewohnt, aber dieser Anblick irritierte selbst ihn. Direkt vor dem Altarkreuz lag, als imitierte er einen Schatten des Gekreuzigten, ein nackter Mann, die Arme ebenso von sich gespreizt wie der Herrgott oben am Kreuz. Doch welcher Kontrast. Während beim ranken und schlanken Heiland jede Rippe deutlich hervortrat und man sogar die Sehnen an den Armen sehen konnte, quoll der Leib des Dahingeschiedenen förmlich vor Fett über. Sein Bauch war so voluminös, dass man kaum das erbärmlich kleine Genital darunter ausmachen konnte, und die Brüste des Mannes hätten jedem Frauenzimmer zur Ehre gereicht. Damit freilich der Unterschiede nicht genug. Während das Antlitz des Erlösers wallend schwarzes Haar umflorte, war dem Schädel des Toten lediglich ein schmaler Kranz weißer Stoppel gegönnt gewesen.

Ohne sich dem Gardisten zuzuwenden, richtete Kneifelstein sein Wort an ihn: „Weiß er, wer er ist? Oder vielmehr, wer er war?“ Der so Angesprochene legte die Stirn kraus. Die Frage hatte ihn sichtlich überfordert. Kneifelstein vollführte daher eine Vierteldrehung und sandte, der Situation angemessen, ein paar verderbliche Blitze aus seinen Augen. „Ob er mir sagen kann, wer der Tote ist, er einfältiger Tropf, er!“ Endlich kam Bewegung in den Servanten. „Sicher, Euer Hochwohlgeboren! Das ist der Salzer-Sebastian. Den kennt jeder hier. Das ist der magistratische Fleischbeschauer.“ Kneifelstein konstatierte, dass der arme Wächter ob der ihm aufgebürdeten Last, eine verständliche Antwort zu geben, förmlich in sich zusammensank. „Na bitte“, zeigte sich Kneifelstein von seiner gnädigen Seite, „geht doch!“ Um gleich nachzusetzen: „Fleischbeschauer? Was muss ich mir darunter vorstellen?“

Der Ältere war nun endgültig zu keiner Reaktion mehr fähig, und so stieß er seinen Kumpan an, damit signalisierend, dieser möge dem hochherrschaftlichen Kommissär zu Willen sein. „Euer Erlaucht“, begann dieser salbungsvoll, „belieben vielleicht zu wissen, dass hier an der Matzleinsdorfer Linie die Verzehrsteuer einzuheben angezeigt ist.“ Kneifelstein begann erneut unwirsch zu werden. „Drücke er sich gefälligst deutlich aus. In klaren Worten. Sodass es jeder versteht.“ Ein Räuspern war die Folge, dann der neue Versuch einer Erklärung. „Die Bauern, Herr Graf, sie bringen ihre Erzeugnisse aus der Umgebung in die Residenzstadt. Zum Verkauf, nicht wahr? Aber das geht nicht einfach so, da braucht es entsprechende Kontrolle, damit nicht etwa verdorbene Ware auf unseren Märkten feilgeboten wird. Und daher hat der hochwohllöbliche Magistrat eigene Beamte ausgeschickt, die Menage zu überprüfen.“

Das leuchtete Kneifelstein ein. Es gab ja tatsächlich immer wieder vorwitzige Charaktere, die ihre Mitmenschen zu übervorteilen suchten, und so war es mehr als vernünftig, die faulen Äpfel schon im Vorfeld auszusondern. Kneifelstein lächelte milde angesichts seines, wenn auch noch gedanklich zum Ausdruck gebrachten, Wortwitzes. Sein Gegenüber war darob kurz irritiert, fuhr dann aber dessen ungeachtet fort: „Was nun die Getreideprodukte anbelangt, so werden diese von eigenen Mehl- oder, im Falle der bereits erfolgten Verarbeitung derselben, von Brotbeschauern begutachtet. Und der Fleischbeschauer wiederum ..."

Kneifelstein signalisierte durch ein leichtes Anheben seiner rechten Hand, dass er verstanden hatte. „Und diese Pflicht oblag dem Salzer hier?", versicherte er sich. Der Gardist nickte. „Wobei, Euer Erlaucht, wenn es gestattet wäre, offen zu sprechen ..." Kneifelstein zeigte sich geneigt. „Ich bitte darum." Trotz der gräflichen Erlaubnis senkte der Domestik seine Stimme. „Der Salzer, der war, nun ja, kein unbeschriebenes Blatt ..." Schon spürte er einen neuerlichen Stimmungswechsel des Kommissärs, deshalb beeilte er sich, mit seinem Rapport fortzufahren. „Es heißt, wobei, persönliche Wahrnehmungen hierzu habe ich keine, Eure Erlaucht, das nur der Vollständigkeit halber, aber man erzählt sich, der Herr Salzer habe es mit der Kontrolle nicht gar so genau genommen, wenn man ihm, nun ja, ein wenig entgegengekommen ist."

„Hat er sich bestechen lassen, der Filou?" Der Bedienstete nickte. „Ja, aber nicht so, wie Euer Hochwohlgeboren jetzt vielleicht denken mögen. Er hat eine Vorliebe für das weibliche Geschlecht gehabt, der Herr Salzer. Und da ihm selbiges nicht mehr allzu hold war ob seines Alters und seines Aussehens, soll er seine Stellung dazu ausgenutzt haben, dass er auch so auf seine Kosten kommt."

Der Graf schüttelte angewidert sein Haupt. „Pfui Teixel", entfuhr es ihm, während er unwillkürlich die untere Leibesmitte des Toten in den Blick nahm. „Dabei schaut er gar nicht so aus, als hätt er noch gekonnt. Mit dem abgenutzten Teil da? Kaum vorstellbar!"

Und da er nun schon einmal dabei war, die Leiche zu examinieren, so fiel ihm auf, dass sie keine Verletzung aufwies. Wenn man vielleicht einmal von den blassblauen Flecken an den Handgelenken absah. Aber davon segnete man sicherlich nicht das Zeitliche. Umständlich ging Kneifelstein in die Knie und besah sich das Gesicht des Toten genauer. Bei exakter Betrachtung mochte man Druckstellen an den Wangen und den Nasenflügeln feststellen, woraus der Kommissär schloss, dass Salzer erstickt worden war. Wie es schien, mit bloßen Händen. Jemand hatte ihm einfach Mund und Nase solange zugehalten, bis der Mann seinen Geist aufgab. Dazu passten, folgerte der Graf, die Hämatome an den Unterarmen, denn anscheinend war der Täter von Komplizen begleitet worden, die den Salzer fixiert hatten, während der Mörder sein Verbrechen verübte. Kneifelstein seufzte. Die Sache drohte kompliziert zu werden. Er richtete sich wieder auf und schickte nach dem Kustos der Kapelle, damit dieser sich des Leichnams annahm.

„Wer, so frage ich, kann uns denn Auskunft geben über den Salzer und seine ... Praktiken?" Erwartungsvoll ließ er seinen Blick auf den beiden Gardisten ruhen. Wieder war es der Jüngere, der das Antworten übernahm. „Euer Erlaucht mögen es vielleicht bei der Galgen-Fanny versuchen ..."

„Die Galgen-Fanny?" Kneifelstein hängte sich ein Fragezeichen in seine Miene. „Ja, eine ehemalige Gunstgewerblerin, Euer Gnaden. Die bettelt jetzt da drüben in der Schenke um ein paar Abfälle. Die hat den ganzen lieben langen Tag nichts anderes zu tun, als das hin und her eilende Volk zu beobachten. Wenn wer was weiß, dann sie."

„Und weshalb dieser seltsame Name?"

„Als sie noch jung war, die Galgen-Fanny, da war sie oft den Malefizbuben gefällig, die noch schnell einmal ihrer Lust frönen wollten, bevor sie ihre schwarze Seele aushauchten. Aber das ist schon eine Ewigkeit her. Heutzutage würden die Leute freiwillig ihrem Schöpfer gegenübertreten, nur, um Gunstbezeugungen der Fanny zu vermeiden, wenn Euer Erlaucht verstehen."

Als Kneifelstein wenige Augenblicke später des alten Hutzelweibes ansichtig wurde, verstand er die Aussage des Gardisten. Die Medusa aus der Sage vermochte keinen garstigeren Anblick geboten haben, und der pestilenzartige Gestank, der ihrem zahnlosen Mund entwich, gemahnte Kneifelstein an einen Basilisken. Spornstreichs hielt der Graf sein Taschentuch vor Mund und Nase und forderte seine Begleiter durch eine nachlässige Geste seiner rechten Hand auf, die Befragung der Alten zu übernehmen.

„Was weiß sie über den Salzer-Sebastian?" Der Jüngere empfahl sich wahrlich für höhere Aufgaben angesichts seines Engagements, dachte Kneifelstein leichthin, während er dem Tun des Mannes folgte. „Es heißt, er war bestechlich ..." Die Alte kicherte schrill. „Ja, der Bastl. Ein alter Hurenbock.

Hochwürden müssen schon verzeihen, aber was wahr ist, ist wahr, ned wahr?!“ Die greise Dirne schnappte nach Luft, ehe sie von Neuem zu reden begann. „Der hat immer gsagt, das Fleisch, das muss in Ordnung sein. Welches Fleisch, das ist aber egal.“ Nur kurz schienen dem Grafen die Worte der Frau sphingenhaft, denn der Groschen fiel rasch. „Wenn das Fleisch im Körberl ned ganz koscher war, dann hat es halt das Fleisch im Bluserl sein müssen.“ Dabei grinste die Galgen-Fanny schmierig.

„Und die Bauersleut, die haben sich das gfallen lassen?“ Kneifelstein war ehrlich erstaunt. „Jo mei, Eure Majestät! Unterm Strich sind die Dirnderl ja noch billig wegkommen bei dem alten Haderlumpen. Der hat sie ein bisserl in die Gspaßlaberl zwickt, dann hat er eh schon die Augen verdraht, gschnauft wie ein löchriger Blasbalg, und schon waren s’ mit ihrer War’ in der Stadt. Bei die anderen Magistratler haben s’ aber einen Brotlaib da, einen Sack Mehl dort oder wenigstens ein paar Äpfel lassen müssen. Und beim Salzer hat man gwusst, der alte Impotenzler bringt eh nix mehr zsamm, also war’s unterm Strich billiger, sich mit ihm zu arrangieren.“

Kneifelstein überwand seinen Ekel und machte einen Schritt auf die Bettlerin zu. „Will sie am End etwa gar andeuten, die hochwohllöblichen Beamten des Magistrats seien samt und sonders verdorben?“ Die Fanny lachte auf, sodass die Männer ihren schwarzen Rachen überdeutlich sehen konnten. „Verdorben, meine Herren, was heißt das schon? Die Löhnung von den armen Kasperln ist doch so etwas von lumpig, da müssen die ja zwangsläufig schauen, wo sie bleiben. Glauben S’ mir, für so einen Magistratler ist ein frischer Laib Brot eine Festessen!“

Zugegeben, ging es dem Grafen durch den Kopf, wegen der üppigen Remuneration mochte sich niemand für den Dienst an der Gemeinde Wien entscheiden. Doch seit der geliebte Herrscher das Zepter schwang, war denn doch ein anderer Geist in die Verwaltung eingezogen. Leute wie er saßen nun in den Amtsstuben, getragen von der Überzeugung, dass ein Amt auch Verantwortung bedeutete, dass das Gemeinwohl über dem Wohl des Einzelnen stand, und sei er auch noch so nobel von Geburt oder Rang.

Er kam nicht dazu, weiter seinen Gedanken nachzuhängen. Die anderen, unbelastet von derartigen geistigen Höhenflügen, beschäftigten sich immer noch mit dem Salzer und seinem Stand. „Es ist ja ned so", hörte er die Fanny sagen, „dass du in dieser Stadt zu irgendetwas kommst, nur weil es dir zusteht. Da musst du immer jemanden schmieren. Bei die Magistratler ist es ein Stückerl Brot, bei die Hochwohlgeborenen eine Einladung zu einer Gesellschaft bei Hofe, bei einem geistlichen Herrn ein Tedeum und beim Salzer war's halt ein Wengerl Fleischeslust. Auch schon was!" Sie zuckte teilnahmslos mit den Schultern.

„Aber vielleicht", brachte sich der Graf nun selbst in die Vernehmung ein, „hat das nicht einem jeden gepasst. Vielleicht waren da einige Landmänner der Ansicht, die Finger eines Beamten haben nichts auf einer ihrer Maiden verloren?"

Die Dirne sah die beiden Gardisten fragend an. „Was meint sie, die Eminenz?" Wieder antwortete der Jüngere: „Ist einer von den Bauern vielleicht krawutisch worden wegen dem, was der Salzer gmacht hat? Unlängst vor allem!" Die Alte überlegte. „Jetzt, wo ich drüber so sinnier, da war der Grünner-Rudl, der was aus Minichdorf is, der ist gestern ziemlich laut worden da im Schankraum. Hat gmeint, dem alten Dreckslumpen g'hört die Gurgel abdreht, und dass er schon ganz andere Säu abkragelt hätt zu seiner Zeit." Sie schnaufte kurz auf. „Ich mein, er hat keinen Namen gnennt, aber ..." Sie deutete mit dem knochigen Finger in die Richtung der Kapelle. „Da wird man dann doch nachdenklich, ned wahr?"

Kneifelstein wandte sich an den jüngeren Gardisten. „Ist er ihm bekannt?" Dieser nickte. „Freilich, der Grünner ist eine ziemlich auffällige Erscheinung. Den haben wir schon ein paarmal zu Gast gehabt. Da drüben, im Amtskotter."

„Und weiß er, wo er aufhältig ist, der Grünner?" Für einen Augenblick vergaß der Gardist auf die Hierarchie, und er lächelte verschwörerisch. „Da in der Stube. Gleich dort unterm Tisch." Kneifelstein folgte dem ausgestreckten Zeigefinger und erspähte auf dem Fußboden eine beeindruckend große Gestalt, die selig ihren Rausch ausschlief. „Dann schlage ich vor, man beherbergt ihn wieder in besagtem Kotter. Wir werden ihn zu gegebener Zeit examinieren."

Es war keine leichte Übung für die Gardisten gewesen, den Bullen von Minichdorf in die Zelle zu verfrachten. Dort tobte der Bauer erst einmal eine gute Weile wüst fluchend herum, rüttelte an den Gitterstäben, trat gegen die Wände und stieß die allerärgsten Verwünschungen aus, ehe er schließlich, immer noch vom Wein beeinträchtigt, zunehmend ermattete. Als der Graf zu der Überzeugung kam, der Grünner würde weiter keine Schwierigkeiten mehr machen können, griff er sich einen Stuhl und setzte sich vor die Gittertür. „Hör er zu, was ich ihm zu sagen hab! Und hör er gut zu, widrigenfalls wir nicht zögern werden, ihn zu züchtigen. Hat er uns verstanden?“ Grünner glotzte für einen Moment debil aus seiner Zelle, ehe er ein devotes Nicken hinterherschickte und dabei betreten zu Boden sah.

„Sebastian Salzer. Was fällt ihm dazu ein?“ Grünner knirschte mit den Zähnen. Gegen seine Natur kam er nicht an. „Ein Hundsfott! Ein ganz elendiger Hundsfott“, knurrte er. „So ist ihm also recht geschehen, dem Sebastian Salzer?“ Für einen Moment schien es, als würde Grünner die Frage bejahen wollen. Doch dann bezwang er sich und meinte leise, zu richten sei allein der Obrigkeit vorbehalten, und dem Herrgott. „Schön hat er das gesagt“, billigte Kneifelstein dem Manne zu, „aber wenn er es nicht gewesen ist, wer war es dann?“

„Ihro Gnaden müssen mir glauben! Ich weiß es nicht. Aber es gibt viele, die dem Salzer gram waren. Allzu oft hat er ehrbare Töchter unmöglich gemacht, der schamlose Falott. Hat er halt einmal zu viel den fleischlichen Gelüsten nachgegeben. Und jetzt ist ihm dafür die Lust vergangen, und er hat seinen Geist aufgegeben deswegen.“

Kneifelstein schickte einen schnellen Blick in die Richtung der Garde. „Fast ein kleiner Philosoph, der Grünner, was?“ Überraschend schnell war der Graf hochgesprungen. „Namen, du Lump. Stantepede! Sonst sorge ich dafür, dass deine bleichen Knochen draußen am Wienerberg verschimmeln. Am Schindanger drüben!“

Trotz seiner hünenhaften Figur wirkte der Bauer augenblicklich wie ein Häufchen Elend. „Aber Eure Durchlaucht müssen mir glauben. Ich kann nicht sagen, was ich nicht weiß.“ Kneifelstein machte eine wegwerfende Handbewegung. „Aus dem Kerl ist nichts herauszubringen. Lasst ihn hier verrotten, faule Frucht, die er ist." Kneifelstein war schon bei der Tür, als er sich abrupt wieder umdrehte. „Und die korrekte Anrede ist Erlaucht. Einfach nur Erlaucht! Ist denn das wirklich so schwer?!" Mit einem gemurmelten „Dummer Pöbel" trat er ins Freie.

Der Stand der Sonne, vor allem aber sein Magen verrieten ihm, dass es wahrlich schon Zeit für ein Dejeuner war. Doch wo sollte er ein solches einnehmen können in einer derart verlorenen Gegend? In der Schenke gegenüber, wo sich Bauerntölpel, Scherenschleifer, Kesselflicker und sonstiges Gelichter ein Stelldichein gaben, da mochte sich jedwede Atzung schwer aufs Gemüt legen. Der gräflichen Verdauung war derartige Labung keineswegs zumutbar. Doch Hungers zu sterben konnte freilich kaum als Alternative gelten. Wie also das Dilemma lösen? Die Antwort kam in Form einer sommersprossigen Maid, die einen Korb voll Leckereien in den Armen hielt.

„He da, holdes Wesen", gebot der Kommissär ihr Einhalt. „Was trägt sie da mit sich herum?" Das Mädchen knickste artig und antwortete mit kaum hörbarer Stimme. „Schinken aus dem Mostviertel, Euer Ehren. Den will ich am Naschmarkt unten beim Freihaus verkaufen." Mit Zeige- und Mittelfinger winkte der Graf die Händlerin zu sich. Behände lüpfte er das rotweißkarierte Tuch und warf einen prüfenden Blick auf die fleischliche Ware. „Ich geb ihr einen halben Taler dafür. Überleg sie nicht lang, das ist ein fürstliches Angebot, das sie auf der Wieden nicht bekommen wird." Das Mädchen errötete und stammelte etwas von „zu gütig, Euer Hochwohlgeboren!". Kneifelstein nickte gutmütig und trug der jungen Frau auf, ihm noch Brot zu besorgen. Dann setzte er sich in die letzte Bank der Kapelle und begann, den Schinken in kleine Tranchen zu schneiden. Alsbald war er wieder in Gesellschaft. Die Verkäuferin bekreuzigte sich mehrmals und reichte dem Grafen dann schüchtern einen halben Laib Brot.

„Sie kennt sich doch sicher aus hier", hinderte Kneifelstein sie daran, sich eilig wieder zu entfernen. „Also wird sie auch wissen, was hier vor einigen Stunden geschehen ist." Scheu nickte die Frau. „Wer, so fragen wir uns, hat dem Salzer das angetan. Hat sie am End eine Ahnung? Hat sie?" Deutlich erkannte der Graf, wie sie zögerte. „Es soll ihr Schaden nicht sein, wenn sie uns hilft." Um seinem Gegenüber die Angst zu nehmen, setzte der Graf nach. „Wie heißt sie denn überhaupt?"

„Maria, Euer Hoheit!"

„Na, das ist doch ein passender Name. Also, Maria, will sie sich noch die andere Hälfte vom Taler verdienen? Dann sag sie mir doch, was sie weiß."

Marias Atem begann arrhythmisch zu werden. „Ich hab da so etwas gehört, Euer Hochgeboren. Der Salzer soll die Nanni betatscht haben. Die, die immer die Würste aus Baden bringt. Na, und die Nanni, die hat halt einen recht hitzigen Vater, den Vinzenz. Und der ..."

„Was ist denn, sprich weiter, mein Kind!" Kneifelstein war von der förmlichen Anrede zum vertraulichen „Du" übergegangen, um Maria zu weiteren Ausführungen zu ermuntern. „Ich hab den Vinzenz heute ganz zeitig in der Früh mit seinem Bruder Ignaz am Tor gsehen."

„Da, beim Linienwall?"

„Ja, Euer Gnaden. Das ist ungewöhnlich, weil die Nanni, die war ja auch da. Und wenn die da ist, dann braucht es ja den Rest der Familie nicht. Die müssen dann ja am Hof das Vieh versorgen und so weiter. Also hab ich mich gefragt, was die alle drei da wollen."

„Und was wollten sie?" Der Kommissär sah erstmals eine Lösung dieses Falles am Firmament empordämmern. Maria sah mit verklärtem Blick zum Altar hin. „Die Nanni, die war so ganz anders heute. Ausgschaut hat s' wie eine Heilige. Aber kaum ist der Salzer am Tor erschienen, da ist sie direkt kokett worden. Getändelt hat s' mit ihm. Sie wissen schon, Euer Hoheit, schöne Augen hat s' ihm gmacht."

Maria trat einen Schritt näher an Kneifelstein heran. „Das hat mich natürlich auch neugierig gemacht, Eure Eminenz. Und so hab ich, ich geb's zu, ein wenig gelauscht." Maria machte eine dramatische Pause, die entsprechende Wirkung auf den Grafen hatte. „Ja, was hat sie denn gesagt, die Nanni", begehrte er zu wissen.

Maria rollte verschwörerisch mit den Augen. „In die Kapelle hat sie ihn gelockt. Hat ihm zugeflüstert, der Herrgott, der sehe ohnehin alles. Aber sonst würde sie niemand sehen, nicht hier herinnen. Daher könne er hier in dieser Kapelle haben, was er offenbar so sehr begehre: ihr Fleisch."

Kneifelstein verschluckte sich beinahe an einem Stück Rinde. War diesem Salzer denn gar nichts heilig gewesen? Aber bitte, wie sonst war es denn möglich, dass er hier als nackter Leichnam endete, denn kaum ein Mensch, von dem rabiaten Grünner vielleicht einmal abgesehen, mochte in der Lage gewesen sein, diesen Fleischberg post mortem in das Gotteshaus zu schleifen. Also musste das Verbrechen in der Tat hier geschehen sein.

„Ich aber habe gesehen, wie die beiden hier in der Kapelle verschwunden sind. Und, ich geb es zu, ich bin ihnen gefolgt."

Kneifelsteins Augen weiteten sich: „Sie war am End gar Zeugin des Mordes?"

„Freilich war ich das. Genau beobachtet hab ich, wie die Nanni dem Salzer gsagt hat, er soll sich ausziehen, dann will sie sich auch entkleiden, und dann kann er ihren Leib haben. Der hat sich das nicht zweimal sagen lassen und hat gar nicht darauf geachtet, dass hinter ihm schon der Vinzenz und der Ignaz gwartet haben. Und wie der Salzer nackt war, da haben sie ihn an den Armen gepackt, auf die Knie gezwungen, und die Nanni hat ihm so lange Mund und Nase zug'halten, bis er umgefallen ist wie ein Mehlsack."

Kneifelstein nickte anerkennend. „Schön hat sie das zusammengefasst. Da danken wir recht schön. Hier hat sie den halben Taler, wie versprochen." Eilig griff Maria nach der Münze, knickste und schickte sich an, den Sakralbau zu verlassen. Der Graf wartete noch eine klitzekleine Weile, dann hob er laut zu sprechen an.

„Ach, Grünnerin", hallte es durch den Raum. Wie erwartet erstarrte Maria. „Woher ..." Kneifelstein drehte sich zu ihr hin. „... ich weiß, dass sie die Tochter des Malefikanten ist, den wir hinter Gittern wissen?" Er lächelte schmal. „Wir sind nicht umsonst kaiserlicher Kommissär."

Elegant erhob er sich und fasste Maria an den Armen. „Sie ist recht begabt als Geschichtenerzählerin. Die Wahrheit freilich, die sieht anders aus." Er seufzte. „Die Nanni, die mag es geben oder auch nicht, aber mit der Geschichte da hat sie nichts zu tun. Sie war es nämlich, an der sich der Salzer vergangen hat. Und sie war es auch, die deshalb auf Rache sann. Und ihr Vater war ihr Werkzeug."

„Aber wieso ...", stammelte Maria, doch der Graf schüttelte nur den Kopf. „Glaubt sie wirklich, jemand wäre so töricht, ein derartiges Verbrechen bei offener Tür zu begehen? Und wenn das Portal, wie ich mit Recht vermute, geschlossen war, wie hätte sie sich da Zutritt verschaffen sollen, wo das Öffnen dieses schweren Metallstücks hier mehr Lärm verursacht als das armselige Glöcklein, das diese Kapelle ziert? Und selbst wenn, wie hätte sie in diesem kleinen Gemäuer unbemerkt bleiben sollen von dem Vinzenz und dem Ignaz? Doch wohl nur deshalb, weil die beiden dieses Haus gar nie betreten haben."

Marias Blick brach aus und Tränen schossen ihr in die Augen. Kneifelstein aber ließ sich nicht beirren. „Auch haben wir uns gefragt, was denn mit der Kleidung des Salzer geschehen ist. Und da fiel uns auf, der Grünner, der trägt Gewand, das so gar nicht zu einem Landmann passt. Na, und so haben wir uns ein wenig in der Schenke drüben umgehört. Wie sich zeigte, kam der Bauer Grünner am frühen Morgen mit brauner Joppe und ledernem Beinkleid. In der Zelle drüben aber trägt er eine wollene Hose und einen schwarzen Rock. Welcher Bauer zieht sich unterwegs mitten am Tage um?"

Kneifelsteins Lächeln changierte ins Sardonische. „Ganz einfach, er trägt jetzt die Kleider des verewigten Salzer. Und", dabei hob der Graf sein Kinn an, „noch etwas. Die Hämatome an den Armen des armen Salzer. Sie befinden sich auf der falschen Seite. So können sie nur entstanden sein, wenn ein Mann allein dem Magistrat die Hände hinter dem Rücken zusammenhielt. Sie sieht also, leugnen hat keinen Zweck mehr. Sie ist überführt."

Maria sackten die Beine weg, sodass der Kommissär Mühe hatte, sie nicht aus seiner Fixierung zu verlieren. „Aber immerhin nobel von ihr, diesen kleinen Versuch zu unternehmen, ihren Vater zu entlasten. Das wird ihr vom hohen Gericht sicherlich angerechnet werden. Ob das allerdings reicht, ihr den Weg allen Fleisches zu ersparen, das sei vorderhand dahingestellt."

Mit der willenlosen Maria Grünner im Schlepptau trat er aus dem Gotteshaus auf die Straße und rief einem Passanten zu, er möge einen von der Stadtguardia holen. Wenig später musste die arme Maria ihrem Vater in der Zelle Gesellschaft leisten, während sich Graf Kneifelstein noch einmal auf der hintersten Kirchenbank niederließ, um sich am Rest des so teuer erworbenen Schinkens zu laben. „Wenn schon fleischliche Genüsse", sagte er zu sich selbst, „dann solche." Um nach einem kurzen Blick auf den Altar ein leises „Amen" hinterherzuschicken.

Sabina Naber

Die Kammerjägerin

Eine fast wahre Geschichte

Ich habe das erste Mal Blut vergossen. Also in echt. Es war so wohltuend! Und ganz leicht: Schnitt durch die Kehle, wie ich es damals in diesem Film gesehen habe. Zuerst das Schwein, dann der todkranke Jürgen Vogel. Es war wie eine Eingebung. Ich bin in die Küche abgebogen, habe das Messer aus dem Block genommen, bin ganz entspannt auf ihn zugegangen. Er hat mich keines Blickes gewürdigt, vollkommen sicher, unseren Streit gewonnen zu haben, hat weiter die fremden Taschen durchsucht. Dann habe ich ihn allerdings nicht gestreichelt, so wie im Film diese Biobäuerin das Schwein, nein, ich habe seinen Kopf nach hinten gerissen und ihm einfach die Gurgel durchgeschnitten. Kräftig. Kein Laut. Plötzlich habe ich das Blut auf meiner Hand gespürt, ich habe ihn fallen gelassen. Und erst in diesem Moment, das war wirklich witzig, habe ich mich gefragt, warum ich nicht gezögert, ja, nicht einmal gezittert habe. Und die Antwort ist? Na, was ist die Antwort, liebes Tagebuch? Notwehr. Wie bei den anderen davor. Das Projekt war in Gefahr. Aber das ist jetzt der Durchbruch. Muss er sein. Blut rockt. Ha! Oben haben sie zu dem schon vor dreißig Jahren nervigen „Macarena" getrampelt. Ich habe mich dabei ertappt, selbst diese dämlichen Schritte zu wackeln. Das erste Mal seit meiner Entlassung ist es mir gut gegangen.

Nachtrag: Ich hätte das Handy mitnehmen sollen.

Nachtrag-Nachtrag: Es klingelt an der Tür.

Chefinspektor Lukas Seehofer und Gruppeninspektorin Julia Perovic warfen einen letzten Blick auf das blutige Bündel, das mit der linken Hand ein paar Münzen und Ausweise umklammert hielt, und marschierten ins Obergeschoß der schicken Maisonettewohnung. In der äußerst großzügigen Wohnküche mit Ausgang auf eine ebenso großzügige Terrasse sahen sie sich elf jungen, harmlos wirkenden Menschen gegenüber, zehn mit verstrubbelten Haaren und verquollenen Augen. Nur eine Rotblonde, die gerade ihr Make-up in einem Taschenspiegel betrachtete, wirkte wie aus dem Ei gepellt.

Perovic wies sich und Seehofer als Beamte des Landeskriminalamts aus, bedauerte den Todesfall des Freundes der Gruppe – Seehofers Blick überflog blitzschnell die Gesichter, doch auf keinem war Verzweiflung oder Trauer erkennbar – und erklärte, dass man nun jeden einzeln und allein befragen müsse. Allgemeines Gestöhne und Gemaule war die Folge. Wortfetzen von „müde", „schlafen", „Meeting" seitens der Rotblonden und „null Ahnung" flatterten durch den Raum.

„Ja, was soll denn das?", polterte Seehofer. „Wollen Sie nicht wissen, wer Ihren Freund umgebracht hat? Wer von Ihnen dem armen Teufel die Kehle durchgeschnitten hat?"

Lautstarke Proteste, durcheinander, angepisst, einem solchen Verdacht ausgesetzt zu sein. Dann verstummte die Gruppe. Manche wandten den Kopf ab, manche schlossen die Augen und taten auf Sekundenschlaf, eine Frau und zwei Männer zündeten sich Zigaretten an. Hörbar wurde der Taschenspiegel zugeklappt. Seehofer und Perovic wandten sich der Rotblonden zu.

„Freund." Es war, als hätte die Rotblonde das Wort gut sichtbar in den Raum gestellt, ohne Farbe, vollkommen neutral, und sinniere es nun an.

„Was meinen Sie damit?", fragte Perovic.

Die Rotblonde rollte mit den Augen und erklärte, der Tote sei eben irgendwann plötzlich mit von der Partie gewesen. *Zugelaufen wie ein Hund* – eine Formulierung, die den Rest gackernd lachen ließ.

„Im Volksgarten", präzisierte ein junger Mann mit Rauschebart.

„Nope, der war doch schon in diesem Pub da unten." Lange dunkle Haare und Schmollmund. „Er hat für Liverpool geschrien."

„Right." Wuschelhaar mit Brille. „Der Arsch."

Seehofer und Perovic sahen einander an. Perovic steckte Zeige- und Mittelfinger in den Mund und pfiff. Kurz darauf stolperte ein junger Mann ins Obergeschoß. Seehofer wies den Kollegen deutlich und für alle verständlich an, auf die Gruppe ein Auge zu haben. Keine Unterhaltung mehr. Der Reihe nach würden nun er und Perovic die Herrschaften – ein scharfer Haarschnitt kicherte bei diesem Begriff – auf die Terrasse bitten und mit ihnen ein Gespräch führen. Er deutete als Erstes auf die Rotblonde, die ihm am fittesten erschien. Sie folgte ihnen mit tiefem Seufzer, erhobener Augenbraue und schleppendem Gang.

Draußen zuckte sie mit den Schultern. „Ich kenn den Typen nicht, alright?"

„Fangen wir einmal damit an, wer Sie sind." Perovic zückte ihr Smartphone und streckte die Hand aus. „Ist das Ihre Wohnung?"

„Was jetzt?“ Die Rotblonde verzog den Mund wie ein beleidigtes Kind. „Du kannst mich mal. Ich hab mit dem Scheiß nichts zu tun. Ich kenne meine Rechte.“

Seehofer und Perovic seufzten synchron. Sie hatten solch schnodderige Ansagen bereits geschätzte hunderttausendmal zu oft gehört.

„Ausweis. Sonst Polizeiwache. Überprüfung“, knurrte Seehofer.

Die Rotblonde blähte die Nasenflügel, war aber ab diesem Zeitpunkt kooperativ. Es stellte sich heraus, dass sie auf ihren Namen das Appartement über Airbnb gemietet hatte, und zwar für sich und zehn weitere Freunde. Man war aus Linz und hatte sich einmal ein geiles Wochenende in Wien gönnen wollen. Und es war ohnehin fucking hard gewesen, etwas Freies zu finden, weil die verdammten Amis, Briten und Skandinavier die guten Ecken schon dauerhaft okkupiert hätten. Den Rest die Deutschen.

„Was heißt dauerhaft?“, fragte Perovic und erntete dafür von Seehofer einen tadelnden Blick. Ihr Partner hasste Abstecher bei Einvernahmen.

Die Rotblonde schnaufte. „Geht ihr manchmal am Spittelberg chillen?“

Seehofer und Perovic verneinten genervt, denn *Chillen* war ihrer Ansicht nach etwas für privilegierte Studenten. Sie selbst waren nach der Arbeit meist für ein Feierabendbier schon zu müde. Die Rotblonde klärte sie auf, dass man in den meisten Lokalen im siebenten und auch in vielen anderen Bezirken wie dem vierten und dem zweiten in diversen Nachtlokalen nur mehr englisch höre. Die Briten, Amis und Skandinavier holten eben dort nach, was sie daheim nicht dürften beziehungsweise nur überteuert vermochten: sich ansaufen, zudröhnen, sprich, Party machen. Perovic überlegte kurz, ob sie mit der jungen Frau jetzt Mitleid haben sollte, entschied sich aber dagegen.

„Und dieser Mann war also plötzlich mit dabei. Der ist doch mindestens fünfzehn Jahre älter als ihr. Hat euch das nicht gestört?", fragte Seehofer.

Schulterzucken als Antwort.

„Und so jemanden nehmt ihr einfach mit? Den ihr nicht kennt? In die Wohnung?" Perovic.

Neuerliches Schulterzucken. „Was isn schon dabei?"

„Na, immerhin hat er euch zu bestehlen versucht. Hätte aber auch ein Vergewaltiger sein können."

„Bei so vielen anderen, die mit sind?" Das Auflachen der Rotblonden klang nun dennoch etwas verängstigt. „Außerdem war da auch noch eine Frau."

„Seine Freundin?" Seehofer wirkte, als ob er kurz davor wäre, die Rotblonde anzuspringen.

Wiederum Schulterzucken. Genervtes Rollen der Augen.

Jetzt wurde Seehofer laut. Die Titulierung der Zeugin als kalte Hundeschnauze war noch der nettere Teil des Ausbruchs. Die Rotblonde versuchte, mit dem Verschränken der Arme Coolness zu vermitteln, doch ihr Blick flog hilfesuchend zu Perovic.

„Tja, ich sehe das wie mein Kollege. Ihr wirkt alle nicht, als wäret ihr im Koma gewesen. Ihr könnt euch erinnern. Ein bissel Mitarbeit wäre jetzt also nicht schlecht, sonst drängt sich wirklich der Gedanke auf, ihr habt euch abgesprochen und drückt uns ein Gschichtl rein, weil es einer von euch gewesen ist. Vielleicht, weil ihr ihn beim Stehlen erwischt habt?“

Die Sommersprossen der Rotblonden traten hervor, weil der Rest der Haut weiß wurde. Die Frau sei eben auch irgendwann bei der Gruppe gewesen. Jana oder Lena. Hätte mit diesem Ritchie oder Redschi auch einmal heftig diskutiert. Aber ob die Tusse auch mit in die Wohnung ...? Schulterzucken. Jetzt jedenfalls sei sie nicht mehr da. Eine Träne kullerte aus dem Augenwinkel der Rotblonden. Sie massierte die Stirn. „Wir haben echt hardcore gefeiert.“ Ansatzlos würgte sie und rannte hinein, wohl Richtung Toilette.

Seehofer sah Perovic an. „Der Haufen geht mir auf den Sack. Drogentest?“

„Unbedingt. Vielleicht hilft das ihrer Denkfähigkeit auf die Sprünge.“

Der zweite, der das Maul hält! Yippeh!!! Für immer und ewig. Und dieses Mal ist mir nicht zum Kotzen, aber so was von gar nicht mehr. Zum einen geht es beim zweiten Mal schon einfacher, da haben alle Filme recht, zum anderen war es Notwehr. Doppelte Notwehr sozusagen. Zuerst noch alles easy going, wie immer. Ein bisschen Augengeklimpere, ein bisschen Auf-den-Arsch-Greifen, und schon sind sie Wachs in meinen Händen. Glauben, dass ich so zu bin, dass ich eh nichts mehr mitkriege und sie eine geile Nummer mit mir schieben können. Es ist immer dasselbe, Vollgas bis irgendwann in der Früh, ab ins Appartement, noch einmal Vollgas, bis alle irgendwo voll daneben in der Ecke liegen, aber eben nur fast alle. Einer ist immer dabei, der mich belauert wie ein Geier und mich dann in eins der Schlafzimmer abschleppt. Blöd ist nur, dass der Typ gestern bloß auf zugedröhnt getan hat. Er packt mich, will endlich seine Nummer schieben, reißt mir dabei die Perücke vom Kopf. Shit, denke ich, will die Schrecksekunde ausnützen und abhauen, aber er wirft mich auf den Bauch, wird total aggressiv, schreit mich an, wer ich bin, haut mir auf den Kopf. Irgendwann habe ich es zur Bettkante geschafft, zu meiner Tasche, irgendwie war da sein Bein. Ich habe ihm die Spritze in den Oberschenkel gejagt. Ein bissel hat er sich noch aufgeführt, dann war Ruhe. Und soll ich dir was sagen, liebes Tagebuch? Ich war es auch. Ganz ruhig. Der zweite Tote. Jetzt muss sich im Netz endlich was tun. Wann setzt endlich die Paranoia ein, die die Kakerlaken vertreibt?

Und eines noch: R. schöpft Verdacht. Es war dämlich von mir, bei meiner Premiere in seinem Bezirk zuzuschlagen. Dort hat er beste Connections zur Kieberei, die hat ihm das mit dem Toten erzählt. Er hat den Bullen nichts gesteckt, aber mich ins Kreuzverhör genommen. Ich habe mich blöd gestellt, gefragt, wie ich an solche Drogen herankommen soll. Zum Glück habe ich ihm nie von meinem Vorrat erzählt, den ich rechtzeitig in der Residenz abgezweigt habe. Doch R. hat mir nicht geglaubt, hat mich beschworen, nicht schuldig zu werden. Wenn noch einmal so etwas Verdächtiges passiert, werde er nicht zögern, und überhaupt. Blabla. Das Weichei wird zum Problem. Gerade jetzt, wo ich endlich für uns den richtigen Weg eingeschlagen habe. Fucking Moralapostel. Ich muss das Handy loswerden und mir ein neues besorgen.

Seehofer und Perovic gönnten sich noch ein ausgiebiges und den Nerven schmeichelndes Mittagessen – Tagliatelle in Trüffel-Obers-Sauce mit knusprig gebratenen Lachsstückchen –, bevor sie die elf Partytiger, die allesamt auf weit überhöhte Werte an berauschenden Mitteln getestet worden waren, einzeln im Vernehmungsraum aufmarschieren ließen. Sie wussten inzwischen, dass der Tote um exakt 3.17 Uhr ermordet worden sein musste, denn da hatte sich sein Handy aus dem Empfangsbereich ausgeklinkt – kein Wunder. Es war beim Sturz auf den Fliesenboden geknallt, wobei es auseinandergefallen war und sich der Akku gelöst hatte. Was sie noch immer nicht wussten, war sein Name, denn das Handy war auf einen an beginnender Demenz leidenden Seniorenresidenzbewohner gemeldet. Eine junge Kollegin machte sich auf den Weg dorthin.

Und so konnten sie im Prinzip immer nur dieselben drei Fragen stellen: Wann war der Tote zur Truppe gestoßen? Wann die Frau? Und wer hatte sich wo zwischen 3.10 und 3.20 Uhr befunden? Bei der ersten Frage verdichtete sich der Verdacht, der schon zu Beginn geäußert worden war: Ritchie-Redschi hatte sich der Truppe in diesem Pub angeschlossen, also weit mehr als vier Stunden vor seinem Tod. Bei der zweiten Frage stand es nach elf Aussagen vier zu sieben gegen Jana-Lena – in Bezug auf das Appartement. Beim Tanzen im Volksgarten davor war sie immer wieder kurz bei jemandem aus der Runde aufgetaucht. Eine zierliche Blondine, laut lachend, ständig auf der Tanzfläche, fordernd, vor allem die Burschen, total nervig, so der Schmollmund. Tja, und die dritte Frage schien unlösbar, denn niemand hatte ab dem Betreten des Appartements mehr auf die Uhr gesehen. Man hatte eben Party gemacht.

Doch beim elften Kandidaten, dem Wuschelkopf mit Brille, durchfuhr Perovic ein Gedankenblitz. „Sagen Sie, wie haben Sie denn Musik gespielt? Radio? CDs? Platten?“

Der junge Mann sah sie an, als hätte sie ihn gefragt, ob die Erde eine Kugel oder eine Scheibe sei. „Na, gestreamt, what else?“

„Über wessen Handy haben Sie in die Anlage gestreamt?“

„Über das von Emily.“

Sie nahmen der jungen Dame das Telefon ab – was sie mit einem Tränenausbruch zu verhindern versuchte – und gaben es der Technik. Zwei Stunden später stand fest, dass in diesem fraglichen Zeitfenster alte Sommerhits gestreamt worden waren. Ab 3.15 Uhr hatte man „Macarena“ von Los del Rio im Remix der Bayside Boys gehört.

Seehofer und Perovic starteten die zweite Befragungsrunde. Nun wurde das Bild präziser, denn seltsamerweise konnten sich alle an diesen alten Hit erinnern. Man habe gemeinsam die Choreografie zu rekonstruieren versucht und viel gelacht. Jeder wusste, wer neben wem gestanden war. Weder war Ritchie-Redschi noch Jana-Lena dabei gewesen. Die elf Befragten bildeten einen geschlossenen Zirkel.

Seehofer und Perovic waren sich einig, dass diese Zeugen entweder schuldig und perfekt abgesprochen oder wirklich unwissend und daher Zeitverschwendung waren. Auf jeden Fall mussten sie einmal nachdenken, um einen anderen Ansatz zu finden. Sie entließen die Truppe mit der Auflage, Wien nicht zu verlassen, was natürlich unsägliche Proteste nach sich zog, denn man musste zur Schule, zum Studium, zur Lehrstelle zurück. Das Gejammere ging den beiden Beamten am Arsch vorbei.

Vielmehr fragte sich Seehofer plötzlich: „Des san elf Leut. Mit di zwa Unbekannten sogar dreizehn. Da waren aber nur zwei Schlafzimmer in der Wohnung. Wie soll si des ausgehen?“

„Was hat des mit dem Fall zum Tun?“, fragte Perovic retour. „Mei, di san halt alle irgendwo eingschlafen. Des war uns do a wurscht, wie ma jung waren.“

„Ja, schon, praktisch“, retournierte Seehofer. „Aber theoretisch. Is des eigentlich erlaubt?“

„Was meinst?“

„Na, des Airbnb is do ... Was is des eigentlich? Pension is des net, Hotel scho gar net, privat aber a net, oder schon?“

„Noch amal, Seehofer: Was hat des mit dem Fall zum tun?“

„Ich frag mi halt nur, wer die Verantwortung übernimmt für des, was dort so passiert. Also rein prinzipiell. Müssma eigentlich irgendeinem Besitzer Bescheid geben?“

Ich habe es getan. Dieses Mal habe ich es wirklich getan. Ich fass es noch immer nicht. Es war dann, im Moment, ganz leicht. Der Typ ist mitten im Öffnen seiner Hose eingepennt. Ich habe die Spritze genommen und sie ihm ganz ruhig in die Kniekehle gesetzt. Da suchen sie angeblich nicht so schnell. Und wenn, ist es auch egal. Ist vielleicht sogar besser, wenn sie die Einstichstelle finden, dann ist es klar Mord, und es tut sich nun endlich was. Ich habe null Panik oder so, was sicherlich daran liegt, dass er ganz friedlich ausgeschaut hat, als ich gegangen bin. Nur schlecht ist mir, so richtig zum Kotzen, aber das wird auch vorbeigehen. Bei vieren habe ich ja schon versagt. Skrupel im letzten Moment. Aber dieses Mal nicht. Yeah! Geholfen hat sicherlich, dass vorgestern wieder einmal alles zusammengekommen ist. Der bei Schönwetter übliche Extremwirbel bis vier in der Früh. Kaum war es ruhig,

Rave-Party mit Musik aus einem Cabrio um fünf. Tagsüber eine so brutale Streiterei im Appartement zwei, dass ich die Polizei gerufen habe. Drei Männer aus Spanien, die sich wegen irgendeines Nichts gekabelt haben. Eigentlich hätten die gleich weggehört, aber ich habe keine Pistole, und im eigenen Haus ist es auch irgendwie unappetitlich.

Tja, jetzt bin ich eine Mörderin, liebes Tagebuch. Das werden alle sagen. Ich sage: Ich bin eine Kammerjägerin, die dieses ganze Geschmeiß, die Kakerlaken und Asseln beseitigt. Alle leiden drunter, aber keiner tut was. Weil ja auch keiner was tun kann, was legal wäre, wie ich seit R. weiß. Man kapituliert nur. Erst vor zwei Tagen diese Frau in der Bim. Sie hat auch am Spittelberg gewohnt. Ist in ein gesichtsloses Grätzl im Fünfzehnten gezogen. Von Beruf Maklerin, wie sich herausgestellt hat. Maklerin! Sie hat noch Wohnungen hier, hat sie gesagt, mir aber im Vertrauen gestanden, dass sie niemandem, aber wirklich niemandem empfehlen kann und will, in diese Gegend zu ziehen. Zu teuer wegen der ganzen Spekulanten, die noch mehr leerstehende Zweitwohnsitze und Airbnb unterbringen wollen, zu laut wegen der Touristen, die bald an Zahl die Einheimischen überflügeln, absehbar mehr Lokale als Geschäfte. Und das von einem Profi. Das sagt doch alles, oder, liebes Tagebuch?

Jedenfalls hoffe ich, dass bald irgendjemandem die Zusammenhänge auffallen, zwischen den Diebstählen, den Einbrüchen, den Stinkbomben, den Ratten, dem Brand, den R. irrtümlich gelegt hat, und jetzt dem „Todesfall“. Dass Angst aufflammt. Im Netz die Berichte vom gefährlichen Wien viral gehen. Dass sie sich nicht mehr sicher fühlen und wegbleiben. Ich kreuze die Finger und klopfe drei Mal auf Holz. Ich will nicht umsonst getötet haben.

Seehofer und Perovic blätterten in den Niederschriften der Zeugenaussagen, die die Kollegen bei Nachbarn und in besagten Lokalen eingesammelt hatten.

Plötzlich stutzte Perovic. „Du, Seehofer, da scherzt einer, dass Airbnb auch immer gefährlicher wird, weil ja vor zwei Wochen ..." Ansatzlos hämmerte sie in den Computer.

Seehofer gab ihr eine Minute. „Was, Perovic?"

Sie hämmerte weiter, scrollte zwischendurch. „Na, dieser Brand."

„Welcher Brand? Es brennt ständig irgendwo."

„Der im Sechsten. Wo die sieben Leute per Zufall überlebt haben, weil einer von denen so eine Smartwatch gehabt hat, die ..."

„... Alarm gegeben hat, weil sein Herzschlag davongaloppiert ist", vollendete Seehofer und sah in der Sekunde wie ein Dachshund auf der Fährte aus: angespannt und mit glänzenden Augen. „Das war in einem Appartement." Nun hämmerte auch er.

Seehofer öffnete den Akt der damals involvierten Kollegen, Perovic fünf Fenster mit Medienberichten. Das Gesamtbild ergab: In einem Airbnb-Appartement war zwischen fünf und halb sechs in der Früh ein Feuer ausgebrochen. Ursache: eine brennende Zigarette in einem der unbenützten Betten. Ergebnis: Unterhalb des Fensters dieses Raums war ein sehr frischer Zigarettenstummel gefunden worden. Und keiner der sieben hatte diese Marke geraucht. Aber laut deren Zeugenaussagen war ein älterer Mann – tatsächlich einigte man sich auf Ende dreißig, was Seehofer wieder einmal klarmachte, dass er mit seinen knapp fünfzig wirklich schon zum alten Eisen gehörte – mit ihnen im Appartement gewesen, der vielleicht diese Marke geraucht haben mochte. Er war irgendwann im Laufe des Abends zur Gruppe gestoßen und hatte Geld und Ausweise mitgehen lassen, wie sich später herausstellte. Und dieser Mann hatte seinen gefährlichen Fauxpas eben nicht bemerkt, war gegangen, und das Unglück hatte seinen Gott sei Dank nicht letalen Lauf genommen. Ein Unfall.

Seehofer und Perovic sahen einander lange an.

Perovic streckte den Daumen. „Eine unbekannte Person." Den Zeigefinger. „Die nach dem Unglück verschwunden ist." Den Mittelfinger. „In einem Airbnb-Appartement." Den Ringfinger. „Diebstahl."

„In einem inneren Bezirk", fügte Seehofer hinzu.

Sie sahen einander ein weiteres Mal lange an.

„Das kann noch immer Zufall sein", meinte Perovic.

„Ja, kann es", stimmte Seehofer zu.

Perovic holte aus ihrer Schublade eine Dose Erdnüsse, gemeinsam knabberten sie sie halb leer.

Seehofer verschloss sie. „Ich glaube nicht an solche Zufälle."

„Ich auch nicht." Perovic legte die Hände flach auf den Tisch. „Okay, was haben wir? Diebstahl, Mord und Brand. Mit Beteiligung einer schemenhaften Person. Airbnb, Airbnb, Airbnb. Wir sollten einmal alle Anzeigen durchgehen, in denen dieser Begriff vorkommt."

Das taten sie. Und sie waren erstaunt, wie viele Daten der Polizeicomputer ausspuckte. Jede Nacht, sogar während dieses vermaledeiten Lockdowns damals während der Pandemie, hatte es eine erkleckliche Zahl an Anzeigen wegen Ruhestörung gegeben. Und diese Tussi mit den glänzenden

Haaren hatte recht gehabt: Es waren zum überwiegenden Teil Örtlichkeiten in den inneren Bezirken davon betroffen, vor allem in den Hotspots vierter, sechster, siebenter, achter, neunter und zweiter Bezirk.

„Warum eigentlich nicht erster?", fragte Seehofer.

„Weil die Innenstadt von den Superreichen aufgekauft ist."

„Stimmt. Da ist kein Platz mehr."

Sie versenkten sich wieder in die Akten.

„Hier! Ein Drogentoter", merkte Seehofer nach geraumer Zeit an. „Ist den Kollegen aufgefallen, weil er in den Haaren keinerlei Spuren von dieser speziellen Droge und außerdem einen völlig dilettantischen Einstich im Oberschenkel hatte. Und wieder einmal war da eine ominöse Person. Dieses Mal eine zierliche Schwarzhaarige."

Ein Mail von der Technik leuchtete bei ihnen auf. Man habe das Handy geknackt. Seit einem Dreivierteljahr gäbe es nur mehr eine Kommunikation mit einer einzigen anderen Nummer, und die gehöre ebenfalls zu einer Bewohnerin besagter Residenz. Die ihr Telefon einst als gestohlen gemeldet hatte.

Seehofer und Perovic lasen sich die Kurznachrichten durch. Verabredungen, zu zweit, alleine, für Lokale oder auch nur Gegenden. Verächtliche Berichte von Saufgelagen. Eine Schimpftirade, dass Ratten gegen Kakerlaken nichts ausrichten würden. Hoffnung, dass sich endlich was tun werde. Beschluss, das gestohlene Geld Obdachlosen zu geben. Kurzum: ein Pärchen, das versuchte, durch Attacken gegen Mieter von Airbnbs dieselben zu vertreiben.

Sie sahen einander an. Sehr lange.

„Kann sein, dass sie ihn umgebracht hat?", fragte Perovic.

Seehofer nickte bedächtig. „Auf jeden Fall brauchen wir jetzt Hilfe."

R. wäre beinahe mein Held geworden. Brand! Mein erster Gedanke war: Yeah, was für eine tolle Idee! Feuer macht allen Menschen Angst, und zwar wesentlich mehr als Diebstähle, Gestank und Ratten. Ein bissel das Gerücht streuen, dass in Wien die Sicherheitsvorkehrungen lasch sind – was sie nicht sind, aber das ist dem Netz egal. Ein Gerücht, und jeder glaubt es. Also an sich eine gute Sache. Aber er hat mir gestanden, dass er die Tschick unabsichtlich verloren hat, weil er mit dem Geschmeiß zu viel mitgesoffen hat. Deshalb war das Feuer einfach nicht effektiv genug. Und dann ist auch noch wegen des Scheißhandys von diesem Scheißorthorexen niemandem ernsthaft etwas passiert. Bloß ein „Unfall".

Nein, liebes Tagebuch, so kommen wir nicht weiter. Anschläge gehen unter, wenn sie nicht so Taratata sind wie Bombenattentate. Und warum haben die die ganze Aufmerksamkeit? Weil wer stirbt. Weil viele sterben.

Mensch, was rede ich da? Das liegt wohl daran, dass ich jetzt wieder einmal bereits dreizehn Nächte nicht mehr als zwei Stunden am Stück geschlafen habe. Das macht wuschi im Kopf. Wenn ich gestern eine Pumpgun gehabt hätte, wäre die Gasse unten ein einziger Blutsee gewesen. Ja, manchmal habe ich die Vision, dass ich mit dem größten Küchenmesser, das ich habe, runtergehe und kühl lächelnd jeden einzeln absteche.

Das kann man natürlich nicht machen. Ich bin keine Gewalttäterin. Ich will niemandem etwas tun, aber ich will auch nicht, dass irgendjemand MIR etwas tut. Doch das passiert die ganze

Zeit. Habe ich nicht ein Recht auf Notwehr? Auf „Gleiches mit Gleichem“?

Meine Oma ist an diesem ganzen Wahnsinn gestorben. Soll es mir ebenso ergehen?

Seit einer Viertelstunde grölt eine Horde von zehn Kakerlaken, obwohl die Polizei unweit gerade bei einer anderen Horde amtshandelt. Wir ärgern sie mit unseren kleinen Attacken schon mehr als ein halbes Jahr und nichts ändert sich. Nein, es geht nicht anders, die müssen Angst bekommen. Und die bekommen sie nur, wenn jemand stirbt. Sie haben den Krieg begonnen, und jetzt wird es eben auf der anderen Seite ein paar Opfer geben.

Ich kann aber kein Blut sehen.

Seehofer und Perovic fassten ihre Beobachtungen zusammen und jagten den Bericht samt Foto des Toten und der Bitte um Mithilfe durch die internen Kommunikationskanäle.

Nun hieß es warten. Gerade, als sie überlegten, die Erdnüsse gar zu machen oder sich beim Würstelstand zu stärken, stürmte Kollege Dietrich aus der eigenen Abteilung zu ihnen ins Büro. Schnurstracks ging er zur Pinnwand und beäugte das Foto des Toten.

Er nickte. „Das ist er.“ Dann schüttelte er den Kopf. Er könne sich nicht vorstellen, dass dieser Mann tatsächlich mit Diebesgut in der Hand ermordet worden war, er sei ihm so ehrenwert erschienen, verantwortungsbewusst, voller Pflichtgefühl.

„Wer?“, unterbrach Seehofer die Suada.

„Rufus Bitterlich. Von der MA 59.“

„Was hast du mit dem Marktamt zu tun gehabt?“, fragte Perovic.

Während der Pandemie habe das Marktamt von sich aus Stichproben in Wohnungen hinsichtlich deren Nutzung als Airbnb gemacht. Und da wäre man öfters über eine Überbelegung gestolpert, natürlich in Kombination mit der Nichtbeachtung sämtlicher Corona-Regeln. Und man habe miteinander diskutiert, inwieweit fahrlässige Körperverletzung zum Tragen käme. Sehr engagiert sei er eben gewesen.

Perovic zeigte ihm die Kurznachrichten.

Dietrich wurde die Fassungslosigkeit in Person. Doch dann meinte er, dass Bitterlich mit der Zeit schon ein bissel fanatisch geworden sei. „Einmal haben die Mieter von so einem Appartement Ratten gemeldet. Und er wollte unbedingt, dass wir die Besitzer wegen Gemeingefährdung ins Visier nehmen. Aber das geht uns ja wirklich nichts an, wäre eher sein Job gewesen."

In die allgemeine betroffene Stille wirbelte eine junge Kollegin. Sie kam mit Neuigkeiten aus der Seniorenresidenz. Dort sei vor kurzem eine Betreuerin – sie legte das Foto einer zierlichen Brünetten auf den Tisch – entlassen worden, weil sie beim Diebstahl eines Mobiltelefons erwischt worden war. Und da man sie schon vor einem Dreivierteljahr desselben Delikts verdächtigt habe und außerdem Drogen aus dem Giftschrank verschwunden seien, was man ihr allerdings nicht hieb- und stichfest anlasten könne, wäre man nun auf Nummer sicher gegangen.

Perovic überprüfte den Namen. Die junge Frau war am Spittelberg gemeldet, und zwar genau im Nebenhaus vom Tatort.

Sie stürmten aus dem Büro.

Seit heute bin ich allein im Haus – also abgesehen vom Levantiner unten, der zumindest von Mittag bis Mitternacht geöffnet hat. Denn die Studenten vom ersten Stock sind ausgezogen, als letzte, jetzt werden sie auch aus dieser Bude ein Airbnb machen. Frage mich nur, wie sie das Klo in die Wohnung integrieren wollen. Gegenüber ist die Lage nicht viel besser. Insgesamt vierzehn Wohneinheiten. Drei davon nützen reiche Zweitwohnsitzer für ihre Opernbesuche, zwei sind ein Architektenbüro, eine alte Frau hält noch durch, dann zwei Studenten-WGs, die sich aber nicht viel besser aufführen als die Partytouristen in den sechs Wohnungen, die jetzt Airbnb sind. Die Häuser links und rechts davon im Prinzip dieselbe Entwicklung. Da gibt es so eine Karte, auf der Punkte aufleuchten, wo solche Appartements installiert sind. Wir sind hier zugeschissen damit. Und mit Lokalen. Deren Betrieb sich wegen des beschissenen Nichtrauchergesetzes ständig nach draußen verlagert. Ich halt es nicht mehr aus. Jede Nacht Lärm, bis der Morgenverkehr beginnt. Die Schlaftabletten habe ich abgesetzt, habe zu viel genommen, will mich ja nicht umbringen. Dann der Dreck, wenn ich in der Früh raus auf die Straße gehe. Bis auf einen Scheißhaufen habe ich schon alles auf unserer kleinen Stiege gefunden – Alkohol in Flaschen und Dosen, Glassplitter, Unterhosen, Erbrochenes, versiffte Taschentücher, einmal sogar einen benützten Tampon. Zum Kotzen. Meine Freunde sagen, ich soll doch einfach umziehen. Ja, eh. Meine Familie wohnt ja bloß erst seit vier Generationen hier, es sind ja bloß hundertzehn Quadratmeter mit Terrasse um einen Preis, für den man nicht einmal in der hintersten Steiermark etwas bekommt. Legal kriegen sie mich nicht hinaus, aber es reicht, dass sie all meine Beschwerden ignorieren, dass sie mich bei den Bullen anschwärzen, wenn der Mistkübel umgefallen ist, weil ich ja angeblich so eine Querulantin bin. Sie wollen mich hinausha-

ben, um auch mit meiner Wohnung Reibach zu machen, und ich kann im Prinzip nichts dagegen tun. Das weiß ich, seit ich Rufus kennengelernt habe.

Ja, liebes Tagebuch, das habe ich dir noch gar nicht erzählt. In der Residenz bin ich mit dem Sohn vom Bitterlich ins Gespräch gekommen. Stellt sich heraus, dass Rufus beim Marktamt und damit zuständig für diese Scheißvermieterei ist. Habe ihn gleich gelöchert, was man so gegen die tun könnte. Aber er hat mir jegliche Illusion genommen. Wenn es nicht mehr privat ist, das Vermieten – das wäre es nur, wenn ich zum Beispiel jemanden in meinem Kabinett schlafen ließe –, dann braucht man nur ein freies Gewerbe anmelden. Ein paar checken das nicht, hat er mir erzählt, aber die Geldstrafen sind auch nicht die Welt. Es bräuchte einfach strengere Gesetze. Er hat sich voll die Zeit für mich genommen, weil er, wie sich dann herausgestellt hat, selbst unter diesem Wahnsinn leidet. Er ist im Sechsten daheim und auch schon verzweifelt. Wie Kakerlaken, die nur an ihr Vergnügen denken und nichts um sich herum wahrnehmen, seien die. Seine Frau macht den ganzen Tag nichts anderes mehr, als eine neue Wohnung zu suchen. Und das bei den Immobilienpreisen zurzeit. Sie sind kurz vor der Scheidung.

Beim dritten Treffen hat er leicht illuminiert gemeint, man müsse diesem Gesocks irgendwie die Freude am Partymachen nehmen. Wien sei viel zu nett. Das hat mir gefallen. Wir haben von Stinkbomben und Ratten fantasiert, die wir denen unterschieben. Danach konnte ich das erste Mal seit langem vier Stunden am Stück schlafen.

Und unser Gespräch lässt mich seitdem nicht mehr los. Ihn auch nicht, wie er mir vorhin gesmst hat. Würde dir das gefallen, liebe Oma? Ich glaube schon. Und wenn es das Letzte ist, was ich tue: dich rächen.

Andreas Gruber

Die Behinderten-Gang

Auf zu neuen Taten

Wien-Floridsdorf

»Okay, auf geht's«, murmelte Tilda zu sich selbst und wischte sich das lange glatte Haar aus der Stirn. Sie steckte sich die Sonnenbrille ins Haar, atmete tief durch, dann läutete sie an der Tür. Im Treppenhaus roch es nach Schnitzel und Brathendl. Sonntags wurde fleißig in den Wohnungen gekocht. Aus einigen Stockwerken drang Kinderlachen, irgendwo kläffte ein Hund.

Sonst nichts – keine Reaktion!

Sie läutete noch einmal an der Nummer neun. *Wieder nichts!* Sie wollte schon das Ohr an die Tür legen, um zu hören, ob sich etwas in der Wohnung tat, als sie zurückzuckte, da sie einen Schatten hinter dem Türspion wahrnahm.

Jemand befand sich also in der Wohnung und beobachtete sie. Dann hörte sie das leise Klicken der Türkette. Dieser jemand gab keinen Mucks von sich und hatte schon mal vorsichtshalber die Kette vorgelegt. *Nicht mit mir!* Sie drückte den Finger auf die Klingel und nahm ihn nicht mehr herunter. Die Sekunden verstrichen.

»He! Ruhe!«, brüllte jemand aus der Nachbarwohnung, aber Tilda ließ sich nicht abwimmeln.

Hinter dem Türspion wurde es wieder hell, dann legte sich neuerlich ein Schatten darüber. Anscheinend wurde sie nun von einer zweiten Person begutachtet. Immer noch mit dem Finger auf der Klingel, pochte sie mit der anderen Hand gegen die Tür. »Hallo! Ich weiß, dass jemand zuhause ist.«

Schließlich wurde die Tür einen Spalt breit geöffnet. Wie sie richtig vermutet hatte, war die Kette vorgelegt. Rasch schob sie den Fuß in den Türspalt. Sollten die Bewohner doch versuchen, die Tür gewaltsam zu schließen, sie würde dank der dicken Sohlen ihrer Joggingschuhe nicht viel spüren.

»Was wollen Sie?«, krächzte ein Mann, von dem sie nur eine dunkle Silhouette erkennen konnte.

»Darf ich reinkommen?«

»Nein! Was wollen Sie? Sind Sie von der Polizei?«

»Würde ich da so höflich fragen?«

»Wer sind Sie dann?«

»Können wir das in der Wohnung besprechen? Die Nachbarn schauen schon neugierig.«

»Worum geht es denn?«

»Hören Sie ...«, seufzte Tilda. Langsam verlor sie die Geduld. So einen beschissenen Tag wie heute hatte sie seit gestern nicht mehr. »Lassen Sie uns drinnen weiterreden, okay?«

»Worüber?«

Tilda sah, wie sich ein zweiter und dritter Kopf neugierig in den Türspalt drängte. Da waren sie also alle versammelt. »Sie kennen mich doch, richtig?«, stellte sie fest.

»Ja, tun wir«, sagte der Mann.

»Dann wissen Sie auch bestimmt, weshalb ich hier bin.«

Die drei schüttelten den Kopf.

»Wirklich nicht?«, seufzte Tilda. »Ich fürchte, dann muss ich Ihrem Gedächtnis etwas auf die Sprünge helfen. Also vor fast genau einem Monat, am 15. Mai, da wurde ...«

»Ja, schon gut, seien Sie um Himmels willen still und kommen Sie rein.«

Sesam, öffne dich!

Die Kette wurde abgenommen und die Tür ging auf.

Zehn Tage zuvor
Polizeikommissariat, Wien-Döbling

Staatsanwalt Fiedler betrat den fensterlosen Verhörraum. Dabei sah er Woizek mit einem so intensiven Blick an, als wollte er gewaltsam in die Gedanken des kleinen, unscheinbaren Mannes eindringen, den er hier schon seit geschlagenen zwei Stunden brüten ließ.

Seitdem Fiedler jeden Morgen eine Schüssel gesundes Müsli statt dick mit Nutella bestrichene Weißbrotscheiben aß, Kamillentee statt starken Kaffee trank und nicht mehr rauchte, weil seine Frau das so wollte, war er ein völlig neuer Mensch: *unausgeglichen, reizbar und aggressiv!* Er wusste ja, dass Schokolade keine Probleme löste, aber ein grüner Apfel tat das auch nicht. Und so bekamen seine Mitarbeiter seit Wochen seine miese Laune ab. Doch diesmal sollte Woizek sie abkriegen!

Fiedler ließ die schwere Mappe vor Woizek lautstark auf den Tisch fallen, sodass das Diktafon hochhüpfte. Dann setzte er sich und blätterte durch den Bericht der Spurensicherung und die Protokolle der Zeugenbefragungen. Der Rest der dicken Mappe, die allein schon durch ihren Umfang eine einschüchternde Wirkung hatte – zumindest war das Fiedlers Hoffnung, denn letztendlich hatte er nicht viel gegen Woizek in der Hand – war mit leeren Blättern gefüllt. Vielleicht legte der kleine Mann ja ein Geständnis ab. Das war seine große Hoffnung. »Sie waren in der Nacht vom 15. zum 16. Mai dieses Jahres in der Villengegend im Bezirk Döbling, nicht wahr?«

Woizek schob sich die runde, beschlagene Brille über den geröteten Nasenrücken. »Nein«, murmelte er.

Fiedler ignorierte die Antwort. »Sie sind durch die Gegend geschlendert, bis Sie schließlich die kürzlich renovierte Jugendstilvilla in der Leopold-Steiner-Gasse entdeckt haben.«

»Äh ... nein.« Woizek sah kurz zu Boden, woraufhin sich das Deckenlicht auf dem dünnen Schweißfilm seiner Glatze spiegelte.

»In der Einfahrt stand ein nagelneuer weißer Tesla mit dem Wiener Kennzeichen CKM1. Sie haben die Scheibe des Wagens x-förmig mit einem Paketband beklebt und sie dann rechts unten mit einem Stein eingeschlagen.«

»Warum hätte ich das tun sollen?«, fragte Woizek.

»Weil die Spannung an dieser Stelle am größten ist und der Stein nicht wegfedert, was in der Mitte der Scheibe zweifelsohne passiert wäre.«

»Nein, ich meine, warum hätte ich das *grundsätzlich* tun sollen?«

Fiedler ignorierte auch diese Frage. »Sie fanden im Handschuhfach des Wagens die Fernbedienung für die Garage. Und so sind Sie ins Haus gelangt, richtig?«

Woizek schüttelte amüsiert, aber dennoch leicht genervt den Kopf. »An Ihrem Humor müssen Sie noch arbeiten.«

»Geben Sie sich keine Mühe, witzig wirken zu wollen«, entgegnete Fiedler. »Ich weiß, dass Sie es waren.«

Nun schnaufte Woizek lautstark. »Wie kommen Sie ausgerechnet auf mich?«

»Das braucht Sie nicht zu interessieren.«

»Nur weil ich für die besagte Nacht kein Alibi habe? Tausende andere in Wien vermutlich auch nicht. Ich war nicht einmal in der Nähe dieser Gasse.«

Fiedler ignorierte die Aussage und blätterte durch die Akten. »Sie waren früher Fliesenleger, wie ich sehe. Ein guter?«

»Ich hatte eine eigene Firma – und ja, das Geschäft lief nicht schlecht.«

»Bis Sie einen Unfall hatten«, fuhr Fiedler fort. »Beim Herunterbrechen eines alten Fliesenbelags mit einem Bohrhammer, nicht wahr?« Er sah auf.

Woizek nickte. »Durch Silikon und Fliesenkleber hatte ich mir die Haut verätzt und bekam eine schwere Infektion, die im Krankenhaus mit einem Antibiotikum behandelt wurde. Aber der Wirkstoff war zu hoch dosiert, und nach zehn Tagen kam es zu einer heftigen Abwehrreaktion des Körpers. So haben es mir zumindest die Ärzte erklärt, als sie die Sache nicht mehr in den Griff bekamen.«

»Und danach?«

Woizek zuckte mit den Achseln. »Die Folge war eine Schädigung des Innenohrs, was zu Taubheit sowie Schwindelanfällen und Verlust des Gleichgewichtsgefühls geführt hat.«

»Verstehe.« Fiedler nickte. »Danach konnten Sie Ihren ursprünglichen Beruf nicht mehr ausüben. Mit Ihrer Behinderung ...« Er sah kurz auf. »... sagt man das so?«

Woizek nickte.

»... fanden Sie jedoch einen Job bei einem Gemüsehändler in der Wiener Innenstadt, der bekannt dafür war, Behinderte aufzunehmen.«

»Ja, auch das ist richtig. Ich habe dort Gemüse verkauft, aber ich verstehe den Zusammenhang immer noch nicht.«

»Aber diesen Job«, fuhr Fiedler unbeeindruckt fort, »haben Sie kürzlich verloren, weil der Gemüsehändler seinen Laden zusperren musste. Seitdem sind Sie arbeitslos.«

Woizek stöhnte auf, als ahnte er jetzt endlich, woher der Wind wehte. »Und jetzt denken Sie, dass ich dringend Geld brauchte und mir deshalb willkürlich eine der Döblinger Villen ausgesucht habe, um dort einzubrechen, mit meinen grandiosen speziellen Fähigkeiten als ehemaliger Fliesenleger.«

»Nicht *willkürlich.*« Fiedler schüttelte den Kopf. »Es war eine bestimmte Villa, die Sie *bewusst* ausgewählt haben.« Er richtete den Finger auf ihn.

»Aha ...« Woizek lächelte missmutig. »... und ich habe mich schon die ganze Zeit gewundert, warum ich nicht von einem gewöhnlichen Kripoermittler, sondern von einem Staatsanwalt verhört werde. Der Fall ist wohl Chefsache?«

»Sie können davon ausgehen, dass es sich um kein lächerliches Delikt handelt, aber kommen wir zurück zum Thema. Wie ich bereits sagte, es war eine bestimmte Villa.« Fiedler zeigte Woizek die gestochen scharfen Hochglanzfotos einer blütenweißen, neu renovierten Jugendstilvilla mit Erkern, Spitzdach und Balkonen.

Woizek betrachtete das Foto, den Vorplatz und den leicht ansteigenden Schotterweg zur Garage und zur Villa. »Ich weiß ja nicht einmal, wer dort wohnt.«

»Ach?«, fragte Fiedler spitz. »Sie haben im Handschuhfach des Wagens doch bestimmt den Dienstausweis mit dem Abzeichen der Inspektorin gefunden, die in der Villa lebt.«

»Inspektorin?« Woizek richtete sich auf.

»Richtig.« Fiedler strich sich über den Dreitagebart. »Und daran haben Sie erkannt, dass Sie das richtige Haus erwischt haben«, murmelte er.

Woizek sah ihn verwirrt an. »Was sagten Sie zuletzt? Sie müssen schon die Hand vom Mund nehmen, sonst kann ich nicht Lippenlesen.«

»Entschuldigen Sie.« Da Woizeks Worte nicht wie die eines Taubstummen klangen, der von Geburt an taub war, sondern absolut verständlich waren, hatte Fiedler für einen Moment vergessen, dass der Mann nichts hörte. Nun wiederholte er seine Aussage.

»Sie wissen schon, dass ich absolut taub bin«, hakte Woizek nach. »Wie hätte ich da hören sollen, ob die Alarmanlage des Autos anspringt, nachdem ich *angeblich* die Scheibe eingeschlagen habe?«

Darauf wusste Fiedler keine Antwort. Nun beugte sich sein Assistent, der die ganze Zeit ohne ein Wort zu sagen neben ihm gesessen und mitgehört hatte, zu ihm herüber und flüsterte: »Er hat recht, er ...«

»Sie brauchen nicht zu flüstern, der Mann ist taub!«, unterbrach Fiedler ihn.

Sein Assistent lief rot an. »Richtig.« Dann hielt er sich die Hand vor den Mund. »Woizek hätte weder die Alarmanlage des Autos hören können, noch den Nachbarhund, sofern der gebellt hat, und schon gar nicht, wenn sich jemand heimlich von hinten an ihn herangeschlichen hätte. Er kann es gar nicht gewesen sein.«

Fiedler nickte. »Ja, verdammt, ich weiß!«, knurrte er.

Drei Tage später
Büro der Staatsanwaltschaft, Wien-Josefstadt

Staatsanwalt Fiedler führte die Vernehmung der Verdächtigen gern in seinem eigenen Büro durch. Die hohen Wände mit den Regalen aus Mahagoni, den dicken Büchern, Urkunden und gerahmten Dienstfotos wirkten einerseits gemütlich, andererseits drückten sie aber auch eine unterschwellige Bedrohung von Bürokratismus und Staatsgewalt aus. Und genau diese Stimmung brauchte er, um seine Verdächtigen weichzukochen.

Diesmal saß ein Mann namens Lewinski ihm gegenüber am Besuchertisch. Er war stämmig, hatte einen grauen Vollbart, trank seinen Kaffee schwarz, war ohne Anwalt aufgekreuzt und hatte auf jede Rechtshilfe verzichtet.

Fiedler schlug den dicken Aktenordner auf. »Und nachdem Sie den weißen Tesla aufgebrochen haben, öffneten Sie mit dem Funkschlüssel das Garagentor und gelangten so in die Villa.«

Lewinski war ein harter Brocken, er hatte bisher keine einzige Reaktion von sich gegeben, sondern sich alles stillschweigend angehört, doch jetzt zog er die buschigen Augenbrauen zusammen. »Wessen Villa?«, brummt er.

»Die von Cassandra Kreidenbach-Möller.«

»Nie gehört den Namen.«

»Ach?«, fragte Fiedler spitz. »Vierundfünfzig Jahre alt, Abschluss der HBLA und sämtliche Fort- und Weiterbildungskurse, die man sich vorstellen kann.«

»Beeindruckend«, brummte Lewinski. »Aber die Dame hat sich mir nie vorgestellt.«

»Sie ist Lebensmittelinspektorin des Wiener Marktamtes.«

»MA 59?«, fragte Lewinski.

»Bingo! Als hochrangige Beamtin leitet sie die Abteilung Lebensmittelkontrolle.«

»Was hat das mit mir zu tun?«, fragte Lewinski. »Was sollte ich Ihrer Meinung nach mit ihr angestellt haben? Ein Tänzchen im Wohnzimmer bei einer Flasche Wein?«

»Witzig.« Fiedler verzog keine Miene. »Sie ist in der Nacht vom 15. zum 16. Mai spurlos verschwunden.«

»Wie kommen Sie darauf, dass ausgerechnet ich etwas damit zu tun haben könnte?«

»Das braucht Sie nicht zu interessieren.« Fiedler blätterte durch die Akten. »Früher waren Sie Maurer in einem der größten Bauunternehmen der Stadt, haben am Wochenende gepfuscht, hatten dabei aber einen Unfall, sind vom Gerüst gefallen und konnten danach ihren ursprünglichen Beruf nicht mehr ausüben. Die Versicherung hat Ihnen keinen Cent gezahlt. Und zu allem Überfluss hatten Sie auch noch eine Anzeige wegen Schwarzarbeit am Hals.«

»Gut recherchiert, aber was hat das mit dieser Meidenbach-Kröller zu tun?«

»Kreidenbach-Möller«, korrigierte ihn Fiedler. »Das kann ich Ihnen sagen. Mit Ihrer Behinderung fanden Sie über das AMS nur noch einen Job in einem Kebabstand, der bekannt dafür war, Behinderte zu beschäftigen. Sie haben Döner verkauft.«

»Und?« Lewinski schien irritiert.

»Die Dönerbude musste vor einigen Monaten schließen, seitdem sitzen Sie ohne Job auf der Straße – und so führte eins zum anderen.«

»Eins zum anderen?«, wiederholte Lewinski, der jetzt spürbar sauer wurde.

»Sie haben Inspektorin Cassandra Kreidenbach-Möller aus Ihrer Villa entführt!«

»Warum zum Teufel hätte ich das tun sollen?«

»Liegt das nicht auf der Hand? Rache!« Fiedler hob die Schultern und beugte sich nach vorn. *»Sie* waren es!«

»Na klar.« Lewinski lachte laut auf, während er auf die Fotos zeigte. »Selbst wenn ich es von diesem weißen Tesla irgendwie durch den Schotter – das ist doch Schotter, oder? – bergauf zur Garage geschafft hätte, wie hätte ich das Ihrer Meinung nach anstellen sollen? Ich habe mir die Frau wohl kaum über die Schulter geworfen, bin dann mit ihr gemütlich aus dem Haus spaziert und bis zur nächsten Busstation die Straße hinuntergelaufen.« Er stemmte sich vom

Tisch weg, fuhr mit dem Rollstuhl zurück und drehte sich in Richtung Tür. »Wenn das alles ist, was Sie haben, schlage ich vor, dass wir dieses Gespräch jetzt beenden. Ich muss in einer Stunde bei meiner Heiltherapeutin sein. Schönen Tag noch.«

Fiedler sah Lewinski nach, wie er im Rollstuhl zur Tür fuhr.

»Könnten Sie mir bitte die Tür öffnen«, rief Lewinski übel gelaunt über die Schulter.

In diesem Moment beugte sich Fiedlers Assistent zu ihm und flüsterte ihm ins Ohr. »Ich glaube kaum, dass ...«

»Ja, schon gut, halten Sie die Klappe und lassen Sie ihn raus«, seufzte Fiedler.

Fünf Tage später
Landesgericht für Strafsachen, Wien-Josefstadt

Der Prozess dauerte schon über eine Stunde, der Richter hatte bisher keine Miene verzogen, schien ziemlich gelangweilt, und Fiedler bekam immer größere Schweißflecken unter seinem Sakko, das er trotz der Hitze nicht abzulegen wagte. Er hatte schon seit drei Wochen keine Zigarette mehr geraucht, und der Fall der verschwundenen Inspektorin raubte ihm seit Nächten den Schlaf.

»Herr Staatsanwalt, haben Sie noch weitere Fragen an Herrn Schröder?«, fragte ihn der Richter nun.

»Ja, die habe ich durchaus.« Fiedler betrachtete den Mann auf der Anklagebank.

Schröder war um die fünfzig, ein schlanker Mann, gut aussehend, mit sehnigen Armen, und gut gekleidet. Allerdings sah man seinem schwarzen Anzug und der roten Krawatte an, dass sie mittlerweile schon öfter in der Reinigung waren, als dem Stoff guttat.

Fiedler räusperte sich. Da Schröder auf einen Pflichtverteidiger verzichtet hatte und sich selbst vertrat, würde Fiedler leichtes Spiel haben. »Sie sind früher Tischler gewesen, nicht wahr?« Es war eine rhetorische Frage, auf die er keine Antwort erwartete. »Dann hatten Sie jedoch einen Unfall. Durch unsachgemäße Handhabung einer Maschine bekamen Sie Holzsplitter in die Augen, woraufhin Sie Ihren Beruf nicht mehr ausüben konnten. Mit dieser Einschränkung fanden Sie Jahre später über das AMS jedoch einen Job in der Küche einer Take-away-Pizzeria, die bekannt dafür war, dass Behinderte dort arbeiteten.«

Schröder nickte.

»Haben Sie dort Pizzen belegt?«

»Das wäre mir etwas schwergefallen – ich kann überhaupt nicht kochen, um ehrlich zu sein, bin ich ein miserabler Kocher.«

»Sie meinen *Koch*«, korrigierte ihn Fiedler.

Schröder lächelte. »Sehen Sie, ich weiß nicht einmal, wie dieses Wort genau heißt.«

»Versuchen Sie nicht, witzig zu sein. Was haben Sie stattdessen gemacht?«

»Nun, ich habe in der Küche das Geschirr abgewaschen.« Schröder legte den Kopf schief und starrte geduldig durch Fiedler hindurch.

»Haben Sie diesen Job geliebt?«

»Man nimmt, was man kriegt.«

»Haben Sie die Arbeit gut gemacht?«

Schröder zuckte mit den Achseln. »Ich denke schon.«

»Worauf wollen Sie hinaus?«, fragte der Richter sichtlich genervt. »Kommen Sie zur Sache!«

»Ich bin dabei, Euer Ehren.« Fiedler verschränkte die Arme hinter dem Rücken und ging durch den Gerichtssaal. »Die vermisste Person, Lebensmittelinspektorin Cassandra Kreidenbach-Möller, wechselte vor zwei Jahren in einen anderen Rayon. In diesen neuen Aufgabenbereich fiel auch jene Take-away-Pizzeria, in der der Angeklagte gearbeitet hat. Frau Kreidenbach-Möller war bekannt dafür, dass sie die Imbissbuden-Razzien, wie sie ihre Lebensmittelkontrollen nannte, gern überraschend durchführte. Laut Aussagen ihrer Mitarbeiterinnen sagte sie über jene Pizzeria, dass man in der Küche sogar vom Boden essen könne – man fände immer etwas. Ja, sie war ziemlich nett, das muss man schon sagen. Ihrer Meinung nach hatten die Kunden des Take-aways keinen Magen, sondern eine Restmülltonne in ihrem Körper.«

»Kommen Sie endlich zum Punkt, Herr Staatsanwalt«, unterbrach ihn der Richter erschöpft.

Fiedler ignorierte ihn und wedelte mit dem Arm. »Gewerberecht, behördlicher Konsumentenschutz, Kontrolle der Preisauszeichnung oder Rauchverbot in der Gastronomie interessierte Kreidenbach-Möller nicht besonders, stattdessen konzentrierte sie sich auf Lebensmittel- und Hygienekontrollen. Sie war dafür berüchtigt, Läden zu schließen, die ihr nicht in den Kram passten. Anscheinend hatte sie es dabei auf Betriebe abgesehen – Kebabbuden, Gemüsehändler oder Take-aways –, in denen Menschen mit körperlichen Beeinträchtigungen arbeiteten.«

»Wollen Sie Frau Kreidenbach-Möller unterstellen, dass sie behindertenfeindlich war?«, fragte der Richter.

Fiedler nahm eine Flügelmappe von seinem Tisch und schwenkte sie herum. »Ich habe hier ein psychologisches Gutachten, das belegt, dass Frau Cassandra Kreidenbach-Möller unter Ableismus litt.«

Der Richter rollte mit den Augen. »Das zu Deutsch *was bedeutet?*«

»Eine Phobie gegenüber behinderten Menschen. Dazu muss man wissen, dass Frau Kreidenbach-Möller seit ihrem zweiten Lebensjahr – aufgrund einer Kinderlähmung – selbst ein verkrüppeltes Bein hatte und stets versuchte, diese Behinderung zu kaschieren. Um es höflich auszudrücken: Sie hasste körperlich beeinträchtigte Menschen, wie mir viele ihrer Mitarbeiterinnen bestätigen konnten – eine Art Selbstschutz, um von ihrer eigenen Behinderung abzulenken.«

Der Richter wedelte mit der Hand. »Gut, weiter im Text!«

»Nun, Frau Kreidenbach-Möller war letztendlich auch dafür verantwortlich, dass Herr Schröder seinen Arbeitsplatz verloren hat. Sein Motiv ist Rache. Der Angeklagte hat zur Tatzeit kein Alibi, und er ist kräftig genug, um in der Lage zu sein, ins Haus einzudringen und die Frau zu überwältigen.«

»Aber wie hätte ich sie Ihrer Meinung nach aus dem Haus bringen sollen?« Schröder griff, mittlerweile nun doch etwas ungeduldig, zu seinem Blindenstock und trommelte mit den Fingern auf dem Knauf. Wiederum starrte er ins Nichts, als blickte er durch Fiedler hindurch.

»Vielleicht mussten Sie die Frau ja gar nicht rausbringen?«, widersprach Fiedler. »Möglicherweise haben

Sie die Leiche im Garten vergraben oder sie fein säuberlich zerstückelt und in mehreren Koffern aus dem Haus geschafft.«

»Etwa im Taxi?«, fragte Schröder mit einem missbilligenden Lächeln.

»Ja, vielleicht.« Fiedler sah den Richter an. »Ich beantrage eine weitere Hausdurchsuchung, um nach neuen Spuren zu forschen, sowie eine Begehung des Grundstücks mit einem Leichenspürhund.«

Der Richter sah zu Schröder. »Was meinen Sie zu diesen Anschuldigungen?«

Schröder holte tief Luft, irgendwie wirkte er jetzt sogar ziemlich entspannt dabei. »Bei allem Respekt, aber meiner Meinung nach sollte sich der Herr Staatsanwalt schnell zuhause hinlegen. Ich fürchte, er hat schon ganz hohes Fieber.«

Der Richter zog eine Augenbraue hoch. Nun sah er mit einem gelangweilten Blick und herabhängenden Pausbacken zu Fiedler. »Ist das alles, was die Staatsanwaltschaft vorzubringen hat? Einen blinden Mann mit einem schwachen Motiv, der kaum die Möglichkeit und schon gar nicht die Mittel hatte, diesen Einbruch zu bewerkstelligen? Noch dazu ohne den geringsten Beweis, dass überhaupt ein Mord vorliegt?«

»Ja, Euer Ehren«, seufzte Fiedler niedergeschmettert.

»Haben Sie vielleicht noch etwas anderes vorzubringen außer diesen schwachen Indizienzirkus?«

Fiedler kaute auf der Unterlippe. »Ich fürchte nein.« Tatsächlich hatte er in den letzten Wochen alle dafür infrage kommenden Täter, die ein Motiv gehabt haben könnten, verhört. Doch nun war er mit seinem Latein am Ende.

Der Richter zupfte an seiner Robe und erhob sich. »Dann erkläre ich das Beweisverfahren hiermit für abgeschlossen und verkünde das Urteil: Der Angeklagte wird wegen mangelhafter Beweisführung von der Anklage freigesprochen.« Der Richter ließ den Hammer niedersausen. Die Show war vorbei.

Wien-Floridsdorf

Die Wohnungstür schloss sich hinter Tilda. Sie stand im Vorraum. Es roch nach Pizza und Bier. Im Hintergrund lief ein Radio. Die drei Männer befanden sich ihr gegenüber. »Soll ich die Schuhe ausziehen?«, fragte sie.

»Können Sie anbehalten«, sagte Schröder. »Ich habe diesen Monat noch nicht staubgesaugt.«

Tilda blickte zu Boden. *Womit er wahrscheinlich recht hat.* Die anderen beiden, Woizek und Lewinski, die offenbar gerade zu Besuch waren, starrten sie neugierig an.

Auch Schröders Gesicht, mit dunkler Sonnenbrille, war ihr zugewandt. Nun hob er den Kopf, reckte die Nase und schnupperte. »Ich erkenne Ihr Haarshampoo.«

Der ist verdammt gut – unterschätz ihn nicht, dachte Tilda. »Wir sind uns im AMS begegnet«, sagte sie. »Ich arbeite dort. Das heißt, ich habe beim AMS gearbeitet ... bis gestern.«

»Das meinte ich nicht«, korrigierte Schröder sich. »Sie waren im Gerichtssaal.«

»Oh ja, stimmt. Vor zwei Tagen. Ich habe Ihren Prozess verfolgt. Sie haben sich gut verteidigt.«

Er hob die Augenbraue. »Und warum waren Sie da?«

»Wollen wir hier im Vorraum darüber reden?«, fragte Tilda.

»Von mir aus kommen Sie weiter.« Schröder drehte sich um und ging ins Wohnzimmer. Woizek folgte ihm, Lewinski drehte den Rollstuhl und fuhr auch ins Wohnzimmer. Tilda ging ihnen nach.

»Nehmen Sie Platz.« Schröder setzte sich in einen bequemen Fauteuil.

Lewinski fuhr mit dem Rollstuhl zu einem wuchtigen Tisch mitten im Wohnzimmer, auf dem leere Pizzakartons lagen und halbvolle Biergläser standen. Anscheinend hatten die drei etwas zu feiern. Tilda setzte sich hin und schob die Essensreste von ihrem Platz weg.

Indessen lief Woizek nervös vor dem Fenster auf und ab und blickte ständig zur Straße hinunter. »Ist Ihnen jemand gefolgt?«, fragte er.

Tilda schüttelte den Kopf, woraufhin Schröder sie fragend ansah. »Äh, nein«, sagte sie laut.

»Ich bin blind, nicht taub«, empörte sich Schröder.

»Entschuldigung«, flüsterte sie kleinlaut.

Nun wiederum sah Woizek sie fragend an. »Sie müssen mich schon ansehen, sonst kann ich nicht von Ihren Lippen lesen.«

»NEIN, MIR IST NIEMAND GEFOLGT!«, rief sie laut und deutlich.

Schröder und Lewinski zuckten zusammen.

Oh Gott, das kann ja heiter werden mit den dreien.

»Wie haben Sie diese Adresse eigentlich gefunden?«, fragte Schröder.

»Schon vergessen? Beim AMS sind Ihre gesamten Daten gespeichert.«

Er seufzte laut. »Okay, und warum sind Sie hier?«

»Nachdem Ihre jeweiligen Arbeitgeber die Läden schließen mussten, waren Sie alle drei bei mir, und ich habe versucht, Ihnen neue Jobs zu verschaffen.« Sie machte eine Pause und atmete tief durch. »Nun ... ich weiß, dass Sie sich an jenem Tag zufällig beim AMS über den Weg gelaufen sind und dabei kennengelernt haben.«

»Das ist doch reine Vermutung«, entgegnete Schröder. »Wir hätten uns auch genauso gut gestern das erste Mal treffen können.«

»Tatsächlich kennen Sie sich aber schon seit mindestens zwei Monaten.« Tilda lächelte. »Neben dem AMS gibt es ein Café, in dem ich öfter meine Mittagspause verbringe. An jenem Tag habe ich Sie dort zufällig am gleichen Tisch sitzen sehen, mich mit einer Zeitung an den freien Nebentisch gesetzt und dabei zwangsläufig Teile Ihres Gesprächs mitbekommen.«

Die drei schwiegen, woraufhin Tilda weitererzählte. »Sie haben herausgefunden, dass es sich bei der Frau, die für die Schließung Ihrer Läden verantwortlich war, um ein und dieselbe Person handelte. Zu dem Zeitpunkt dachte ich mir noch nichts dabei, doch als ich später vom Verschwinden dieser Frau in der Zeitung las, machte es *Klick*, woraufhin ich – aus reiner Neugier – Ihre Gerichtsverhandlung besucht habe.«

»Und?«, fragte Schröder spitz.

»Nun, ich denke, Sie haben sich an Frau Cassandra Kreidenbach-Möller gerächt.«

Entrüstet und zugleich echauffiert redeten plötzlich alle drei durcheinander. »Geben Sie sich keine Mühe«, unterbrach Tilda sie mit erhobenen Händen. »Das wirkt sehr gekünstelt.«

»Und wie sollen wir das bewerkstelligt haben?«, fragte Schröder. »Ein Gehörloser, ein Querschnittgelähmter und ein Blinder?«

»Indem Sie zusammengearbeitet haben«, erklärte Tilda. »Der Blinde schiebt den Rollstuhl bergauf zur Garage, und der Gelähmte sagt ihm die Richtung an.« Sie verschränkte die Arme vor der Brust.

»Ja klar, wir sind so eine Art Superhelden-Trio.« Lewinski lachte auf. »Und selbst *wenn* es so gewesen wäre, Miss Marple ... Was sollen wir Ihrer Meinung nach mit Frau Cassandra Kreidenbach-Möller gemacht haben?« Er deutete demonstrativ durch den Raum. »Hier ist sie nicht.«

»Zumindest sehe ich sie nicht«, sagte Schröder und lächelte über seinen Witz.

»Das kann ich Ihnen gern verraten.« Tilda sah sich um. »Aber darf ich vorher Ihre Toilette benutzen? Die Fahrt mit der U-Bahn hierher war ziemlich lang.«

»Nur zu.« Schröder deutete zum Korridor. »Letzte Tür links.«

Tilda ging ins Bad, schloss die Tür hinter sich und sah sich um. *Wie ich es mir gedacht habe.* Es roch nach Mörtelmasse, Fugenkitt und Silikon. In der geräumigen Ecke, schräg gegenüber dem Handwaschbecken, stand ein nagelneues Holzregal mit Handtüchern und Putzmitteln.

Sie betätigte die Spülung. Dann ließ sie alibihalber den Wasserhahn laufen und ging wieder zurück ins Wohnzimmer. Dort saß die Bande und betrachtete sie erwartungsvoll.

»Was ist nun mit Ihrer brillanten Theorie?«, begann Schröder.

Tilda setzte sich an den wuchtigen Wohnzimmertisch, hob kurz das Tischtuch, warf einen Blick darunter und schnupperte. Das Holz roch frisch.

Okay, so haben die drei es also gemacht!

Sie räusperte sich. »Aus meinen AMS-Unterlagen geht hervor, dass Sie in Ihren alten Jobs, bevor Sie jeweils Ihre tragischen Unfälle hatten, Tischler, Maurer und Fliesenleger waren.«

»Was uns ja total dafür prädestiniert, einen raffinierten Mord zu begehen«, ätzte Lewinski.

»Ein Mord konnte nicht bewiesen werden. Bisher ging es lediglich um ein spurloses Verschwinden, aber ich finde es interessant, dass Sie das Thema selbst ansprechen.« Tilda lächelte. »Denn meiner Meinung nach handelt es sich tatsächlich um einen Mord.«

»Und wie sollen wir das angestellt haben?«, fragte Woizek, der immer noch nervös auf und ab lief.

»Sie haben Frau Kreidenbach-Möller nachts in ihrer Villa überwältigt und betäubt, sie vermutlich in einem zweiten Reserverollstuhl aus dem Haus gebracht, in *diese* Wohnung geführt und anschließend dort im Bad getötet.«

Lewinskis Augen funkelten. Anscheinend hatte sie ins Schwarze getroffen. »Und die Leiche?«, knurrte er.

»Sehen wir uns doch nochmal genau Ihre Fähigkeiten an – Tischler, Maurer und Fliesenleger –, dann muss man nur noch eins und eins zusammenzählen.« Tildas Stimme zitterte ein wenig. »Sie haben zuvor die Wanne aus dem Bad gerissen, die Ecke neu verfliest und stattdessen ein Regalsystem mit Handtüchern und Putzmittel hingestellt. Dann haben Sie den Leichnam der armen Frau in der Badewanne einbetoniert. Und zuletzt einen maßgefertigten Tisch um die Wanne herum gezimmert.« Tilda stieß mit dem Fuß gegen die Holzkonstruktion. »Die Leiche befindet sich hier drunter, nicht wahr?«

Für eine Weile war es mucksmäuschenstill im Wohnzimmer. Nur das dumpfe Kinderlachen und Hundegebell aus den anderen Wohnungen war zu hören.

Schließlich ergriff Tilda wieder das Wort. »Wenn ich mir eine Frage erlauben darf, Herr Schröder: Wo baden Sie sich jetzt?«

Schröder druckste herum. »Mit einem Waschlappen im Handwaschbecken«, gab er zu.

Die anderen beiden stöhnten laut auf. »Kannst du nicht die Klappe halten?«

»Wozu denn?«, rief Schröder. »Wenn sie mir die Bullen in die Wohnung hetzt, brauchen die nur mit einem Röntgengerät einen Blick unter das Tischtuch zu werfen, dann sind wir geliefert!«

Tilda klopft ein weiteres Mal mit dem Fuß gegen die Holzkonstruktion. »Wie lange hält das Ding?«

»Ewig«, knurrte Lewinski.

»Sprengen die Fäulnisgase nicht irgendwann mal den Beton?«

»Nein«, brummte Lewinski. »Die Leiche ist in Plastikfolie eingewickelt, außerdem habe ich den Beton richtig verdichtet und beim Gießen die Luftblasen rausvibriert, damit er luftdicht ist. Da riecht man in hundert Jahren nichts.« Es klang sogar ein wenig Stolz in seiner Stimme mit.

»O Mann!«, rief Woizek genervt. »Jetzt weiß sie auch das noch. Am besten, ihr zeichnet ihr gleich einen Plan!« Dann wandte er sich an Tilda. »Warum sind Sie überhaupt hier? Wollen Sie uns erpressen? Viel Glück, wir sind nämlich pleite.«

»Erpressen? O Gott, nein, wie kommen Sie darauf?«, entfuhr es ihr.

»Sondern?« Woizek sah sie lauernd an.

»Es ist so ...« Sie lehnte sich im Stuhl zurück. »Ich bin seit meiner frühesten Kindheit Autistin. Asperger-Syndrom, habe es aber mit Medikamenten ganz gut im Griff. Doch gestern hat mich mein Arbeitgeber beim AMS gekündigt. Weil ich angeblich Büromaterial geklaut habe, was aber nicht stimmt. Der offensichtliche Grund ist meine Krankheit.«

»Haben Sie die bei Ihrem Vorstellungsgespräch nicht erwähnt?«, fragte Woizek.

»Hätte ich müssen«, gab sie zu, »hab es aber verschwiegen.«

»Und *deswegen* hat man Sie rausgeworfen?«

»Angeblich kann ich mich nicht emotional in die Klienten hineinversetzen.«

»Diese Arschkrampen!«, entfuhr es Schröder.

Sie zuckte mit den Achseln. »Ist nun mal ein sozialer Job, andererseits habe ich eine spezielle Begabung im analytischen Lösen von Problemen.«

»Stimmt, Sie waren gut in Ihrem Job und haben sogar für uns drei eine neue Stelle in den Läden gefunden – aber die sind jetzt leider, dank Kreidenbach-Möller, auch weg.« Mutlos ließ er die Schultern sinken.

Woizek und Lewinski nickten zustimmend.

»Deswegen bin ich hier«, sagte sie frei heraus. »Kann ich in Ihrer Gang mitmachen? Sie sind zwar nicht schlecht, aber Ihnen fehlt es noch an präziser Logik.«

Die drei sahen sie verwirrt an.

»Das nächste Verbrechen müssen wir besser planen.« Tilda zog eine lange Namensliste aus der Tasche. Ganz oben stand der Chef des AMS.

Edith Kneifl

Die Tränen des Laurentius

Der Tag, an dem Elvis starb

1.

An Bord gab es zwei gutaussehende Männer. Der eine war ein Charmeur, der andere ein Langweiler. Mit dem Langweiler verbrachte ich den letzten Abend am Sonnendeck des Donaukreuzfahrtschiffes »Princessa«.

Abertausende Sternschnuppen rasten über das Firmament. Ich wünschte, der pensionierte Lehrer würde sich in den feschen Cruise Director verwandeln. Doch auf die Sternschnuppen war leider kein Verlass.

Werner traf keine Anstalten, die Sektflasche zu öffnen, die wir gerade bei einem Quizspiel gewonnen hatten. Mir blieb nichts anderes übrig, als sie selbst aufzumachen.

Eigentlich hatte der Herr Ex-Mittelschulprofessor unseren Sieg mir zu verdanken. Ich hatte als Einzige die letzte Frage richtig beantwortet. Wer kannte schon den Todestag von Elvis Presley? Da meine Mutter Elvis-Fan gewesen war, wusste ich, dass er am 16. August 1977, also vor genau vierundvierzig Jahren, in Graceland, Memphis, Tennessee gestorben war.

Während ich nach weiteren Sternschnuppen Ausschau hielt, kommentierte er das leuchtende Spektakel am Himmel. »Die Perseiden, die jährlich Mitte August wiederkehrenden Meteorströme, werden im Volksmund als Tränen des Laurentius bezeichnet. Der römische Märtyrer und Heilige wurde von Kaiser Valerian hingerichtet, weil er den Kirchenschatz an Arme und Kranke verteilte ...«

Rein äußerlich hatte mir der Professor von Anfang an gut gefallen, doch sein nie enden wollender Redefluss strapazierte meine Nerven. Da ich mal irgendwo gelesen hatte, dass Vielredner unter ständiger sexueller Erregung stehen würden, die sie durch das viele Reden zu kompensieren versuchten, überlegte ich, ihn mit einem Kuss zum Schweigen zu bringen.

Der charmante Cruise Director war leider gleich nach dem Quizspiel verschwunden. Obwohl ich ihn für einen Womanizer hielt, wäre mir, wie gesagt, seine Gesellschaft tausendmal lieber gewesen als die des Dauerredners.

Ich hörte Werner nur mehr mit halbem Ohr zu und ließ die Kreuzfahrt vor meinem inneren Auge Revue passieren.

Zwei Tage davor

Ich arbeite als Lebensmittelinspektorin bei der MA 59. Demnächst werde ich dreiundsechzig und in Korridorpension gehen. Da ich jede Menge Urlaubsanspruch habe, plante ich die letzten Wochen meines Berufslebens auf Reisen zu verbringen. Zur großen Überraschung meiner Kollegen. Denn wegen meiner Tüchtigkeit bin ich als Worcaholic verschrien.

In den vergangenen Jahren war ich für Lebensmittel- und Hygienekontrollen auf internationalen Donau-Kreuzfahrtschiffen zuständig.

Oft hatte ich mir gewünscht, selbst einmal eine Schiffsreise zu machen. Ich kam nie dazu. Außerdem war Reisen während der Corona-Pandemie schwer möglich gewesen. Den Kollegen hätte also kein passenderes Abschiedsgeschenk für mich einfallen können als diese viertägige Kreuzfahrt auf der Donau.

Die Einschiffung an der Anlegestelle in Nussdorf fand an einem Donnerstagnachmittag im August statt. Vor lauter Aufregung war ich zwei Stunden zu früh am Hafen. Ich setzte mich mit einem Coffee-to-go auf eine Bank und beobachtete das geschäftige Treiben an Bord der »Princessa«.

Als ein großer, schlanker Mann mit vollem, weißem Haar und einem riesigen Rucksack am Rücken auf mich zusteuerte und fragte, ob er sich zu mir setzen dürfe, konnte ich schlecht nein sagen.

»Warten Sie ebenfalls auf die Einschiffung?«

Ich bejahte die Frage. Und von diesem Zeitpunkt an kam ich nicht mehr zu Wort. Er deutete auf die Kamera mit dem imposanten Objektiv, die über seiner Brust baumelte, und klärte mich darüber auf, dass er leidenschaftlicher Fotograf sei. Ohne zu fragen, ob ich mich dafür interessierte, zeigte er mir auf dem Display seiner Kamera Fotos von der benachbarten Donaustation Nr. 29, der Anlegestelle des Kreuzfahrtschiffes »MS Kaiserin Elisabeth«.

»Das Schiff, mit dem die bayrische Provinzschönheit Sisi zu ihrer Hochzeit mit Kaiser Franz Joseph angereist ist, hat damals dort angelegt«, sagte er. Ich mochte humorvolle Männer, tolerierte daher seine frauenfeindliche Bemerkung. Kaum war er beim Thema Ehe angelangt, folgte seine Lebensgeschichte. Ich erfuhr, dass er vor fünf Jahren als

Professor für Geografie und Geschichte in Pension gegangen war, dass seine Frau ihn kurz nach seiner Pensionierung verlassen hatte, seine beiden Kinder längst außer Haus waren und er seit der Scheidung permanent auf Reisen war.

Mit meiner Frage, warum sich seine Frau von ihm getrennt habe, brachte ich ihn leicht aus der Fassung. Er hatte keine Ahnung. Seine Ehe wäre sehr harmonisch gewesen, sie hätten kaum miteinander gestritten.

Fast wäre mir ein Grinsen ausgekommen. Dieser Egozentriker war höchstwahrscheinlich ein Besserwisser und schrecklicher Pedant. Garantiert hatte er sich in seinem Leben nie für jemand anderen interessiert als für sich selbst. Seine Frau dürfte das nur etwas spät bemerkt haben.

Als wir an Bord durften, stellte sich heraus, dass Werner und ich die einzigen Alleinreisenden waren. Er hatte eine billige Kabine am unteren Deck gebucht. Geizig war er also anscheinend auch. Da lobte ich mir meine Kolleginnen und Kollegen. Dank ihrer Großzügigkeit genoss ich den Luxus einer geräumigen Doppelkabine am oberen Deck.

Um siebzehn Uhr hieß es »Leinen los«.

Beim Willkommensimbiss in der Panoramabar wurden uns zu einem Gratis-Cocktail verführerische Häppchen serviert. Der fesche Cruise Director stellte zuerst sich selbst vor. Er hieß Thomas. Seinen Nachnamen unterschlug er. Anschließend präsentierte er die Crew, die uns jetzt drei Tage und Nächte lang verwöhnen würde. Er betonte die »Nächte«. Alle, außer Werner, der Dutzende Fotos schoss, lachten brav.

Ich nippte gelangweilt an meiner Erdbeer-Colada. Weißer Rum, Ananassaft, Zitronensaft, Erdbeersirup, Kokossirup und Deko-Erdbeeren. Die Erdbeeren schmeckten köstlich. Das süße Zeug kippte ich in die Donau. Hoffentlich verreckt kein Fisch daran, dachte ich.

Der Chefkoch Oliver kam mir bekannt vor. Bestimmt hatte ich seine Küche schon einmal kontrolliert. Leider erinnerte ich mich nicht mehr an diese Inspektion.

Unter der Mannschaft herrschte eine miese Stimmung. Dem Chefkoch war, als der Cruise Manager seine Kochkünste in den höchsten Tönen gelobt hatte, kein Lächeln entkommen. Die Kellner und Stewards schauten ebenfalls ziemlich grimmig drein. Nur der zweite Koch, ein Thailänder namens Niran, lächelte freundlich, bevor er sich tief vor uns verbeugte. Er bekam besonders viel Applaus, da wir ihm die vorzüglichen Häppchen zu verdanken hatten. Aber Asiaten lächeln ja immer, dachte ich.

Nach dem Willkommenscocktail begaben sich die meisten Passagiere in ihre Kabinen, um sich für das Abendessen umzuziehen. Ich blieb allein am Sonnendeck, ließ die beeindruckende Skyline von Transdanubien langsam an mir vorüberziehen.

Das Schiff war wegen der nach wie vor geltenden Corona-Bestimmungen nur halb voll. Unter den Passagieren befanden sich überwiegend ältere Paare, ein Sparverein aus der Provinz, eine trinkfreudige Männergruppe auf Betriebsausflug sowie zwei gehbehinderte Frauen in fortgeschrittenem Alter. Das einzige junge Pärchen an Bord musste sich ziemlich deplatziert vorkommen.

Beim Abendessen teilte ich mir einen Tisch für sechs mit Werner und den älteren Damen. Später wechselten wir in die Panoramabar. Unter dem Vorwand, mir etwas Wärmeres anziehen zu wollen, verließ ich Werner und die beiden Ladys, die ihm wegen ihrer Gehbehinderung nicht so schnell entkommen würden.

Anstatt in meine Kabine ging ich Richtung Küche. Ich konnte es einfach nicht lassen. Obwohl ich rein privat an Bord war, wollte ich mich ein wenig umsehen.

Laute Stimmen drangen auf den Gang hinaus. Die Küchentür stand halb offen. Entsetzt sah ich mit an, wie der Chefkoch seinem thailändischen Kollegen einen Faustschlag unters Kinn versetzte. Niran ging sofort zu Boden, landete mit dem Gesicht voran in einer blutroten Lacke. Offenbar hatte jemand Paradeissauce verschüttet. Als Oliver mit seinem rechten Bein zu einem Tritt ausholte, riss ich die Tür ganz auf und schrie: »Schluss jetzt! Lassen Sie ihn sofort in Ruhe, sonst hole ich den Kapitän.«

»Verschwinden Sie!« Mit geballten Fäusten und hochrotem Kopf machte der Chefkoch ein paar Schritte auf mich zu.

Ich hatte keine Angst vor diesem Muskelprotz, zückte meinen Dienstausweis, den ich nach wie vor bei mir trug, und der für Uneingeweihte leicht mit einem Polizeiausweis zu verwechseln war. Offiziell war ich ja noch nicht in Pension, sondern nur auf Urlaub.

»Raus! Sie haben hier nichts verloren!«, brüllte er weiter. Dann spuckte er vor mir aus und verließ die Küche durch die Hintertür, die meines Wissens zu den Lagerräumen führte.

Mir fiel wieder ein, was damals, als ich gerade meinen Dienst als Inspektorin von Donau-Kreuzfahrtschiffen angetreten hatte, passiert war. Meine gestrenge Kontrolle hätte Oliver beinahe den Job gekostet. Ich hatte alles Mögliche beanstandet, nicht nur die verdreckten Küchengeräte, sondern auch die Lagerung der Lebensmittel, vor allem die Aufbewahrung des Convenience Food. Kein Wunder, dass er mich sofort wiedererkannt hatte.

Niran versuchte aufzustehen, rutschte aber auf dem glitschigen Boden aus und fiel noch einmal in die rote Sauce. Keiner kam ihm zu Hilfe. Im Gegenteil, einer der Kellner konnte sich nicht mehr einkriegen vor Lachen.

Ich fasste den kleinen Thailänder unter den Achseln und zog ihn hoch.

Dankbar lächelte er mich an und stammelte etwas in einer fremden Sprache.

Als ich ihn fragte, was der Grund für diese handgreifliche Auseinandersetzung gewesen war, zuckte er mit den Schultern und murmelte: »Er eifersüchtig, ich besserer Koch.«

Mehr war aus ihm nicht herauszukriegen. Er machte sich sogleich wieder an die Arbeit. Auch seine Kollegen wirkten plötzlich alle sehr beschäftigt.

Frustriert ging ich aufs Oberdeck und versuchte, den Rest des fantastischen Sonnenuntergangs zu genießen.

Ich blieb nicht lange allein. »Ich habe dich schon überall gesucht«, sagte Werner vorwurfsvoll und nahm mich gleich wieder in Beschlag.

Der Professor tat mir ein bisschen leid. Er schien ein sehr einsamer Mann zu sein. Allerdings hatte ich nach wie vor das Gefühl, dass er sich nicht wirklich für mich interessierte. Er sprach nur von sich.

Ich entschuldigte mich, gab vor, müde zu sein, und ließ ihn allein an Deck sitzen.

Die Tür zu meiner Kabine war unversperrt. Da ich mir sicher war, abgesperrt zu haben, zögerte ich einen Moment, bevor ich eintrat.

Eine hübsche Asiatin legte gerade mein Badetuch, das sie in einen Schwan verwandelt hatte, auf mein Bett.

Sie zuckte zusammen und stellte sich hastig vor: »Ich bin Sirikit, heiße wie unsere ehemalige Königin.«

Ich fand, dass sie dem thailändischen Koch ähnlich sah und fragte, ob sie mit diesem verwandt sei.

»Er ist mein Bruder«, kicherte sie. »Haben Sie noch einen Wunsch?

Ich bringe Ihnen zu trinken oder essen, wenn Sie möchten.«

»Nein, danke. Alles bestens.« Ich gab ihr ein anständiges Trinkgeld. Eine kreuzfahrterprobte Kollegin hatte mir geraten, mich der Crew gegenüber gleich zu Beginn der Reise großzügig zu zeigen. Sie hatte gemeint, es würde sich positiv auf das Service auswirken.

Meine Kabine wirkte auf den ersten Blick beinahe klinisch sauber.

Früher gehörte es auch zu meinem Aufgabenbereich die Cruise-Stewardessen, die verantwortlich für die Sauberkeit waren, zu kontrollieren. Die Thailänderin hätte eine ausgezeichnete Beurteilung bekommen.

Bevor sie ging, bat ich Sirikit um ein kleines Kissen. Blöderweise hatte ich mein ergonomisches Nackenstützkissen zuhause vergessen.

Wegen meiner Schultern- und Nackenprobleme hätte ich längst eine Dienstunfähigkeitspensionierung beantragen können, doch ich hatte keine Lust auf das ganze Prozedere gehabt.

Sirikit bedauerte, mir meinen Wunsch nicht erfüllen zu können, bot sich aber sogleich an, mich zu massieren.

Ich lehnte dankend ab. Meine Physiotherapeutin hatte mich vor nicht ausdrücklich verordneten Massagen eindringlich gewarnt.

Ungewohnte Geräusche, die ich als monotones Dröhnen der Maschinen identifizierte, ließen mich keinen Schlaf finden.

Ich zog meinen türkisfarbenen Fließpullover an, ging an Deck und ließ mir den kühlen Nachtwind um die Ohren blasen.

Offensichtlich war ich nicht die einzige Schlaflose. Das junge Pärchen lag engumschlungen auf einer Liege und vorne an der Reling stand der Cruise Director und rauchte.

Ich begab mich auf die Backbordseite, wollte ihn nicht stören. Als er mich bemerkte, gesellte er sich zu mir. Schweigend betrachteten wir eine Weile den märchenhaften Sternenhimmel.

»Türkis steht Ihnen ausgezeichnet«, flüsterte er mir ins Ohr.

Ich spürte, dass ich errötete.

»Sie sind eine sehr schöne Frau.«

Plumper geht's wohl nicht, dachte ich. Obwohl ich nicht auf den Mund gefallen war, verunsicherten mich seine Komplimente. Als ich ihm mein Alter verriet, konnte er es nicht fassen, dass ich bereits dreiundsechzig war.

Ich wusste, dass ich viel jünger aussah, was ich den guten Genen meiner Mutter zu verdanken hatte. Sie hatte noch mit achtzig ein fast faltenloses Gesicht gehabt. Meine kurzgeschnittenen Haare färbte ich seit einiger Zeit weißblond, was mich ebenfalls jünger aussehen ließ.

Im Gegensatz zu Werner schien der Cruise Director tatsächlich an mir interessiert zu sein. Zumindest stellte er mir jede Menge Fragen. Obwohl meine Antworten knapp waren: »Geschieden.« »Keine Kinder.« »Lebe allein«, ließ er sich nicht abschrecken. Er schien jedoch weniger gern über sich selbst zu sprechen. Immerhin verriet er mir, dass er demnächst seinen Achtundfünfziger feiern werde und früher als Gentleman Host auf internationalen Kreuzfahrtschiffen gearbeitet und die ganze Welt bereist hatte.

Welche Frau besaß kein Herz für Abenteurer? Die fünf Jährchen, die uns voneinander trennten, störten mich nicht.

Thomas war ein ausgesprochen fesches Mannsbild. Zwar nicht sehr groß, aber gut gebaut. Sein graumeliertes, dunkles Haar war kurz geschnitten, sein faltiges Gesicht braungebrannt. Besonders schön fand ich seine auffallend hellblauen Augen.

Als er erzählte, dass er nach einem Bandscheibenvorfall das Tanzen aufgeben hatte müssen und deshalb diesen Job als Cruise Director angenommen hatte, wurde ich ein bisschen stutzig. Denn von da an sprach er nur mehr über Geld, beklagte sich, dass er weniger verdiene, als man glauben würde. Außerdem würde er nur eine kleine Pension bekommen, da er zu wenige Jahre beisammen hätte.

Misstrauisch, wie ich nun einmal bin, fragte ich mich, ob er seine Komplimente vorhin ernst gemeint hatte oder ob er auf der Suche nach einer spendablen Cougar war. Die hätte er sich allerdings auf einer seiner Weltreisen eher anlachen können als hier auf diesem Donauschiffchen.

Am nächsten Tag legten wir in Komárano, der Geburtsstadt von Franz Lehár in der Slowakei, an. Obwohl ich kein Operettenfan war, nahm ich an dem geführter Stadtrundgang teil. Den anschließenden Ausflug zur Monostori-Festung machte ich nicht mehr mit. Nicht wegen der Extrakosten, sondern weil ich genug von Werners langatmigen Vorträgen über das Habsburgerreich hatte.

Ich nützte den herrlichen Nachmittag zum Sonnenbaden. Thomas, der für die Landausflüge nicht zuständig war, leistete mir mit zwei Mojitos Gesellschaft.

Er bot sich an, mir den Rücken einzucremen. Sanft massierte er meine wehen Schultern. Ich vergaß auf mein Misstrauen und genoss seine zärtlichen Berührungen. Als er sich dann auf der Liege neben mir niederließ, schwiegen wir beide. Es war kein unangenehmes Schweigen. Bald vernahm ich leises Schnarchen. Thomas war eingeschlafen.

Ich genoss die Stille an Bord, das leise Plätschern der Wellen, das Gezwitscher der Vögel. Irgendwann döste ich ebenfalls ein.

Plötzlich beugte sich eine große, dunkle Silhouette über mich. Ich schreckte auf.

Vor meiner Liege stand Werner und grinste mich dämlich an. Auch Thomas war aufgewacht. Werner begann sogleich von dem Ausflug zu der imposanten Festung Monostori zu schwärmen. Der Cruise Director ergriff die Flucht.

Am Samstagmorgen erreichten wir Budapest. Bei der dreistündigen Stadtrundfahrt wurden wir zu meinem Leidwesen nicht von Thomas, sondern von einer ungarischen Reiseleiterin betreut. Die Dame redete ohne Punkt und Komma und sprach nur in Superlativen. Werner schien mit ihr zu rivalisieren. Er stellte häufig Fragen, die er selbst besser beantworten konnte als sie, und verlängerte dadurch unnötigerweise die Tour.

Für die individuelle Besichtigung der ungarischen Hauptstadt blieb uns am Nachmittag nicht mehr viel Zeit. Ich wollte ein bisschen shoppen, doch Werner klebte an mir wie eine lästige Fliege. Schließlich ließ er sich zu einem Drink auf der Terrasse des berühmten Jugendstilhotels Gellért am Donauufer überreden. Für mich war das der Höhepunkt des Ausflugs, obwohl Werner, trotz seiner Knieprobleme, keine Minute stillsitzen konnte. Ständig lief er herum, schoss Dutzende Fotos von den imposanten Brücken und dem großen, trägen Fluss.

Zurück an Bord eilte ich in meine Kabine, duschte und zog mich um. Ich hatte nur ein Kleid dabei, ein weißes Etuikleid aus Leinen, das knapp über den Knien endete. Meine Beine konnten sich noch sehen lassen.

Ich wollte Werner abholen, weil ich neugierig auf die Kabinen am billigen Unterdeck war.

Ich klopfte an. Keine Reaktion. Allerdings drangen asiatische Klänge an mein Ohr. Vielleicht hörte er wegen der Musik mein Klopfen nicht? Ich drückte die Klinke hinunter. Die Tür war nicht abgesperrt. Ich öffnete sie einen Spalt.

Werner war nackt und lag auf dem Bauch. Die zarte Thailänderin saß auf seinem Arsch, hatte sich über seinen Rücken gebeugt und knetete seine Schulterpartie. Es sah aus, als würde sie ihn von hinten penetrieren.

Lachend fragte ich, ob ich stören würde.

»Nein, nein«, kicherte Sirikit.

Werner sprang sofort auf. Interessiert musterte ich sein halb erigiertes Glied. Rasch schlang er ein Handtuch um seine Hüften.

»Ich warte oben«, sagte ich.

Eine Viertelstunde später erschien er an Deck und fühlte sich bemüßigt, mich lang und breit über Sirikit und ihre Massagekünste aufzuklären.

Ich konnte mir eine blöde Anspielung auf Thai-Massagen nicht verkneifen. Er reagierte empört, gab aber zu, dass die Kleine ihm ein nicht misszuverstehendes unsittliches Angebot gemacht hatte. Selbstverständlich hatte er abgelehnt.

Ich amüsierte mich über seine Verlegenheit, fragte mich jedoch, ob Sirikit den männlichen Passagieren ihre Dienste auf eigene Rechnung anbot oder ob sie einen sogenannten Beschützer hatte. Ihr Bruder Niran kam mir nicht wie ein Zuhälter vor. Aber wie sahen Zuhälter aus?

Bevor das Unterhaltungsprogramm im Bordtheater begann, marschierte wieder die Crew auf, um Goodbye zu sagen. Thomas erinnerte uns Passagiere an das Trinkgeld. Mir fiel auf, dass Niran und Sirikit bei diesem Abschiedsdéfilé nicht dabei waren. Vor allem die Abwesenheit des thailändischen Kochs beunruhigte mich. Während des lustigen Quizspiels in der Panoramabar vergaß ich dann auf Niran und seine Schwester.

2.

»Mann über Bord!«, hallte die Stimme des Kapitäns über das Deck und riss mich unsanft aus meinen Erinnerungen.

Werner sprang auf, zückte seine Kamera und eilte zur Kommandobrücke. Ich stärkte mich mit einem letzten kräftigen Schluck aus der Sektflasche, bevor ich ihm folgte.

»Maschinen stopp«, erklang es etwas leiser aus dem Lautsprecher, als wir uns dem Steuerhaus näherten.

Die Motoren verstummten. Suchscheinwerfer glitten über das dunkle Wasser.

Die meisten Leute hatten sich inzwischen an Deck begeben. Es herrschte große Aufregung. Ein Teil der Crew hatte sich bei der Brücke eingefunden und bemühte sich, dem Kapitän die Passagiere vom Leib zu halten.

Die Blitzlichter von Werners Kamera erhellten den blauschwarzen Himmel.

Er hatte es als Einziger geschafft, bis zum Steuerhaus vorzudringen.

Ich fragte mich, was er dort bloß fotografierte. Machte er Portraitaufnahmen von dem sichtlich aufgebrachten Kapitän?

Niran war nicht auffindbar. Bei der Abfahrt aus Budapest war er an Bord gewesen. Angeblich hatte er das Zweier-Menü heute Abend, ein ausgezeichnetes Pad Thai, selbst zubereitet. Sirikit hatte sein Verschwinden erst nach dem Ende des Quiz dem Kapitän gemeldet.

Unaufgefordert beteiligte ich mich an der Durchsuchung des Schiffes.

Zuerst inspizierte ich das unterste Deck, wo sich die Kabinen und Waschräume der Crew befanden. Werner wich nicht von meiner Seite.

»Hier steht privat. Betreten verboten.« »Crew only.« »Nein, stopp, da können wir nicht rein ...« Sein ängstliches Geflüster machte mich nervös.

Ich schickte ihn zurück an Deck, versprach, gleich nachzukommen.

Dann warf ich einen Blick in die Toiletten der Besatzung. Klomuschel und Pissoir waren völlig verdreckt. Ekelerregende gelbe Flecken bedeckten auch den weiß verfliesten Boden. Mir drehte sich der Magen um. Rasch machte ich kehrt und probierte, in eine der Kabinen zu gelangen. Gleich die erste war unverschlossen.

Fürchterlicher Gestank, eine Mischung aus Schweiß, Zigarettenrauch und Desinfektionsmitteln, schlug mir entgegen.

Die Kabine entsprach absolut nicht den Vorschriften, weder was ihre Größe noch was ihre Ausstattung betraf. Zwei Stockbetten in einem winzigen Raum.

Zum Glück bin ich nicht mehr zuständig, sagte ich mir und schaute mich im Spind neben einem der Stockbetten um. An der Tür des oberen Fachs klebte ein Zettel, auf dem »Istvan« stand. War das nicht der slowakische Kellner, der uns von Thomas als Sommelier vorgestellt worden war und der so blöd gelacht hatte, als Niran in der Paradeissauce schwamm?

Das Fach war nicht verschließbar. Unter einem Stapel Hemden entdeckte ich ein durchsichtiges Säckchen mit kleinen, klobigen Kristallen, die wie Eis aussahen.

Oh la la, schmuggelte da einer Crystal Meth? Die gerötete Gesichtshaut, die eingefallenen Wangen und die verfärbten Zähne des Sommeliers hätten mich schon früher stutzig machen müssen.

Verärgert stopfte ich das Säckchen wieder unter die Hemden und suchte weiter, hob Polster und Matratzen hoch. Vergebliche Liebesmüh. Falls er das Zeug nicht nur selber schnupfte, sondern auch damit dealte, musste er es woanders versteckt haben.

Plötzlich spürte ich einen warmen Atem in meinem Nacken. Ich zuckte zusammen, drehte mich um.

Knapp hinter mir stand Istvan und starrte mich finster an.

Ehe ich mir eine passable Ausrede einfallen lassen konnte, schlossen sich seine Hände um meinen Hals.

Nicht zum ersten Mal war ich froh, die Selbstverteidigungskurse, die zur Fortbildung für Lebensmittelinspektorinnen zählten, besucht zu haben. Mit voller Wucht stieß ich ihm mein linkes Knie in die Eier.

Er jaulte auf, ließ mich los, verschränkte die Hände schützend vor seinem Schwanz. Ich flüchtete auf den Gang, lief Werner direkt in die Arme.

Seine Fragen beantwortete ich nur knapp. Ich vertröstete ihn auf später.

Zurück an Deck, waren die Suchscheinwerfer noch eingeschaltet. Sie tauchten das fast schwarze Donauwasser und die Uferböschungen in ein gespenstisches Licht. Wenn Niran tatsächlich über Bord gegangen war, würden wir ihn niemals finden. Er war bestimmt längst abgetrieben worden.

Nachdem die Suche eingestellt worden war, forderte der Kapitän die Passagiere auf, in ihre Kabinen zurückzukehren.

In meiner Deluxe-Kabine war es unerträglich schwül, da ich wegen meiner Schulter- und Nackenschmerzen die Klimaanlage nicht eingeschaltet hatte.

Ich zog mir bequemere Klamotten an und begab mich auf die Suche nach Sirikit. Außer mir war anscheinend niemandem aufgefallen, dass sich die Kleine nicht mehr blicken hatte lassen, nachdem sie den Kapitän über Nirans Verschwinden informiert hatte.

Am Heck des Schiffes gab es im Freien einen Rauchercorner. Vor allem die Besatzungsmitglieder qualmten dort oft um die Wette. Neben einer großen Kiste, in der das Tauwerk aufbewahrt wurde, entdeckte ich ein dunkles Kleiderbündel auf dem Boden. Plötzlich bewegte sich das Bündel auf mich zu.

»Sirikit?«

Ich half ihr auf.

Sie sah verheerend aus und zitterte am ganzen Körper.

Obwohl sie mir unheimlich leidtat, stellte ich sie zur Rede.

Ihrem schwer verständlichen Gestammel entnahm ich, dass sie vor der Abfahrt in Budapest beobachtet hatte, wie ihr Bruder unzählige Alu-Boxen an Bord geschafft hatte. Niran hatte anfangs geleugnet, etwas über den Inhalt der Boxen zu wissen. Schließlich hatte er ihr gestanden, dass er in eine hineingeschaut hatte. Zwar hatte er ihr nicht verraten, was sich darin befand, doch es musste sich um etwas Wertvolles handeln. Denn Niran hatte behauptet, dass er Geld für sein Schweigen bekommen würde. Er hatte ihr befohlen, den Mund zu halten, da der Mann, der diese Sache organisiert hatte, sehr gefährlich wäre. Um wen es sich handelte, hatte er ihr nicht sagen wollen. Er hatte sie nur gewarnt, dass sie niemandem trauen könne, nicht einmal dem Kapitän.

»Und wer, glaubst du, steckt dahinter? Oliver?«

Ihr hübsches Gesicht war von Angst verzerrt. Sie brachte keinen Ton mehr hervor.

»Hat Niran den Chefkoch wegen dem Zeug, das sich in den Boxen befindet, erpresst?«, bohrte ich weiter.

»Vielleicht ..., ich weiß nicht«, schluchzte sie.

Obwohl ich in erster Linie Oliver in Verdacht hatte, Niran beseitigt zu haben, musste ich unwillkürlich auch an den Sommelier denken, in dessen Kabine ich Crystal Meth gefunden hatte.

Gegen ihren Willen schleppte ich Sirikit zum Kapitän, bestand darauf, dass sie ihm von den verschwundenen Alu-Boxen erzählte.

Er war umringt von seinen Offizieren. Thomas stand ebenfalls bei ihm. Anscheinend hatte der Kapitän gerade entschieden, das Verschwinden des thailändischen Kochs erst kurz vor unserer Ankunft in Wien der österreichischen Polizei zu melden. Offensichtlich wollte er keine Probleme mit den slowakischen Behörden riskieren. Mir kam diese Entscheidung merkwürdig, wenn nicht gar verdächtig vor.

Der längst pensionsreife Kapitän schien Sirikits Geschichte nicht ernst zu nehmen, murrte etwas von frischen, leicht verderblichen Lebensmitteln, die man üblicherweise in Budapest besorgte.

Ich glaubte der Thailänderin, hielt es aber für zu riskant, heute Nacht weitere Nachforschungen anzustellen. Da ich annahm, dass sich in den Boxen Crystal Meth befand, beschloss ich, gleich in der Früh die Drogenfahndung anzurufen. Sie würden schon wissen, was zu tun war.

Als wir am Morgen die Schleuße in der Freudenau erreichten, wurde ich durch fürchterliches Geschrei geweckt.

Ich schlüpfte in Jeans und Turnschuhe, stopfte mein T-Shirt, in dem ich geschlafen hatte, in die Hose und eilte zu den Schaulustigen an Deck.

Eine Frau war über Bord gegangen.

Ihr langes schwarzes Haar trieb wie ein kleiner Algenteppich auf der Wasseroberfläche. Ihr schmaler Körper bewegte sich ziemlich schnell auf das sich schließende Schleusentor zu.

»Oh nein!« Mein Schrei verlor sich im stampfenden Geräusch der Maschinen, als Sirikits Kopf zwischen die eisernen Schleusentore geriet. Unwillkürlich musste ich an die Guillotine denken.

Mir wurde schwindlig. Zitternd klammerte ich mich an die Reling. Doch meine Knie gaben nach und ich rutschte zu Boden.

Als ich wieder zu mir kam, stand Thomas neben mir, half mir auf und drückte mich fest an sich. »Nicht hinsehen«, murmelte er.

Werner hatte vor Schreck darauf vergessen, die grauenhafte Szene zu fotografieren. Ich würde sie auch ohne Erinnerungsfoto niemals vergessen. Aufgeregt brabbelte er vor sich hin. Ich verstand kein Wort, hatte noch das quietschende Geräusch der sich schließenden Schleuse in meinen Ohren.

Thomas reichte mir seinen Flachmann. Dank des Wodkas kehrten meine Lebensgeister langsam wieder zurück. Ich bildete mir ein, dass Thomas mich ungern mit Werner allein ließ, aber andere Passagiere riefen schon seit einer Weile nach ihm.

Kaum hatte ich mich etwas beruhigt, erzählte ich Werner von meinem Verdacht, dass sich auf dem Schiff Schmuggelware befinden könnte. »Vermutlich handelt es sich um Drogen«, sagte ich. »Sirikit hat mir gegenüber angedeutet, dass ihr Bruder Niran in eine krumme Geschichte verwickelt war und deswegen sterben musste. Und nun hat man auch sie beseitigt ..., und ich bin mit schuld an ihrem Tod! Ich hätte sie nicht aus den Augen lassen dürfen.«

»Soll ich den Notruf wählen?«, unterbrach er mich.

»Jetzt ist es zu spät. Wir sollten lieber das Zeug finden, sonst schaffen es diese Schweine womöglich, noch bevor wir anlegen, von Bord.«

»Halt dich da raus. Überlass den Fall der Polizei.«

»Ich bin die Polizei«, sagte ich trotzig. »Wir Marktamtler wurden früher Marktpolizei genannt und waren gefürchteter als so mancher Polizeibeamte.«

Werner schenkte mir einen irritierten Blick. »Ich werde nicht zulassen, dass du dich da unten noch einmal in Gefahr begibst!«

»Wie willst du mich daran hindern?«, fragte ich spöttisch.

»Ich werde mitkommen.«

Wie lieb von ihm! Dem Professor schien also doch etwas an mir zu liegen. Leider würde er mich mit seiner Ängstlichkeit und seinen Vorhaltungen nur behindern.

Bei dem Gedanken, mich allein auf die Suche nach der Schmuggelware zu machen, war mir aber auch nicht ganz wohl. Schließlich befand sich ein zweifacher Mörder an Bord. Trotzdem wollte ich Werner unbedingt loswerden. Als ich die netten alten Damen erblickte, hängte ich ihnen den Professor an und verschwand unter dem Vorwand, auf die Toilette zu müssen, unter Deck.

Im ersten Lagerraum stapelten sich Dutzende große Alu-Boxen. Die meisten waren leer. In einigen befanden sich Nahrungsmittel. Keine Spur von Drogen.

Im Kühlraum standen mehrere verschlossene Kühltruhen. Zwischen den Truhen entdeckte ich eine Werkzeugkiste. Mit Rohrzange und Hammer gelang es mir, das Schloss einer der Truhen aufzubrechen.

Als ich die unzähligen, in durchsichtigen Folien verpackten Fläschchen erblickte, ließ ich vor Schreck Hammer und Zange fallen.

Plötzlich spürte ich einen Schlag am Hinterkopf.

Mein Angreifer hatte seine Haare unter einer Baseballkappe verborgen, den Schirm tief ins Gesicht gezogen und eine schwarze FFP-2-Maske auf. Trotzdem hatte ich ihn erkannt. Ich hatte einen harten Schädel und war nach dem Schlag nur kurz benommen gewesen. Als er meine Hände und Füße mit einem Klebeband umwickelte, mir den Mund zuklebte und mich in die Kühltruhe wälzte, sah ich ihm tief in die Augen. Ich konnte es nicht fassen, dass er ...

Kaum war ich allein, begann ich Grimassen zu schneiden. Der Klebestreifen um meinen Mund lockerte sich. Mit Hilfe meiner Zähne gelang es mir, meine Unterlippe freizukriegen. Gierig schnappte ich nach Luft.

Da ich das Schloss der Truhe gewaltsam aufgebrochen hatte, ließ sich der Edelstahldeckel nicht mehr ganz schließen. Der winzige Spalt zwischen Deckel und Truhe gab mir Hoffnung. Doch die Klebebänder um meine Hand- und Fußgelenke würden sich nicht so einfach lösen lassen.

Es war saukalt hier drinnen. Wie lange konnte man bei minus achtundzwanzig Grad überleben? Höchstens eine halbe Stunde, vermutete ich. Tod durch Erfrieren? Was für eine entsetzliche Todesart! Ebenso schlimm, wie auf einem glühenden Rost zu Tode gemartert zu werden wie der heilige Laurentius.

Momentan kam ich mir weniger wie eine Märtyrerin, sondern eher wie ein Fakir vor. In meinen Rücken bohrten sich kleine, harte Stoppel. Trotz meines bereits steif gefrorenen Nackens und den höllisch schmerzenden Schultern drehte ich mich halb auf die Seite.

Das grelle Neonlicht blendete mich. Ich kniff die Augen zusammen und sah mir die tausenden winzigen Fläschchen, auf denen ich lag, genauer an. Die chinesischen Schriftzeichen auf den Etiketten konnte ich nicht entziffern. Offensichtlich handelte es sich um irgendeinen von der European Medicines Agency nicht genehmigten Covid-19-Impfstoff.

Ich fragte mich, wie viel das Zeug wert und für wen es bestimmt war. Herrschte in Österreich etwa nach wie vor Impfstoffmangel? Als ich bemerkte, dass sich an einigen Fläschchen die Etiketten bereits gelöst hatten, fiel es mir wie Schuppen von den Augen: Es würde ein Leichtes sein, den billigen chinesischen Impfstoff als hochpreisiges Vakzin nach Afrika zu verscherbeln. Wahrscheinlich war das

Serum längst abgelaufen. Von der unsachgemäßen Lagerung gar nicht zu reden ...

Ich kam nicht mehr dazu, diesen Gedanken weiterzuspinnen. Der Deckel der Truhe wurde hochgehoben. Eine sonnengebräunte Hand näherte sich meinem Hals.

Ich wollte schreien. Meiner Kehle entkam nur ein heiseres Krächzen.

Anstatt mir herauszuhelfen und mich von den Fesseln zu befreien, hielt mir Werner seine neuesten Digitalaufnahmen unter die Nase.

Auf einem der Bilder war Oliver zu sehen, wie er gerade seinen Mund-Nasen-Schutz abnahm, als er die Küche verließ. »Wir haben ihn«, sagte Werner triumphierend.

»Hilf mir endlich«, fauchte ich ihn an.

Erst als er mich aus der Truhe hob, entdeckte er die Fläschchen mit dem Impfserum. Ausnahmsweise war er kurz sprachlos.

Während er mich von den Klebebändern befreite, versuchte ich ihm klarzumachen, worum es ging. Bibbernd vor Kälte brachte ich nur unzusammenhängende Sätze heraus.

»Es wird alles gut! Wir werden gleich in Nussdorf anlegen. Die Polizei habe ich bereits verständigt«, unterbrach er mich.

In diesem Moment wurden die Maschinen gestoppt. Sekunden später stürmten schwerbewaffnete Polizeibeamte mit Vollvisier in den Kühlraum, rissen mich von Werner los und fixierten meinen Retter am Boden.

Ich beeilte mich, das Missverständnis aufzuklären. Auch sie wollten mir nicht zuhören. Der geschmuggelte Impfstoff schien sie wesentlich mehr zu interessieren.

Bewundernswert ruhig und gelassen, angesichts der Handschellen um seinen Gelenken und der Beule auf seiner Stirn, schilderte Werner ihnen nun, was passiert war. Obwohl er sich in einem wichtigen Punkt irrte, widersprach ich ihm nicht.

Ich war schwer unterkühlt und fühlte mich sehr schwach, als mich die Rettungsleute auf eine Bahre hievten und in einen Ambulanzwagen schoben.

Aus den Augenwinkeln sah ich, wie Chefkoch Oliver von zwei Polizisten abgeführt wurde.

Trotz meiner Benommenheit schrie ich so laut, dass man mich meilenwert hören konnte: »Halt! Ihr habt den Falschen. Der ist nur ein Handlanger. Der Cruise Director ist euer Mann!«

Ich deutete auf Thomas, der nur ein paar Meter entfernt bei der Gangway stand und sich freundlich lächelnd von den Passagieren, die das Schiff jetzt verlassen durften, verabschiedete. Der hasserfüllte Blick aus seinen schönen hellblauen Augen würde mich bestimmt noch nächtelang im Schlaf verfolgen.

Autorenbiografien

Die Autorinnen und Autoren

Reinhardt Badegruber, Baujahr 1953. Gelernter Slawist und Kommunikationswissenschaftler. Universalösterreicher: geboren in Oberösterreich, aufgewachsen in Kärnten, gereift in Wien. 38 Jahre lang Redakteur bei Radio Wien. Krimi- und Nestbeschmutzungsautor. Marotte: Schreibt »Hinterweltler« anstatt »Hinterwäldler« und »verduschen« statt »vertuschen«. Badegruber ist eben Badefreak.

Raoul Biltgen, geboren 1974 in Luxemburg, lebt in Wien. Sein erster erlernter Beruf ist der des Schauspielers. Nach mehreren Jahren auf der Bühne zog es ihn vermehrt auch hinter den Vorhang, wo er als Dramaturg und Produzent arbeitet. Sein zweiter Beruf ist Psychotherapeut. Als solcher ist er bei der Männerberatung Wien, am Institut für forensische Therapie und in einer österreichischen Justizanstalt tätig. Der dritte Beruf ist Schriftsteller. Neben Romanen und Kurzgeschichten hat Raoul Biltgen knapp 50 Theaterstücke verfasst, die bisher in Österreich, Deutschland und Luxemburg, aber auch in Ungarn, Rumänien, China oder Mexiko zu sehen waren. Mit seinem Theaterstück »Robinson – meine Insel gehört mir« gewann er den niederländisch-deutschen Kinder- und Jugenddramatikerpreis 2017, drei weitere seiner Stücke schafften es jeweils auf die Shortlist. Nach vier Nominierungen für den Glauser (2014, 2017, 2020: Kurzkrimi; 2018: Roman) wurde ihm mit der fünften Nominierung 2021 der Glauser in der Kategorie Kurzkrimi verliehen.

www.raoulbiltgen.com

Andreas Gruber, geboren 1968 in Wien, studierte an der dortigen Wirtschaftsuniversität und lebt als freier Autor mit seiner Frau und fünf Katzen in Grillenberg in Niederösterreich. Er gibt Schreibkurse und veröffentlicht über den kreativen Prozess des Schreibens. Gemeinsam mit dem Mordsharz-Krimifestival rief er im Jahr 2018 den Harzer Hammer ins Leben, ein mit tausend Euro dotierter und seitdem jährlich im Rahmen des Festivals vergebener Literaturpreis für Krimi-Nachwuchsautoren.

Mit seinen verschiedenen Buchreihen steht er regelmäßig auf den Bestsellerlisten und erreichte im deutschsprachigen Raum eine Gesamtauflage von über vier Millionen verkauften Exemplaren. Darüber hinaus erschienen seine Bücher in Übersetzungen in Frankreich, Italien, Brasilien, Türkei, Japan, Korea, Russland, Tschechien, Slowakei und Polen. Zwei Mal nominiert für den Friedrich-Glauser-Preis des Syndikats, Preisträger des Skoutz-Awards, des Leo-Perutz-Preises der Stadt Wien, der Herzogenrather Handschelle, dreifacher Gewinner des Vincent Preises und dreifacher Gewinner des Deutschen Phantastik Preises.

Im Auftrag von SAT.1 hat Constantin Film 2019 den ersten Fall des niederländischen BKA-Profilers Maarten S. Sneijder, »Todesfrist«, und 2021 den zweiten Fall, »Todesurteil«, mit Raymond Thiery und Josefine Preuß in den Hauptrollen verfilmt.

www.agruber.com, www.facebook.com/Gruberthriller

Eva Holzmair lebt und arbeitet in Wien. Seit Jahren ist die studierte Dolmetscherin literarisch tätig, mit Veröffentlichungen von Prosa und Theaterstücken. Dabei greift sie häufig auf den reichen Fundus an Menschen, Themen und Sprachebenen zurück, der ihren Beruf so bereichert. Deshalb kann sie es auch nicht lassen, fremdsprachige und dialektale Passagen in ihre Texte einfließen zu lassen. Die Welt ist bunt und mit ihr die Sprache!

In der »Tatort«-Reihe des Falter Verlags war sie bereits an den Bänden »Tatort Burgtheater« und »Tatort Gemeindebau« beteiligt. Ihr neuester Roman, »Der Verdrüssliche«, mit der gleichnamigen Skulptur des Barockbildhauers Franz Xaver Messerschmidt im Mittelpunkt, ist im Frühjahr 2021 bei Gmeiner erschienen.

Christian Klinger, geboren 1966 in Wien, hat Rechtswissenschaften studiert und schreibt seine Krimis nach dem Motto »Gib dem Sterben einen Sinn«. Nach dem gelungenen Versuch, sich mit seinem Roman »Die Liebenden von der Piazza Oberdan« (Picus 2020) erstmals im historischen Fach zu behaupten, dreht er die Uhr in seinen Geschichten ganz gern zurück. Aktueller Krimi: »Tote Vögel singen nicht« (Ueberreuter 2021).

Beatrix Kramlovsky, Schriftstellerin und bildende Künstlerin, vehemente Europäerin. Viele nationale und internationale Preise und Kunststipendien, Lebensthemen sind gewaltsamer Tod, Heimatbegriff und Ausgrenzung jeder Art. Viele Short Stories (übersetzt ins Englische, Französische etc.), Reiseprosa (auch in den USA publiziert), Krimis, Romane. Drei Nominierungen für den deutschen Glauser-Kurzkrimipreis. Die letzten zwei Romane sind 2018 (»Die Lichtsammlerin«) und 2020 (»Fanny oder das weiße Land«) im Hanser Verlag erschienen.

www.kramlovsky.at, www.hanser-literaturverlage.de

Lisa Lercher, gebürtige Steirerin, langjährige Wienerin, lebt seit kurzem in Niederösterreich und schreibt seit 2001 Kriminalromane und Kurzkrimis. Ihr 2006 erschienener Roman »Die Mutprobe« wurde 2009 unter der Regie von Holger Barthel nach einem Drehbuch von Ivo Schneider für den ORF/MDR verfilmt. Zuletzt sind im Haymon Verlag die beiden Wachaukrimis »Faule Marillen« und »Jenseits auf Rezept« erschienen.

Gerhard Loibelsberger startete 2009 mit den »Naschmarkt-Morden« eine Serie historischer Kriminalromane rund um den schwergewichtigen Inspector Joseph Maria Nechyba. 2010 wurden »Die Naschmarkt-Morde« für den Leo-Perutz-Preis nominiert. 2016 Literaturpreis Goldener HOMER für den fünften Band der Serie »Der Henker von Wien«. 2017 erschienen der Italien-Thriller »Im Namen des Paten«, der Nechyba-Comic »Der Bankert vom Naschmarkt« und der Lyrikband »Ants & Plants« als E-Book. 2018 erschien »Schönbrunner Finale«, der sechste und letzte Roman der Nechyba-Serie, sowie das E-Book »Young Dummies – Jugendliche Crashtests«. Es folgten der Kurzgeschichtenband »Morphium, Mokka, Mördergeschichten« (2019), der historische Roman »Alles Geld der Welt« (2020) sowie der dystopische Thriller »Micky Cola« (2021).

www.loibelsberger.at

Sabina Naber arbeitete nach ihrem Studium in Wien u. a. als Regisseurin, Journalistin und Drehbuchautorin. 2002 startete sie ihre schriftstellerische Laufbahn, mittlerweile sind 13 Romane und unzählige Kurzgeschichten erschienen. 2007 erhielt sie den Friedrich-Glauser-Preis für die beste Kurzgeschichte, 2013 und 2021 jeweils eine Nominierung für den Leo-Perutz-Preis (die Romane »Marathonduell« und »Leopoldstadt«). Sie engagiert sich immer wieder bei diversen Berufsverbänden und ist zudem als Fotokünstlerin tätig.

www.sabinanaber.at

Andreas P. Pittler, geboren 1964 in Wien, Studium der Geschichte (Mag. & Dr. phil.), seit 1985 insgesamt 61 Bücher, darunter mehrere Biografien und Sachbücher, zudem bislang 21 Romane und einige Bände mit Kurzgeschichten. Seine Werke wurden bisher in acht Sprachen übersetzt. Träger des Silbernen Ehrenzeichens für Verdienste um die Republik Österreich. 2016 wurde ihm zudem der Berufstitel »Professor« verliehen.

Theresa Prammer ist Schauspielerin, Regisseurin und Autorin. Für ihr Krimidebüt »Wiener Totenlieder« (2015) hat sie den Leo-Perutz-Preis erhalten. Seit 2015 hat sie sich hauptberuflich aufs Schreiben und auf die Komödienspiele Neulengbach verlegt – ein Sommertheater, das sie vor fünfzehn Jahren mit ihrem Ehemann, dem Schauspieler Joseph Prammer, gegründet hat. Sie lebt und arbeitet abwechselnd in Wien und in Reichenau an der Rax.

www.theresaprammer.com

Stefan Slupetzky, 1962 in Wien geboren, schreibt Romane, Kurzgeschichten, Liedtexte und Bühnenstücke. Er erhielt eine Reihe von Literaturpreisen, so den Friedrich-Glauser-Preis, den Burgdorfer Krimipreis und den Leo-Perutz-Preis. 2009 wurde sein Buch »Der Fall des Lemming« für das Kino verfilmt. 2010 gründete Slupetzky ein Wienerliedtrio, das Trio Lepschi, mit dem er seither als Texter und Sänger durch die Lande tourt.

Die Herausgeberin

Edith Kneifl, Dr. phil., lebt und arbeitet als freie Schriftstellerin in Wien. 1992 bekam sie als erste Frau den Friedrich-Glauser-Preis für den besten deutschsprachigen Kriminalroman des Jahres verliehen. Ihre Romane wurden in mehrere Sprachen übersetzt.

Die Verfilmung ihres Romans »Ende der Vorstellung« (Filmtitel: »Taxi für eine Leiche«, Regie: Wolfgang Murnberger) erhielt als bester Fernsehfilm des Jahres die ROMY 2003.

2018 wurde Edith Kneifl mit dem Ehrenglauser für ihr Gesamtwerk und ihre Verdienste um die deutschsprachige Kriminalliteratur ausgezeichnet.

Veröffentlichungen: 27 Kriminalromane und circa 100 Kurzgeschichten.

Letzte Romane: »Wellengrab«, ein Griechenlandroman, Mai 2020, »Dünenzorn«, ein Kanaren-Krimi, September 2021, alle Haymon Verlag, Innsbruck.

Herausgeberin der im Falter Verlag erschienenen 13 »Tatort«-Anthologien, zuletzt: »Tatort Gemeindebau«, September 2016; »Tatort Hauptstadt«, 13 Kriminalgeschichten aus Wien von Edith Kneifl, April 2017; »Tatzeit Weihnachten«, 13 bitterböse Weihnachtskrimis von Edith Kneifl, 2019.

Weitere Informationen über die Autorin finden Sie unter *www.kneifl.at*